在土星的光環下

蘇珊‧桑塔格紀念文選

貝嶺 編

Tendency

國家圖書館出版品預行編目資料

在土星的光環下
Under the Aura of Saturn
貝嶺、大衛‧瑞夫 等著 ——初版
——臺北市：TENDENCY INC.　2007〔民96〕
面；18 x 21 公分 ——（流亡年代叢書；16）
ISBN-13：978-957-28408-6-3（平裝）
建議置放欄目：世界文學

在土星的光環下
Under the Aura of Saturn

流亡年代叢書　16
著　　者　貝嶺、大衛‧瑞夫（David Rieff）等
責任編輯　貝嶺、明迪
封面設計　鄭司維
出　　版：TENDENCY INC.
　　　　　116 台北市文山區公館街30號之4二樓　電話：02-2392-2057
歐美發行：1200 Washington St #115, Boston, MA 02118, U.S. A
電　　話：1-617-670-9243
傾向出版社網站：www.tendencychinese.com　E-mail:qingxiang@hotmail.com
總 經 銷：允晨文化實業股份有限公司
地　　址：104台北市南京東路三段21號6樓
電　　話：(02)2507-2606 傳　　真：(02)2507-4260　劃撥帳號：0554-5661
http://www.asianculture.com.tw　E-mail：asian.culture@msa.hinet.net
初版一刷　2007年　售價　NT $380元

獻給 蘇珊・桑塔格

目次 CONTENTS

紀念蘇珊・桑塔格

閱讀蘇珊・桑塔格

訪談蘇珊・桑塔格

蘇珊・桑塔格著作一覽表

編後語

May 1961

The book is a wall. I put myself behind it, out of sight and out of seeing.

The movie is a wall, too. Only I sit with other people before it. And it is not as negotiable culturally as the book — which is a wall, a fortress, that can also be converted into ammunition to fire at others — those on the other side of wall whom I will speak to — later.

x x

The life of the city... a life in rooms where one sits, or lies down. Personal distance is ruled by the disposition of furniture in a living room (there's only one thing to do with another person (other than make love — is go to the bedroom); sit and talk). The life of the living room forces talk upon us and inhibits the capacity for play and for contemplation.

(I conclude — better not to have furniture

Susan Sontag

蘇珊・桑塔格手稿

蘇珊·桑塔格書桌前的書架上放滿了有關惡性血癌（MDS）的書籍。米肖·艾普斯坦
（Mitch Epstein）攝。

與病魔奮戰。蘇珊‧桑塔格用她的電腦從網路上搜尋有關惡性血癌（MDS）的資料。
米肖‧艾普斯坦（Mitch Epstein）攝。

I

紀念 蘇珊・桑塔格

2000年9月，貝嶺和蘇珊·桑塔格在她家合影。孟浪攝。

在土星的光環下

——紀念蘇珊・桑塔格

貝嶺

　　1926年12月31日，流亡中的俄羅斯女詩人茨維塔耶娃[1]在她寄居的巴黎近郊貝爾德爾寓所，給剛剛過世的詩人里爾克[2]寫下了最後的一封信，一封他永遠也收不到的悼亡信，信是這樣開始的：「這一年是以你的去世作為結束嗎？是結束？是開端！你自身便是最新的一年。（親愛的，我知道，你讀我的信早於我給你寫信。）──萊納，我在哭泣，你從我的眼中湧瀉而出！」[3]

　　這一年是以妳的去世作為結束嗎？

　　2004年12月28日。

　　那一天我棲居臺北，孤處。那一天我心緒不寧，無由地，不，懷著未知的預感。那一天的天空陰沉，我在淡水河邊迷濛的夜風雨中。

　　第二天早晨，我打開電腦，上網，進入信箱，一封從美國發來的信件，我在瞬間被重擊：「貝嶺：你的朋友蘇珊‧桑塔格於今天，12月28日去世……」

　　往事，猶如狂暴的大海。我被噩耗籠罩。你的生命，眾多的生命（兩天前，東南亞海嘯[4]以浩劫，已將大片的死亡降臨）。深夜，我在記事本上寫下：「今晨，我被告之：蘇珊‧桑塔格走了。我震驚、難以置信，我孤處並回憶。」

---

❶ 茨維塔耶娃（Marina Tsvetaeva，1892-1941），俄國女詩人。十八歲出版第一本詩集，十九歲嫁給同輩詩人艾弗隆（Sergei Efron），著有詩集《黃昏的里程碑》、《神奇的路燈》、《里程碑》等。

❷ 萊納‧里爾克（Rainer Maria Rilke, 1875-1926），德語詩人。著有詩集《祈禱書》、《給奧費斯的十四行詩》、《杜英諾悲歌》等。對十九世紀末及二十世紀西方詩歌及歐洲頹廢派文學有著深厚的影響。

❸ 《三詩人書簡》（Letters：Summer 1926. Boris Pasternak, Marina Tsvetayeva, Rainer Maria Rilke此書的英譯本由桑塔格寫序。中譯本即將由傾向出版社出版。

❹ 2004年12月26日，印度尼西亞蘇門答臘島北部海底發生強烈地震，並引發了大海嘯，對東南亞地區造成巨大傷亡。

12月28日。為什麼是這一天？這一天也是我的生日。

她罹患血癌，她躺在西雅圖的醫院病床上已逾半年，她曾戰勝過不同的癌症，我以為，這次她也一定會的，可她，卻在這一天走了。

她是我真正的患難之交，我的恩人（2000年8月，她奔走呼籲，將我從北京的獄中救出），文學和思想上的導師（這四年來，她對我的流亡生涯和寫作不遺餘力地提供幫助和指教），如母親般不假辭色的嚴格要求者（因為我那時時的惰性、愚鈍和生命中的雜質）。

她走了，她確實走了。

我再也無法聽到她那感性、磁性，時而從容，時而匆忙的聲音了。此時，那個曾經撥過無數次的電話號碼——仍可以撥通——彷彿蘇珊還在。

此刻，是在此刻，我才真正意識到，我再也不能去拜訪她、打電話給她，求教於她、求助於她，聆聽，和她討論、甚至爭辯，聽她脫口而出的：「Listen！Listen！」是的，我再也不能Listen（聽著）了。

她捍衛文學的品質與趣味，嚴苛地審視流行，拒絕粗野和庸俗。她是性情中人，也是熱情之花。她睿智，美與智慧集於一身。她是人類經驗和人類精神永不疲倦的探索者，是直面國家黑暗、權力黑暗和人性黑暗的鬥士。她是真正的世界公民，她的介入超越國家、地域、文化、政治、意識形態和種族。

她是和疾病抗爭的真正勇士，她後半生和癌症奮戰，先是乳癌，後是子宮癌，最後是血癌。多少摧毀生命的病症，多少無法想像的疼痛，她都獨自面對著，她都獨自面對了。她真是堅強之人，她從不在我面前流露病痛之苦，從不談論自己的癌症。即使我們見面時——她大病初癒，她也不談。她悲憫他人，她關愛世人。但是，難道她自己不需要他人的悲憫、安慰和關愛嗎？

也許，我不是她真正的親人，也許，我是晚輩。

　　我痛悔，為什麼等到她走了，才提筆去寫她。為什麼等到她走了，才去讀她的那本新書。去讀她所有的書呢？

　　一生中，我抱憾終生的事情不只一椿，但最不可原諒的，就是在她患血癌之時，未能執意飛去西雅圖探望她。2004年10月，我得知她獲得瑞典皇家北極星勳章[5]，以表彰她在人類生活中傑出的精神貢獻。我寫信恭賀，卻收到蘇珊助理安妮的回覆：「蘇珊病得很重，無法給你回信，她罹患急性骨髓性血癌，在西雅圖醫院已治療六個月了，接下去……」。我震驚，一種不祥的預感，我即刻回信，請求能在十天後的臺灣之行途中，轉經西雅圖去探望她。可是，她在病床上囑託助理回信，給我熱情的問候。她勸阻了我，讓我放心，等著她康復，她說她不久就會回紐約的。她要我12月下旬從臺灣回來後，再去紐約和她見面。

　　遲鈍的我，竟被她一貫的樂觀和鬥志說服了。

　　我在哀悼。而哀悼也是追憶，具有多重意義的回憶。因為有太多的追悔並置於記憶中。正如已逝的德希達[6]在紀念保羅‧德曼[7]的悼文中所說：「喚起記憶即喚起責任」。

　　此刻，這篇獻給她亡靈的文字，這篇生者緬懷逝者，追憶逝者在生者人生中給予的教誨，並將繼續教誨著生者的文字，是生者被喚醒的責任——按逝者生前對你的期望去做，讓逝者的精神在你身上再生。

　　取悅於她，一個偉大的心靈。

---

❺ 瑞典皇家北極星勳章（The Swedish Royal Order of the Polar Star），創建於1700年，該獎專門授予為增進瑞典與他國友誼做出傑出貢獻的外國人士，由瑞典國王頒發。

❻ 雅克‧德希達（Jacques Derrida, 1930-2004），法國解構主義哲學家，是當代哲學界最具影響力的人物。駁斥哲學的方法和概念，使哲學與文學及其它書寫形式互文化。

❼ 保羅‧德曼（Paul de Man, 1919-1983）美國解構主義理論家。引自德希達著作中譯本《多義的記憶：為保羅‧德曼而作》（中央編譯出版社，1999年，蔣梓驊譯）第1頁第6行。

傲慢，生前不討多數人喜歡，卻也讓少數人熱愛的俄羅斯詩人布羅茨基[8]，曾謙遜地談起，自己用英文寫作，純粹是為了更親近二十世紀最偉大的心靈——那位將他從暴政中營救出來的英國詩人奧登[9]，而我所能做的，將是，也只能是：少些愧對——她那直言不諱的鞭策——她那給予我的教誨。

1

我和她的緣分是命定的嗎？

1992年，最初的流亡歲月。在獲得了一萬美元的創刊贊助、一間居住和編務合一的房間、每個月二百美元生活費的情形下，我和石濤開始籌創《傾向》文學人文雜誌。我冒昧地給她寫了第一封信，附上《傾向》創刊計劃，請她支持並名列刊物的編輯顧問，她很快回信，欣然應允。她在信中特別更正了我稱她為「作家」（writer）和「批評家」（critic）的說法，而稱自己為「小說家」（fiction writer）和「散文家」[10]（essayist）。

我想，我們的交往就從這時開始。

---

[8] 布羅茨基（Joseph Brodsky, 1940-1996），前蘇聯流亡詩人，後入籍美國，1986年獲諾貝爾文學獎。出版有詩集《言辭片段》、《烏朗尼亞》、文集《悲傷與理智》、《文明的孩子》，《小於一》等。

[9] 奧登（W.H. Auden, 1907-1973），英國詩人，1948年獲普利茲詩歌獎。著有《短詩結集—1927-1957》、《長詩結集》。

[10] 在英文中，essay是一種具有豐富內涵的特殊文體，在中文中似沒有完全對應的譯名。一般譯為散文、隨筆、雜文，我譯成「思想性散文」。桑塔格著作的譯者中，程巍譯為「論文」，陳耀成譯為「文章」。

　　隨後，因著讀到班雅明[11]作品的震撼，亦有感於中文世界對於班雅明所知甚少，我們決定在《傾向》創刊號上製作瓦爾特‧班雅明專輯，為此，由石濤經英文轉譯了班雅明的作品《單向街》[12]，同時，經蘇珊首肯，翻譯並全文刊發了她為紀念班雅明而寫下的長文〈在土星的星象下〉[13]。這篇長文過去是、現在仍然是我理解班雅明，並從中汲取能量的最好摹本。而班雅明和他的作品，也成為我和桑塔格長年友誼中最重要的精神紐帶。

　　雖然我定時向她通報《傾向》各期的編目，但遲至1996年，她邀我去她家一敘，我們才第一次見面。

　　那是個春天的下午，我擔心自已的英文應付不了這初次的會面，故請了一位年輕的學者，現在哈佛大學任教的田曉菲小姐去助譯，替我壯膽。我倆在曼哈頓下城紅線地鐵站拾級而上，一路對著地址，找到桑塔格位於切爾西區（Chelsea）23街那棟岩石般凝重的大廈，門衛致電、允入，乘狹小的電梯直升而上，她黑衣黑褲，候在門前，她身材高大、熱情溫暖，有著先前從照片中看到的美。

　　這是我的「朝聖之行」嗎？那一年她六十三歲。

　　進入她那頗為寬敞的頂層公寓，沿廊的牆上掛著數十幅義大利建築家、藝術家皮拉內西[14]的鏡框版畫，醒目搶眼。她將我們引入用來會客的廚房，

⓫　班雅明（Walter Benjamin, 1892-1940），德國哲學家、文論家。1933年希特勒上台後，班雅明流亡法國，1940年德軍攻陷巴黎，他在逃亡途中，因不堪顛沛，於法、西邊界服毒自殺。

⓬　《單向街》（One Way Street）（又譯《單行道》），最早的中譯節選本是由石濤從英文轉譯的，刊於《傾向》創刊號（1993年）。德文中譯見《班雅明作品選》（允晨出版社，2003，李士勛譯）。

⓭　〈在土星的星象下〉（Under the Sign of Saturn）是蘇珊‧桑塔格為英譯版《班雅明文選》寫的序，中譯最早刊於1993年《傾向》創刊號。此文亦收錄在蘇珊‧桑塔格中譯文集《在土星的標誌下》（Under the Sign of Saturn, Farrar, Strauss and Giroux, 2002）（上海譯文出版社，2006，姚君偉譯）。

⓮　皮拉內西（Giovanni Battista Piranesi, 1720-1778），十八世紀義大利版畫家、建築家。桑塔格收藏其數十幅版畫。

廚房盡頭有扇敞開的門，門外，有環繞著整個頂層公寓的超長弧形陽臺，氣派、視野遼闊。從陽臺上，既可以俯視陽光下閃爍著水光的哈德遜河，也可遙望映襯著高樓巨廈的曼哈頓天際。我們在長餐桌前坐下，她一邊煮著咖啡，一邊問我們介意不介意她抽煙。隨後，她為我們端上咖啡，坐下，下意識地將一條腿擱在另一張椅子上，點煙，喝著咖啡，座椅稍微後仰，她笑容燦然、急切地問著中國和我所做的一切，偶爾，透過遼繞的煙霧，她的目光對你犀利地一瞥，親切中帶著一種威儀。那次，我們談到她1973年去中國訪問的情形，她糾正了我以為她是在中國出生的印象，形容自己是「中國製造」，但生於美國。她談起她強烈的中國情結、以及想再去中國的願望，談起她父親在中國天津過世的細節。我問她近年來的寫作及手頭正在做的事，她談到自己正在寫的長篇小說，談到她的劇本、文論、書評、短篇小說，這幾乎涵蓋了除詩以外所有的文學體裁。她知道我寫詩，她說她也寫詩，但不滿意。她對我說：「大概我寫作中唯一所缺的主要的文學形式是詩歌。我覺得我的詩不夠好。」（對詩的絕高標準嗎？此時，她透出不服輸的神情），故從未讓自己的詩作面世。

在那一次會面時，她對《傾向》的理念和品質表示完全認同，她始終支持《傾向》這份雖處在流亡狀態、卻想在中國確立自身思想和文學關懷的中文刊物。同時，她也懷著更多的憂慮，注視著我那已經開始的，試圖回到祖國定居，試圖將這份刊物帶到中國去的努力。

她不斷地為我擔心，每次從中國返美，我總會打電話向她報平安，我習慣直呼她「蘇珊」（Susan），告訴她，我在祖國一次次「有驚有險」的遭遇。只要我去紐約，只要她在紐約，我們總會設法見面，她總是建議去紐約的中國城吃飯。然而，更多的時候，我寧願到她家裡去，一起喝咖啡交談，看她

的藏書和畫，或倚在頂樓陽臺上遙看哈德遜河。

　　見面時，她打量我的氣色和神態，為我擔心，而我總是告訴她，中國已越來越容忍像我這樣的異類，容忍這份文學思想性刊物。如她在文章中所說：「當他帶著雜誌回到中國，在上海、北京的學生和文學圈子裡散發的時候，我總是擔憂。但是如同以前一樣，上一次我們在紐約聊天時，他向我保證這本雜誌的存在被中國當局所容忍，他不會有任何危險。」[15]

　　不只一次，總是在下午，我和蘇珊坐在她家寓所廚房的長椅上，她倚著餐桌，一邊抽煙一邊和我侃侃而談，她旁引博證、滔滔不絕。她的淵博常常讓我跟不上她的思緒，她的淵博又使她能夠聽懂我那辭不達意、連比帶劃、時態錯亂的「貝式」英語中想表達的。我總是提問、總想請教她我所不知道的，總想聽她談她熟悉、並有過深刻闡述的那些偉大作家，談班雅明、談羅蘭‧巴特，談俄羅斯詩歌和俄羅斯詩人阿赫瑪托娃[16]、茨維塔耶娃、曼傑利斯塔姆[17]，談她的摯友布羅茨基。當然，我也告訴她我讀了她的哪些書，問她前些年在前南斯拉夫地區的經歷，特別是在塞拉耶佛內戰炮火中執導貝克特[18]經典劇作《等待果陀》的情形。

　　她見解獨到、直截了當。對我而言，聽她談比她問我更重要，因為這

---

❶⑤〈向中國傳遞思想之罪〉（"The Crime of Carrying Ideas to China" by Susan Sontag, New York Times, August 19, 2000. [Op-Ed piece.]），中譯見傾向出版社網站http://www.qingxiang.org/cl/clsontag331.htm。

❶⑥阿赫瑪托娃（Anna Andreevna Akhmatova, 1888-1966），俄國女詩人，被譽為「俄羅斯詩壇的月亮」。著有詩集《夜晚》、《念珠集》、《白雁群》及長詩《安魂曲》等。她歷經俄國共產主義革命的動亂與二次戰爭的殘酷。在蘇聯時期，阿赫瑪托娃的作品長期被禁。

❶⑦曼傑利斯塔姆（Osip Mandelstam, 1891-1938），俄國詩人。出生於波蘭華沙，在彼得堡長大，1913年出版第一本詩集《石頭》，著有文集《時代的喧囂》、《第四散文》等。1928年被史達林政權流放至西伯利亞。1937年回到莫斯科，隔年再度被補送流放，年底被處決。

❶⑧貝克特（（Samuel Beckett, 1906-1989），愛爾蘭劇作家，長居法國，1969年獲諾貝爾文學獎。《等待果陀》（Waiting for Godot）為其經典劇作，另著有小說《馬洛伊》、《馬洛納之死》等。

是聆聽一位偉大作家表達見解的時刻。而她，又總是問我她想瞭解的。正如她在同一篇文章中所說：「我們認識的時候，貝嶺想談論羅蘭・巴特和瓦爾特・班雅明，以及有關我在塞拉耶佛的日子，而我則想談文學、電影和獨立表達在今日中國的可能性。」

她同意了《傾向》雜誌為她做專輯的要求，也定下了訪談的時間。

在《傾向》上多面向地介譯她的作品，這是一件大事。蘇珊親自為她的專輯選稿，我則照單全收。她提供了幾乎全部的專輯文稿，包括她當時尚未完成的長篇小說《在美國》[19] 的第一章〈零〉、她描述少女時代拜訪托瑪斯・曼[20] 的回憶錄〈朝聖之行〉[21]（六十年後，她已擠身於這一偉大作家的行列）、《疾病的隱喻》[22] 和《論攝影》[23] 中的選章、短篇小說〈我們現在的生活方式〉打印稿及《巴黎評論》[24] 上的那篇著名訪談。

2

[19] 《在美國》（*In America*, Farrar, Strauss and Giroux, 2000）是蘇珊・桑塔格生前出版的最後一部長篇小說，曾獲得2000年美國國家書卷獎。中譯本《在美國》（時報出版，何穎怡譯）2005年出版。

[20] 托瑪斯・曼（Thomas Mann, 1875-1955），德國小說家，1929年獲諾貝爾文學獎。著有長篇小說《布登勃魯克家族》、《魔山》等。

[21] 〈朝聖之行〉（"Pilgrimage" by Susan Sontag, The New Yorker, December 1987.）是關於托瑪斯・曼的回憶錄），中譯見《傾向》第10期。

[22] 中譯文集《疾病的隱喻》（*Illness as Metaphor and AIDS and Its Metaphors*, Doubleday Books, 1990）（大田出版社，2000，刁筱華譯）、（上海譯文出版社，2003，程巍譯）。

[23] 中譯文集《論攝影》（*On Photography*, Farrar, Strauss and Giroux, 2001）（唐山出版社，1997，黃翰荻譯）（湖南美術出版社，1999，艾紅華、毛建雄譯）。

[24] 《巴黎評論》（*The Paris Review*）是美國歷史悠久的文學雜誌，創辦於1953年，編輯部位於紐約。

　　蘇珊是個嚴苛認真的人。我把訪談的提問傳真給她，她讀後回覆我：「這些問題太淺顯，不夠水準。」我只得再做功課，為此，我請《傾向》的另一位編輯，在耶魯讀文學博士的楊小濱和我一起準備。

　　1997年8月的那個下午，小濱載著我，從離紐約市約兩小時車程的康州耶魯大學開車直奔紐約蘇珊的家。為了準時，我們一路沒少闖紅燈。蘇珊應門，小濱的一臉書生氣，讓蘇珊以為來了個大四學生，她一邊為我們準備咖啡，一邊說：這個夏天她留在紐約，是為了專心寫作長篇小說《在美國》。一如以往，我們圍坐在廚房長桌上，我拿出錄音機，訪談隨即開始。

　　訪談是在蘇珊的雄辯，也是在我們的爭辯中完成的。我們涉及的內容廣泛，但聚焦於共同關心的問題：知識份子在歷史中的角色、對「先鋒派文學和先鋒派作家」的認知、傳統和創新的關係、所謂的後現代主義思潮，納粹政權、共產主義和資本主義對歐洲和中國究竟有些怎樣的影響等等。最後，我們再回到老話題，關於她的寫作，關於班雅明和羅蘭・巴特，以及前些年被廣泛報導的她在塞拉耶佛內戰前線的日子。整個訪談中，她敏銳、直率、概念清晰，表達見解時一針見血。那天，圍繞著「知識份子」問題，我和她爭辯，力陳知識份子的異議精神，甚至搬出瓦茨拉夫・哈維爾的事蹟和見解佐證。可她批評我過於美化了知識份子在二十世紀的角色，她列舉知識份子在近代史上的種種蠢行和劣跡，告訴我：「大多數知識份子和大眾一樣，是跟隨主流的。在前蘇聯蘇維埃政權七十年的統治中，大多數知識份子都是蘇

知識份子未必是反對派分子

維埃政權的支持者。甚至連詩人巴斯特納克[25]和作曲家蕭斯塔柯維奇[26]都曾為那一政權背書。」她批評我：「你把知識份子和反對派活動劃等號，對知識份子來說是過獎了。在上一世紀和這一即將結束的世紀，知識份子支持了種族主義、帝國主義、階級和性別至上等最卑鄙的思想。甚至就連他們所支持的可能被我們認為是進步的思想，在不同的情形下也會起本質的變化。」[27] 無疑，蘇珊嚴苛地審視著知識份子在歷史中的所做所為。她反應敏捷、思路清晰、觸類旁通。我辯不過她，只能『聽訓』。

　　現在看來，是她說對了。

　　蘇珊絕對雄辯，甚至強勢。她痛斥那些站著說話不腰疼的懦夫文人。所以，訪談裡才有那些尖銳的回答。她厭惡那些自稱為後現代主義的東西，也一一拆解那些後現代主義的理論把戲，她認為：「人們所說的『後現代』的東西，是虛無主義的。我們的文化和政治有一種新的野蠻和粗俗，它對意義和真理有著摧毀的作用，而後現代主義就是授予這種野蠻和粗俗以合法身份的一種思潮。……當我聽到所有這些以『後』字開頭的詞時，我問自己的第一個問題就是，人們是從甚麼時候開始變得這麼喜歡用標新立異的方法來描述現實的呢？」

　　她這樣評價執意要以「先鋒派」自居的文學與作家：「實質問題在於：

---

[25] 巴斯特納克（Boris Pasternak, 1890-1960），俄國詩人、作家。著有詩集《雲中的雙子星座》、《施密特中尉》、《冬天的原野》，長篇小說《齊瓦哥醫生》及回憶錄《安全証》等。1958年獲諾貝爾文學獎。

[26] 蕭斯塔柯維奇（Dmitri Shostakovich, 1906-1975），俄國作曲家。《列寧格勒第七交響曲》曾被譽為歌頌蘇聯抗擊德國法西斯的偉大作品。然而在史達林的肅清運動中，他的罪名一應俱全。在西方輿論看來，他是史達林體制內的御用藝術家，直到1978年，美國出版了他的回憶錄，才展現其複雜的內心世界。

[27] 原標題為〈與蘇珊・桑塔格對話〉，首刊於《傾向》第10期〈蘇珊・桑塔格專輯〉，後改為〈文學・作家・人——與蘇珊・桑塔格對話〉，亦收錄於本書及《蘇珊・桑塔格文選》（麥田出版社）。

他們是否真正優秀？……我們不需要文學來顯示無知、野蠻，我們已經有電視在這樣做了。」

　　她重申：「在我看來，『先鋒派』這個詞的用途已遠遠超過了它所應有的範圍。這個詞意味著藝術是不斷進步的，就像一次軍事行動，其中一部分人先行動，最後其他人趕上來。可是，藝術不是不斷進步的，它不是那樣進行的。」

　　對當代法國思想家布希亞[28]，她不假辭色、無情抨擊。對話中，她犀利回駁布希亞對她的嘲諷，稱他為：「當代最狡黠的虛無主義思想家。」

　　布希亞何等人物，他的刻薄和洞見在歐洲知識界誰人不知，他以歐洲知識份子對美式文明及美國知識份子貫有的輕篾，認為蘇珊在作秀、甚至自以為觸到了痛處，布希亞或許睿智，但他低估了蘇珊的勇氣。蘇珊不是一個只在紙上用文字介入的名人，也是一個在危險的環境、在災難的現場，甚至在槍林彈雨中真正出沒的文化戰士。那天的訪談中，小濱「哪壺不開提哪壺」地一再引用布希亞對蘇珊陰冷的說法，引起蘇珊的憤怒，她重申：「在一個沒電、沒水、沒暖氣、沒食物，且每時每刻都在槍林彈雨下，有著生命危險的這樣一個城市裡，在敵人的包圍下，卻有一個劇院。一九九三年夏天《等待果陀》的上演絕不是在匆忙中所做的一個姿態。我在塞拉耶佛出出進進有三年。」

　　當小濱試圖用「旁觀者」的觀感猜測她在塞拉耶佛的出出進進時，她譏誚地反詰：「旁觀者？哪兒冒出來的旁觀者？假如去過塞拉耶佛，或去過任何一個人們在忍受著同樣痛苦的地方，就不會產生這種玩世不恭或天真的問

---

[28] 布希亞（Jean Baudrillard,1929-2007），法國社會學家和哲學家，對符碼、擬像及擬像物、消費社會等議題有諸多探討，也積極介入當代政治。

題。這種花裡忽哨的言辭正是當今那種使人們猶疑於慷慨行為的思潮的一部分。一個民族成為不公正的犧牲品，你把自己的生命搭進去，以表示你是他們的同盟者。」

這是一場激盪思想的訪談。蘇珊的目光儡人，她的思維素質、她的思考所擲出的思想力量，令我迄今難忘。當然，我也領教了蘇珊的伶牙利齒，「一個好戰的唯美主義者」[29] 式的伶牙利齒。

後來，我們又對問題做了補充，然後寄給蘇珊，她校訂了她的回答。這一訪談在1997年的《傾向》第10期上全文刊發，同時，也在海外、臺灣和香港的報刊上刊出。中國重要的文化雜誌《天涯》也在刪除了訪談中剖析專制控制對中國的影響等敏感內容後，予以刊載，儘管如此，此訪談在中國思想界仍舊影響廣泛。

無疑，這一訪談將成為理解桑塔格思想的重要文獻。

3

正如魯西迪[30] 在撰文悼念桑塔格時所說：「她特別強調，迫切需要反對美國的文化偏狹和對外國作品和思想的漠視。她是其他國家的新作家和翻譯文學的非凡推廣者……」在某種意義上，蘇珊的去世標誌著美國文學和世界

---

[29] 桑塔格中譯文集《反對闡釋》（*Against Interpretation and Other Essays*, Farrar, Strauss and Giroux, 2001）（上海譯文出版社，2003，程巍譯）第355頁第17行。

[30] 魯西迪（Salman Rushdie, 1947-），英籍印度裔作家生於孟買，1988年，因《魔鬼詩篇》（*Satanic Verse*）一書，遭伊朗回教什葉派領袖何梅尼（Ruhollah Khomeini, 1900-1989）下達全球追殺令，歷經長達10年躲避追殺的隱居之後，現定居美國。

文學之間強韌紐帶的一次斷裂，在美國的文化生態中，似乎再也看不到像她那樣對世界其他語種文學如此關注、傾全力推介的文學大家了。

　　蘇珊也是一位全職的讀者和好書的引介者，如她在評論西班牙小說家塞萬提斯劃時代的偉大小說《堂‧吉訶德》時所說：「作者首先是位讀者；一位狂暴的讀者；一位無賴的讀者；一位自認為能做得更好的魯莽讀者。」[31]

　　這是一條必經之路，一場青春的執狂，一種互為因果的命運循環。我也是一位文字的嗜讀者，經由過量的閱讀，才成為了一位作者和編者。我那無書的、精神和物質雙重貧瘠的少年時代，都市中的人們常拿讀過的內部報紙《參考消息》[32] 來擦拭身體的排泄物（人們買不起衛生紙），印有「毛主席」、「共產黨」等相關字樣的報紙是不敢用來擦穢物的。我，一個「閱讀缺乏症」患者，因難以讀到書，只能狂熱地搜尋一切有字的紙張，而每天能偷讀到《參考消息》是我最大的狂喜，儘管上面所報導的國外消息都經過篩選甚至篡改，但畢竟是「天外」之訊，那是眺望世界的唯一窗口。在她拜訪托瑪斯‧曼的那個年齡，我卻在荒蕪的樓群間，追逐隨風滾動的、沾有糞便的《參考消息》碎片或紙團，撿起來，展開，以無比的飢渴──貪婪地研讀。

　　蘇珊也是一位典型的紐約人，有著波西米亞人的瀟灑和行動型知識份子的率性。我們一起吃飯的時候，她會帶上年輕的友人，在紐約，一文不名的年輕人大都自信且充滿活力，是這一城市真正的魅力所在。對自以為是個「人物」的名人，他們不太當回事。我發現，他們跟她在一起時並不拘謹，輕鬆地說話，甚至不時爭辯。他們不是她在大學或書店裡遇到的崇拜者，而

---

❸① 引自桑塔格中譯文集《重點所在》（*Where the Stress Falls*, Farrar, Strauss and Giroux, 2001）（上海譯文出版社，2006，陶洁、黃燦然譯）第135頁。

❸② 《參考消息》為中國大陸的一份內部發行報紙。在『無產階級文化大革命』（1966-1976）期間，是少數中國人獲得國外訊息的唯一來源，但僅限於政府官員及公教人員才可訂閱。

是紐約城中非常有性格的年輕作家或藝術家。而我，也總是「擅自」引介年輕友人與她認識，有兩次，我逕帶友人去她家，她雖意外，但從未對我表示不滿。

　　不是那些依附於大學，勢利、裝腔作勢、營營於職稱或學術地位，從一個大學跳到另一個大學升爬的兩棲型作家。也不是那種大腹便便、行動遲緩、以教書、撰寫論文為生的詰屈聱牙型學者。蘇珊不是，她不是在大學圍牆內抨擊時弊的學院知識份子，她的志業不是教書授業，她說：「我目睹學術生涯毀掉了我這一代最好的作家。」[33] 她矢志站在體制之外，三十歲之後，她拒絕了多所大學請她回去當教授的邀請。在〈三十年之後〉[34] 一文中，她這樣回顧她的這一人生抉擇：「我一生中根本性的變化，是我決意不以學究的身份來苟且此生，這可從我移居紐約的行為中體現出來：我寧願在大學世界那誘人的、磚石建築包圍的安穩生活之外另起爐灶。」

　　作為一個不受俸於大學、研究機構、報刊媒體的體制外自由知識份子，她特立獨行，以文字為生、以天下為已任。她深知影像、電視及大眾傳媒的影響力，也善用它。她拍電影、紀錄片，也執導戲劇，近十多年來，她的文章被同時譯為不同的語言，在許多國家的報刊上同步刊出，以求更廣大的影響力。

　　我們後來繼續探討過「自由知識份子」這一現象，我高度認同蘇珊所說：「自由知識份子是瀕於滅絕的物種，在資本主義社會裡他們衰亡的速度並

---

[33] 引用〈虛構的藝術——蘇珊・桑塔格訪談〉，刊於1995年的第137期《巴黎評論》（*The Paris Review*）。中譯首刊於《傾向》第10期。亦可參見《蘇珊・桑塔格文選》（麥田出版社，2005）第39至40頁。

[34] 《反對闡釋》第354頁第6至8行。

不一定比在共產主義制度下慢多少。」[35] 我以我在中國及在歐美的經歷為證，
她也認同我的看法：自由知識份子必須非常頑強，因為在體制外，他們孤
絕，甚至生計艱難，而流亡中的知識份子，則難上加難。必須更具鬥志，不
屈不撓。要置死地而後生。他們只有超越這一分工精細的世界給他們帶來的
逆境，才能在學者充斥的學院世界之外生存下來，才能有真正的影響力。

　　如同里爾克的那句忠告：「有何勝利可言，挺住就是一切！」

　　而蘇珊，是這一族類真正的榜樣。

　　她是個性勝利的典範。在公眾場合出現時，她一身黑衣，甚至身縞玄
衣，典雅中不失新異，熱情中透著威嚴。她是少數在穿著、談吐、品味、
相貌上同時烙下鮮明個人印記的作家。我認識或見識過不少文學天才、名文
人、大學者、文化權貴或自以為是者（後兩類曾被我稱之為「文化資產階
級」，一次，當我用生造的英文說出 cultural capitalism 時，曾引得蘇珊大笑，
然後建議我用 cultural bourgeoisie 來描述），他們或許著述等身，才華洋溢、
談吐不俗，可他們的穿著與他們的文化趣味沒法交集，甚至乏善可陳。他們
的衣著毫無個性，無品味、泛眾化，已然是服裝全球化的標誌，許多人身材
臃腫，美感盡失。

　　而蘇珊是個特例，你不得不承認，你甚至不得不認，她或坐或站，只要
出現，即難以遁形，引人注目。她舉手投足，一動一靜，都是一個亮點，甚
至成為焦點。

㉟ 同註13。

4

2000年初春。我從中國回波士頓小住，一天傍晚，我在哈佛校園內蹓達，留意著告示欄內的廣告，竟看到蘇珊將來哈佛為她剛出版的長篇小說《在美國》做巡迴朗誦的大幅海報，我驚喜，高興她終於完成了這部長篇小說。我注意到，海報中列出的蘇珊簡歷上，除了小說家、批評家、導演之外，還有兩個讓我印象深刻的頭銜：前美國筆會主席和人權工作者。哈佛是她的母校，早年她在這裡讀過研究所，後來，哈佛授予她榮譽博士學位。1985年1月，她也在哈佛大學羅巴戲劇中心（LOEB Drama Center）執導了米蘭‧昆德拉劇作《雅克與他的主人》[36] 的世界首演。這是一場溫馨的朗誦會，由哈佛大學研究生學院為蘇珊主辦。那天，聽眾幾乎座滿了大廳，女性似乎居多，一種舊地重逢般的親切，有些聽眾看起來與她年齡相仿（是她當年讀書時的同窗嗎？），哈佛的學子、學者和它周邊的居民們，用迎她返家的方式，感受著她的這部小說。我坐在後面的角落，靜心聆聽她的朗誦。我有些內疚，因為我已很久未致電她了。多年來，我居無定所，像一個波西米亞人，先後在臺北、布拉格、柏林、巴黎、香港、廣州和北京間漂泊，彷彿有一種預感，需要提前揮霍掉我的自由。

蘇珊知道我常回中國，但並不清楚我的確切行蹤，更不會想到我會在這裡出現。她那天的穿戴令我「驚艷」，因為非常古典、考究，和我們在紐約見面時的黑衣黑褲完全兩樣。她著蘇格蘭呢裙裝，外披典雅的英式羊毛披肩，臉上薄施脂粉，具舞臺扮相。蘇珊念著她的新書，朗誦抑揚頓挫，音調

---

[36] 《雅克與他的主人——向狄德羅致敬的三幕劇》（*Jacques and His Master*）是米蘭‧昆德拉（Milan Kundera, 1929- ）出版唯一的劇本。該劇以雅克和他的主人為主軸，鋪陳三則情史。

厚重低沉，其間穿插有腔有調的古英語，有聲有色。我聽懂了一些，好像是在描繪她小說中半虛構的女主角，那位移居美國的波蘭女演員瑪琳娜・褧蘭斯卡（Marina Zalenska）的命運：「很顯然我不是做農民的料。你是嗎？瑪琳娜！你是實用主義者、永遠被束縛於耕耘和收穫嗎？……勞作真如俄國作家所說可以淨化靈魂嗎？原以為我們來尋找自由和自我陶冶，但卻陷入日復一日的農業勞動。……只有不停地移動才能得到這個國家所能給予的最大好處，就像打獵一樣。打獵不僅僅是娛樂，而是需要，不僅僅是實際的也是精神的，是一種特殊的自由體驗。……」[37]

接著，蘇珊又唸起《在美國》結尾中那位遠離祖國前往倫敦的美國演員愛德溫・布思[38] 的長篇獨白：「文字的天堂對我們意味著什麼？對美國意味著什麼？民主對於美好而高尚的藝術有何用？……天哪，我們所從事的職業多麼腐敗。我們自以為堅持的美與真理，其實我們不過是在傳播虛榮和謊言。……我不喜歡喜劇結尾。一點也不喜歡。因為它們不存在。最後一幕應該是反高潮，如同生活一樣，你認為呢？……我十分厭惡空洞的重複。但我也討厭即興創作。演員不應該憑空『編造』。」[39] 最後，是蘇珊那磁性的聲音：「瑪琳娜坐下，凝視鏡子。她當然是因為太快樂而哭了──除非快樂的人生永不可得，而人類可以獲得最崇高的生命形式是英雄式的。快樂以多種形式出現；能夠為藝術而活，是一種榮幸，一種賜福。」[40]

抒情，但宿命般。朗誦嘎然而止。

---

[37] *In America*, p.204.明迪中譯。

[38] 愛德溫・布思（Edwin Booth, 1833-1893），19世紀美國最著名的戲劇演員，以主演莎士比亞的《哈姆雷特》而聞名於世。後因其弟刺殺美國總統林肯，移居英國演出舞臺劇。

[39] *In America*, p.376.明迪中譯。

[40] *In America*, p.376.明迪中譯。

　　終於，我明白了，蘇珊已全然進入角色，她的虛構，她的自畫像，她的心血，她這部寫了十多年的小說。此刻，她已化身為書中的女主角，那位十九世紀末在美國的波蘭女演員。蘇珊的穿著，瑪琳娜的穿著。「每個婚姻，每個公社，都是失敗的烏托邦。烏托邦不是一種空間，而是一種時間，是那些使你不想身在別處的短暫時光。」[41] 這一刻，這瑪琳娜的獨白，彷彿再現。

　　蘇珊不僅完成了這部歷史小說，甚至她經由小說中的人物、場景和時空，放逐著隱喻和象徵。

　　朗誦結束後，我在一旁等候，看著她為排隊買書的聽眾一一簽名，她與那些似是熟人的聽眾寒暄問候、和藹交談，我是一個旁聽生。等大部分的人都離去後，我走過去，出現在她面前，和她握手。她意外，才意識到我一直在場，她劈頭責問：「為什麼不跟我聯絡？什麼時候回來的？」看得出，她對我的出現非常高興，像是久無音訊的友人突然現身。離去前，她又叮囑我：「給我來電話，我們再細談。有事沒事都要給我打個電話，到了紐約，一定要告訴我。」

　　閱讀，那是我和她冥冥之中延續交談的唯一方式，共同的星象，乃至氣質——憂鬱，使得我們相知。二十五年前，她的長文〈在土星的星象下〉，用精準、細膩的筆觸，幾乎是白描，勾勒出一位偉大文人的影像：「在他的大多數照片裏，班雅明右手托腮向下望著。我見過的最早的一張攝於1927年，他那時三十五歲，烏黑鬈曲的頭髮壓住前額，飽滿的嘴唇上一抹小鬍子，年輕甚至很漂亮。他低著頭，罩在上衣裡的肩膀聳在耳際。他的拇指托住下顎，彎曲的

---

[41] *In America*, p.376. 明迪中譯。

食指和中指夾著香煙，擋住了他的下巴。他從眼鏡後面向照片的左下角望著，目光柔和，一個近視者白日夢般的凝視。」

　　蘇珊在文中對班雅明傾注了最深的理解。那次訪談中，我向她問起那篇長文，將她寫下的這一段用中文唸給她聽，讓她傾聽中文的語感，她感嘆著承認：「我是在把散文的寫法推到其極限，因為我實在是想寫小說。大概也就是在那個時候，我認識到我所能寫的最好的散文已經寫完了，可是我還沒有把我所能寫的最好的小說寫出來呢。」也正是在那次訪談中，她坦誠告白：〈在土星的星象下〉「是意指憂鬱情緒的，指他的、也指我的憂鬱型氣質。」然後，她感慨地說：「我所有的作品都置於憂傷……土星的標誌下。」，雖然她「期望不是永遠如此」。

　　她是真正的前衛，她貢獻思想、觀念、審美，乃至趣味。她甚至不經意中引領了品味和時尚。她有著探究者沈於發現的好奇心。是的，作為一個現代意義上的知識份子，無疑，她的美學觀使她毫不妥協地反對浪漫和多愁善感；但她感情豐富，她的文字，偶也難免善感多愁。可她節制，她為這一世界上所有已失或易逝的精神和偉大生命深情哀挽。她將豐富的感性轉化為深刻的剖析，她的憂慮，因著她與生俱來的熱情而成就為一種偉大的情感。

　　然而，直到癌症再次降臨，直到死亡逼進，她都在土星的星象下。她那揪心的憂慮，她那無倦的悲憫。她那深深的，對於這個世界（惡咄咄逼人的世界）永恆的關注。

5

　　那次訪談中，我問她想不想再訪中國，她的回答令我動容：「我當然希望再次去中國。但是，只應在我覺得中國之行對我自己從精神上或人生上，或對其他人，如對流亡在國外的中國人有利的情況下成行。否則我是不會去的。我不想僅僅作為一個旅遊者去中國。那對我來說是不道德的。」

　　我後來才發現，蘇珊一生重諾，重道德承諾，對世人，對自己，也對我。

　　這之後，我開始說服她，讓我來籌劃她的中國之行，甚至建議她再訪臺灣。她認同我的意見，以一個藝術家的身分完全自主地再訪中國，蘇珊甚至願意，在北大那樣的大學教一個學期的書，用更多的時間瞭解中國。

　　我們開始討論她再訪中國的路線及要見到的人和事物。我參照她早年寫的〈中國旅行的計畫〉[42]中的夢幻願景設計她的旅行路線。我期望她能看到真正的民間社會、聽到異端的聲音、觸及充滿生命力的藝術文化，看看在全面引進了資本主義式的經濟型態後，整個中國的畸形變化。而她，則是關心此行能對中國的社會和文化發展、對我這些年來的文學和思想性工作有什麼幫助。

　　依她所願，我們應在香港會合，她可在已回歸中國的香港逗留些時日，我想引薦譯過她不少作品的詩人黃燦然給她，她可以和梁文道、張隆溪、董橋、馬家輝等學者文人座談，也可以乘船去南丫島感受本土香港、去藝穗

---

[42] 原刊於〈中國旅行的計畫〉（Project For a Trip to China），見桑塔格短篇小說集《我等之輩》（*I, etcetera*）（探索文化出版，1999）。

會[43] 酒吧聽詩朗誦，看香港「進念・二十面體」[44] 劇團推出的年度劇作。

之後，就像她二十多年前那樣，「越過橫跨在香港與中國之間深圳河上的羅湖橋」，從羅湖海關進入中國的深圳，經由這個新生的城市，坐火車到廣州，在廣州火車站，可目睹人海般的外省民工，隨後，可去看廣州現代舞團的現代舞演出、參訪廣州藝術家的工作室。接下來，蘇珊可乘約需20多個小時的京廣線特快列車，由車窗細看從南到北的中國大地，想像她父母親當年在中國居住和旅行的情景。

我希望她能在2000年10月前後，秋天──這最好的季節成行。中國有無盡的苦難，也有很多充滿創意、活力、生命力的事物，中國的知識份子、異議人士、作家、藝術家們期待她的到來。在北京，我可為她安排更多「離經叛道」的活動，可前往信訪站[45] 接觸上訪民眾[46]；去被強迫拆遷的舊城胡同和市民交談，和異議知識份子探討中國的政治和社會問題。去圓明園廢墟，走北大後門一條街，在「雕刻時光」咖啡館看地下紀錄片，和紀錄片製片人、電影導演、作家「侃大山」[47]。走訪北京通州的前衛藝術家工作室，到萬聖書院、風入松書店、三聯書店覽書；逛齊家園古董舊貨市場，看不能公演的被禁電影，和京城的藝術策展人、攝影家、文化人在三里屯酒吧一條街聚會。還有後海的清末民居四合院、琉璃廠、雍和宮、國子監、北海、德勝

[43] 「藝穗會」為香港藝術團體，地點位於香港市中心中環地區。1983年12月起舉辦香港藝穗節活動，1987年起正式成為香港的藝術創作及文化交流專用場地。
[44] 「進念・二十面體」為香港藝術劇團。1982年成立，已推出原創劇場作品一百多齣，曾獲邀至歐、亞、美等地三十多個城市進行交流演出，是香港的國際級實驗劇團。
[45] 信訪站是中國政府設立的特別機構，各地民眾在地方上的冤情，可在信訪站向中央政府的信訪站辦公人員陳述並請求調查。
[46] 上訪民眾是指那些前來北京向中央政府陳述冤情的地方民眾。
[47] 「侃大山」是北京方言，意指聊天。

門、紫禁城、前門、宣武門、古觀象臺、大柵欄，老舍茶館、京戲、河北綁子、行為藝術和現代藝術展。甚至可以安排在中國社科院、北大、清華演講及和學者們對話等。蘇珊以極大的興趣傾聽我預設的這些行程，並唸著：「時間！時間！時間！我該怎樣排出時間。」

我確信，蘇珊的重訪能對二十多年來中國發生的變化，對專制統治和資本主義經濟已溶為一體的中國社會有深入的觀察和剖析，甚至，對中國的社會變革和異議知識份子的可能作為給予建設性的意見。

我知道蘇珊在1970年代初曾去過臺灣，也在臺大外文系作過專題講演，可那時的臺灣還是威權下的「戒嚴法」時代。她曾和我談起候孝賢，她對候孝賢電影中一個個靜態長鏡頭下慢節奏的鄉土臺灣印象深刻，她執迷著《悲情城市》、《戀戀風塵》、《戲夢人生》等電影中的懸念，以及寫實般的質感生活，她激賞候孝賢電影中獨有的固定攝影機視角、縱深構圖，以及由此呈現的內在蘊力。而我，則被候孝賢電影中由小窺大的宏觀視野，精心打磨的細緻所吸引，驚嘆他九〇年代電影中那種令人窒息、悠久、啄人的靜。

蘇珊對楊德昌的電影完全入迷。2000年秋天，楊德昌執導的電影《一一》正在紐約公演，她真是著迷，我們見面時，她興致沖沖地告訴我，她幾天內連看了四遍《一一》，她說楊德昌的導演技巧和電影語言使她傾倒，建議我一定要去看。為此，我去看了《一一》，我承認《一一》確實不凡，也造就楊德昌特有的電影風格，他以極專業的電影分鏡頭手法敍事，將故事一段一段地單獨展開，而精準無比的交叉剪輯手法又將每一段故事有機地結合，他適度地使用電影中最常用的蒙太奇，使故事平行交錯，以強烈的

空間感和揪人的緊湊，讓故事情節明晰、清楚地凸顯出來，形成一種立體、並置發生的視覺效果。我理解她如此忘我地一看再看，因為蘇珊執導過多部電影，內行是看門道的。

　　看盡天下的好電影是她一生從未衰竭的嗜好，她對二十世紀的經典影片、對電影這一偉大藝術的起源、流派、風格、技巧如數家珍般地熟悉。她是我見過的在電影這一行當上最博學的人。假如可能，她可以每天看兩場好電影──如同閱盡天下的好書。蘇珊說過一段讓我難忘的話：「一本書的定義是它值得再讀一次。而我只要讀我還會再讀的書。」[48] 我以為，這段話完全可以挪用到她對電影的認知上：一部電影的定義是它值得再看一次。而我只要看我還會再看的電影。

　　可惜，我是外行，我完全不懂電影，不懂執導電影的技巧，我不敢和蘇珊往下深談。

　　2002年，當時的臺北市文化局局長龍應台請我代邀蘇珊訪問臺灣，我們曾設想過蘇珊可能的訪臺行程。我告訴蘇珊，為了瞭解中華文化和本土臺灣淵源流長、相互影響的近代歷史，再訪臺灣是值得的。她可實地感受臺灣被撕裂的統獨意識形態，觀「雲門舞集」在國家劇院的季節公演，去牯嶺街看小劇場劇作，夜訪誠品敦南店，在光點影院看臺灣電影，和侯孝賢、楊德昌在官邸沙龍談電影。她可和龍應台擺龍門陣，去永康街和文人墨客沽酒小聚，與施淑李昂、朱天文朱天心相對論小說，也可會陳映真、陳芳明、南方朔、李敏勇，傾聽完全南轅北轍的臺灣文化史觀，甚至直奔宜蘭看黃春明排歌仔戲、訪臺南臺灣國家文學館、下花蓮高雄領略東南臺灣的風光。

---

❹ 引自〈虛構的藝術──蘇珊‧桑塔格訪談〉。可參見《蘇珊‧桑塔格文選》（麥田出版社）第68頁第1至第2行。類似的見解亦可參見《重點所在》第317頁。

我也建議蘇珊儘量少住外國人寄生的豪華酒店，甚至可住臺北國際藝術村、鄉間的民宿，或普通的市區旅館，我說那樣可體驗真正的本地生活，她欣然認同。

後來，我出事並被遣送出境，我知道我做她嚮導去中國已暫無可能，但我仍舊建議蘇珊去中國，我告訴她：中國之行的一切都已籌備好了，沿途都有友人們接待，我在美國仍可協助落實一切。我每說一次，每次，蘇珊都堅定地謝絕，她說她理解我的想法，但她選擇和我站在一起，她一次次地向我重申那個不僅是基於情誼，而且是基於道德的理由：「如果中國政府不讓你回去，我就不會去中國，什麼時候你能回中國了，我再去。」

但是，我一直在說服她，一直確信——當今中國的政治、社會和文化變化中，需要她親身觀察後的思考，她應該再去中國。知識份子、藝術家和作家期待著她的到來，在那裡，有一些重要的位置需要她的介入。

直到2001年末，那針對美國的911恐怖襲擊發生後，我才暫時放棄這一勸說。

6

我們的緣份是命定的。那一年，她營救我出獄是命定的，而她竟真的將我救出來，這也是命定的。

2000年8月，我已在北京定居。我將《傾向》第13期交由北京通州某印刷廠印刷出版，「13」——都說那是個不吉利的數字，還真應驗了。不僅我被這

「13」「方」[49] 進了監獄,凡是和我沾親帶故、和這13期沾邊的都遭了驚嚇和磨難。我弟弟只因向外國記者披露我已被捕,也作為我的「從犯」給押進了監獄。凡寄存了幾本或幾十本《傾向》的友人家或工作場所,幾乎無一倖免地被警方突然查抄、搜繳,膽大的還能從容應付,膽小的則四處躲藏。友人蕭艾的設計工作室,因被我未打招呼就寄存了幾十本《傾向》而遭秧。那天,她的獨子蕭強在工作室內工作,因不知原委,無法說清《傾向》是怎麼來的,闖入的便衣警察便連書帶人一併押進了警局。套句共產黨的行話:北京市公安局一聲令下,偉大的「人民警察」在北京全數查獲了這「精神的毒品」。

那一期厚達四百多頁,是愛爾蘭詩人、1995年諾貝爾文學獎獲得者謝默斯・希尼[50] 的詩、文論和評論專輯,共印刷了兩千本。

出版前我未敢聲張,甚至瞞過了我弟弟和幾乎所有的友人,提心吊膽,找到一家價格便宜的印刷廠,「悄悄」地印,以為可以「悄悄」地送人、「悄悄」地寄售,「悄悄」地郵往海外,並以為隨著書的面世,可以「悄悄」地大功告成了。

一些詩人、文化人、離經叛道者,一些書店、咖啡館、酒吧、民間文化工作室分別獲贈或為我寄存、寄售傾向雜誌第13期。

月初,我去上海,月中,返京。

8月13日,又是13,我的劫數。

炎熱的下午,褲衩背心,我下樓,走進我住的北京和平街北里公寓樓

---

④ 「方」,北京方言,有被咒或不祥的意味。

⑤ 謝默斯・希尼(Seamus Heaney, 1939-),愛爾蘭詩人,詩歌批評家和翻譯家,1995年獲諾貝爾文學獎。作品觸及北愛爾蘭複雜的政治、宗教議題。2006年,以詩集《故地輪迴》(*District and Circle*)獲得國際詩壇聲譽極高的艾略特獎。

前的門衛室，叫聲：「大爺好！看看北京晚報。」我悶頭讀報，大爺大喜，用暗語給「片警」[51] 撥了個電話：「您要的貨到了，趕緊來取。」隨即，片警趕到，先前後查了一下有沒有旁門暗道，隨即用手機報告上司，再進門，擋在門口，對我一聲吆喝：「住這兒嗎？給我看看證件。」將我先穩在門房內，接著，有一搭無一搭地盤問著。我尋思，「瓶子蓋」[52] 又盯上我了，應沒什麼大不了。半小時後，一陣急促的剎車聲，門外，人聲和對講機對話聲嘈雜，一群便衣將整個門衛室團團圍住，此時，我已知大概。聽天由命吧。

「可以回去穿件衣服嗎？」我問片警。

進門的便衣回道：「不必了。」

「請問您們是……」我問道。

「看不出來嗎？走一趟吧。」不容我由說，他們架著我就往外「拎」。

我大聲抗議，要求他們出示證件。便衣低聲威脅，我突然卯足力氣，掙脫，抓住路邊的鐵柵欄就是不走。這情景引起了路人和左鄰右舍的注目，大爺大媽們圍了上來，攔住便衣們，問他們是幹什麼的，想擄人麼？便衣們又氣又惱，不得已，亮出北京市公安局的證件，在我和圍上來的人們眼前晃了幾晃，壓著火，眼冒凶光，帶著狠說道：「請跟我們走一趟吧。」

我就如此突然地被塞進了吉普車，褲衩背心，直接從市中心的居所樓下押到了十公里外的海淀區海淀路派出所。初審，在派出所車庫坐在椅子上過夜；第二天再審，警方說我態度惡劣，試圖隱瞞「罪行」，不審了。下午，我被押上同一輛軍用吉普車，路上，我問：「去哪兒？」，「去賓館。」「便衣」竊笑，不動聲色地回我。車子一路疾駛，北京西郊，簇新的綠蔭柏

---

[51] 「片警」北京方言，指負責自己居住區域的派出所警察。

[52] 「瓶子蓋」北京方言，意指便衣警察跟蹤被監視者時如同瓶子蓋一樣緊緊地跟在瓶子上。

油馬路，車子減速，駛近一幢巨大的灰色建築，崗亭，持槍站崗的武警，對開的大鐵門旁，掛著巨大的門牌：「北京市公安局海淀分局清河拘留所。」

這一刻，我的腦海像被「轟」了一下。

高聳威嚴的獄牆，牆頂有著裝置藝術般誇張的電鐵絲網，一入監獄辦公室，我就被強制「收繳」了一天都不能不戴的近視眼鏡，我犯倔抗議：「沒眼鏡我……」當即被獄警踹了一腳，喝斥道：「你他媽真以為是住賓館嗎？進了這兒，活著進來可能死著出去。」「狗日的給我蹲下，雙手抱著後腦勺。」隨著這句喝斥，我雙眼迷濛，聽到獄方大聲宣佈：「罪嫌黃貝嶺，涉嫌非法出版和擴散境外刊物，現予以刑事拘留，等待正式起訴。」

光腳、半瞎、褲衩背心，我被押進了八筒一號獄室。

那段日子，我只能褲衩背心，連洗換的內衣褲都沒有，全靠獄友接濟。我失去了外界的一切消息，不知道誰被我牽連，不知道弟弟和我關在同一所監獄，不知道外界知不知道我已被抓，更不知道誰能救我。經過大大小小的提審，直到十四天後的那個下午，獄方突然宣佈：「不予起訴，取保候審，先押回號裡。」那天下午，我辦理完「取保候審」手續，在候釋間找鞋時遇到也被釋放的弟弟，我們匆忙中交換了一分鐘的資訊，連相擁都不可能，便匆匆告別。我戴上被獄方「奉還」的眼鏡、褲衩背心，再度坐上吉普車，七拐八彎九轉悠，我以老北京的記憶辨認著地理方位。不久，「北京市公安局療養院」的長形門區映入眼簾，一幢幢儼如世外桃源的二層樓房，不起眼的門面內別有洞天。下車上樓開套房，負責我案子的市公安局官員已在房內「恭候」著，我問：「是軟禁嗎？」官員說：「在這兒先歇些日子，養養身子壓壓驚，我們也可以把問題談談清楚。」

這座療養院位於北京香山地區，靜謐中透著清爽的初秋氣息。終於，

可以關上廁所門獨處，可以不在他人眼前裸露。有一張床可以睡，而不是「號」裡的地鋪，可以平視窗外的景色，不像在牢裡，仰望高窗，妄想自由。時不我予，我洗了兩週來的第一個熱水澡，一出洗手間，就是官員們的「促膝長談」。

當天傍晚，北京市公安局官員突然向我宣佈：「根據中美兩國政府的協議，你將被遣送美國……」。我楞在半空，半響，才緩過神來，意識到「自由」真將降臨，而代價是離開祖國。我說：「請釋放我即可，我要留在北京……」。還未講完，便被官員打斷：「不行，美國正在等著要你，很急，你必須為中美兩國關係作出貢獻。明天一早，你將搭乘中國國航的班機前往美國……」。

第二天早晨六點半，我被叫醒，要求立即刷牙洗臉刮鬍子（維護祖國形象嗎？），然後豆漿油餅小米粥，再由警方開車上路，繼續七拐八彎九轉悠。清晨，甦醒的北京郊區，我那北京的記憶。我凝視著這一街一景一草一木、大爺大媽大姑娘、背著書包上學的少男少女。這是我的北京，我最後的北京嗎？我的淚水決堤，竟泣不成聲，前後左右「護送」的眾便衣緘默。我被送至父母家，與父母、弟弟匆匆話別，帶著他們連夜為我打理好的行李，再「送」北京機場，「送」上飛往美國舊金山的中國國航班機，「遣送」出境。

就這樣，我被「遣回」了美國。我只知道，由於美國國務院及美國駐華大使館的強烈抗議和強力介入，我才獲釋。除了孟浪之外，我不知道還有哪些人在救我；不知道整個事件戲劇性的過程和細節。直到我在舊金山被友人告之，直到我和孟浪電話詳談，直到讀了蘇珊‧桑塔格在紐約時報撰寫的那篇談我的文學工作，談我們的友誼，呼籲營救我的文章〈向中國傳遞思想之罪〉（The Crime of Carrying Ideas to China），直到從美國筆會獲知國際文學界

的廣泛反響,直到打電話給蘇珊,直到去紐約和她見面。我才知道蘇珊為我所做的一切,才知道了整個過程。

　　遣返美國的第三天,我從波士頓前往紐約,美國筆會要在紐約總部為我做一個小型記者會,我打電話告訴蘇珊,我明天會來紐約。是她那高亢的聲音在電話中問我:「我們可以先見面嗎,可以嗎?(May I?)我本來下午有一個約,我可以立即打電話改期,我們先到中國城吃午飯,然後我們一起去美國筆會⋯⋯」

　　我們約好在曼哈頓中國城的街口見面,蘇珊黑衣黑褲地從出租車上下來,帶著她的好友、她著作的義大利文譯者帕羅・迪羅納達(Paolo Di Lonsrdo),激動,我們久別重逢。她從頭到腳把我端詳了一遍,一邊看一邊說:「你看起來還好,還好,沒有瘦嗎?你沒受刑吧,看起來不像⋯⋯」。蘇珊為我洗塵,她急切地問著我在監獄的一切,她說:「真沒想到,他們這麼快就把你放出來了。」

　　我是懷著感激,甚至是慚愧,聽著蘇珊敘述她為我做的一切。蘇珊告訴我,她大吃一驚地從紐約時報上讀到我被捕的五行字新聞,她在〈向中國傳遞思想之罪〉中,曾這樣描述她當時的感受:「可是天哪,在同一頁底端、古巴故事旁邊,還有別的新聞。僅那麼短短的一則消息,總共五句話,卻撞擊了我的心──就在同一個星期五下午,我的朋友貝嶺,傑出的中國詩人和編輯,在北京被捕了。」[53] 這消息使她無法再做任何事情,最初的幾天,她和她的中國友人聯絡,沒人知道我的情況,她去問她的漢學家朋友,他們也不知道。

---

❺❸ 同註15。

　　我沒有給過蘇珊我在北京的電話、住址，我在中國期間也從未與她連絡，因此，她無法找到我。後來，她通過美國筆會才間接獲知我為何入獄。最初，是孟浪在美國公開為我呼救，而美國筆會是經由孟浪，和我在北京的弟弟黃峰直接聯絡，瞭解我的情況。所以，我入獄的詳情到達蘇珊那裡時，整整繞了一圈。她寫到：「八月裡發生了一些不幸的事情。尤其是八月中旬。一年中沒有什麼時刻比此時更難喚起人們的注意了，正如我可以證實的那樣，我除了給那些有可能和我一起喚起人們對貝嶺的困境加以關注的人打電話、發電子郵件以外，從上個星期日開始幾乎什麼事也沒做。民主黨大會正在進行，俄國潛艇的恐怖也很矚目。如一位無所不知的漢學家朋友所說：「你得了關注被捕中國異議份子疲勞症。」

　　她在我入獄一週時，寫下了這篇文章，此文譯成了七種文字，在十幾個國家的報刊上同時發表。在文中，她提示著：「寄望於我們的政府去關注一個作家的命運、一個美國合法居民此刻在北京監獄裡受難，是否是一種奢望？動員民間的公民們去聲援這個孤單的學者和詩人，是否也是一種奢望？當然，公開抗議只是這件事的一部分。在大多數情況下，持不同政見者被他們的專制政府所釋放的關鍵，是由高層政府官員施加幕後壓力。但公開抗議是一個開端。」

　　她深諳救人的策略，在第一時間、在罪名還未確定時營救是最重要的。她告訴我，她立即打電話到柯林頓總統辦公室，柯林頓沒接到電話，她請柯林頓祕書轉告總統，美國政府有責任介入此事。正如她在文章中所說：「如果對貝嶺事件保持沉默，對他而言就只能作最壞的打算……也是對中國的其他人而言（兩天前他在北京的弟弟也被捕了）。這意味著給中國政府開綠燈：它可以在這類案件中肆無忌憚；而且它可以擴大它的迫害範圍，恐嚇獨

立思考。如果沒人作出反應，就難以給中國政府發出更明確的信號。」

她打電話給美國國務卿歐布萊特[54]，她們是朋友，她請求歐布萊特過問。蘇珊認為：「美國該管、也應當管的事，是民主和自由。」歐布萊特向她保證，她會盡全力，美國國務院及美國駐中國大使館會努力和中國政府交涉，要求中國方面釋放我和我弟弟。

她告訴我，那一個多星期，她放下了其它的事，每天從早到晚只做一件事，就是不斷地打電話，告訴所有能夠起作用的人，貝嶺是誰？你做了什麼？為什麼在中國入獄，讓他們認識你，請他們參與營救你。「美國政府不知道你是當然的，但大部份西方作家也不知道你，亞瑟・米勒[55]、鈞特・葛拉斯、魯西迪[56]等人都不知道你，我要不斷地解釋你是誰？為什麼要救你。」

當時，中國政府正在美國籌辦「五千年中國文明展」，要在全美巡迴展出，她說，這是關於中國歷史和文明的一個重要展覽，非常盛大，你在北京的被捕對這一中國文明展是極大的反諷。她估計我可能會被判刑。她說，九月初，美國筆會與文化界籌劃在「五千年中國文明展」開幕日那天，在會場前舉辦一場有美國作家和知識界人士參加的抗議集會，要求中國政府釋放你，之後，還有更多的抗議活動……

用餐後，蘇珊和我來到了曼哈頓下城百老匯街上的美國筆會，十一年前，我初到美國時，曾受邀來過這裡，當時，我不僅是英語的文盲，也是啞巴。十年後，我再次造訪，筆會的工作人員、媒體記者們，一邊祝賀我的

---

[54] 歐布萊特（Madeleine Albright, 1937- ），曾任美國駐聯合國大使，美國第六十四任國務卿（1997-2000）。

[55] 亞瑟・米勒（Arthur Miller, 1915-2005），美國劇作家。知名劇作為《推銷員之死》（*Death of a Salesman*）。

[56] 鈞特・葛拉斯（Genter Grass, 1927- ），德國作家，1999年獲諾貝爾文學獎。著有長篇小說《鐵皮鼓》（1959），該書與稍後出版的《貓與鼠》（1961）和《狗年月》（1963）被稱為「但澤三部曲」。

獲釋，一邊問候蘇珊。記者會在美國筆會大廳舉行，由美國筆會執行主任麥可・羅伯特（Michael Roberts）主持，蘇珊坐在我旁邊，記者們的問題涉及到《傾向》雜誌的性質和內容、在中國的影響力，為何在北京印刷《傾向》，拘捕我的理由和細節，以及中國的出版體制、審查制度和作家的自我審查等問題。當提問越來越具體和細節化時，我的英文便頂不住了，開始詞彙量貧乏、前後表達重複，甚至辭不達意、答非所問了。

蘇珊看出我的窘況，她焦急，索性打斷我，輕聲跟我說：「你的英語讓記者們無法清楚地理解你的看法。這樣吧，你先跟我說，我理解了你的意思後，替你複述。」就這樣，蘇珊成了我的「翻譯」，我用我的「貝式」英文先說，她聽，然後複述、補充描述。有時，她覺得我未能完全理解記者的問題，她會再向我解釋。此時，記者會上，她那曾被定格過的桑塔格式風采再現，她的手勢、她的表述、她那豐富精準的英文，將我的回答完美地呈現。

是的，她不忍看到我因為辭不達意，而被低估或誤解，不希望見到一個作家在表達見解上的詞窮力拙——不是母語也不行。她嚴格地以一個作家應有的表達能力審視我，當我的英語表達做不到時，她出手助陣，因為作家的表達不能掉份。

記者會一結束，蘇珊立刻起身，她說：「我必須回去工作。」她請我傍晚再去電話，以確定我還需要什麼，說罷，即與眾人告辭，離去。

不久之後，我帶著孟浪、張真一起去她家拜訪。這次是她第一次見到孟浪，我介紹完孟浪、張真之後，她問孟浪：「貝嶺入獄的那些日子，你為什麼不找我呢？」

孟浪被蘇珊問得一楞：「我當時沒有您的電話號碼⋯⋯」

「可是你一直在和美國筆會聯絡，我的號碼可以從美國筆會要到的

啊。」蘇珊不解。

　　孟浪望著蘇珊，窘迫，似乎有苦難言：「我……我想您很忙，我當時怕打擾您……」

　　我理解孟浪為什麼沒打，我把我的理解告訴蘇珊，蘇珊看著孟浪，理解但仍帶著責怪地說：「你做了那麼多，你應該打給我，我沒忙到讓人不敢打電話給我。美國筆會知道我多焦急，你也應該讀到我的那篇文章……」

　　那天在蘇珊家，我們交談了許多。她將我們帶到書房，從文件箱中拿出兩個分別寫有「傾向」和我名字的大夾子，她一邊打開，一邊說：「這些年來，你寄給我的信、詩、文稿和《傾向》雜誌，所有的我都存在這裡，這次我都用上了，我還複印給了許多友人，讓他們看到你們做的工作。」

　　接著，她打開電腦，問我平時用不用電腦？我告訴她，在寫作和編輯上，我和孟浪還很老派，用手寫和傳真。我說我學過多次怎樣用電腦編輯和打字，但總學不會，所以平常很少用。她不認同我的說法，「我這麼老，都還在學用電腦、上網。你這麼年輕，怎麼可能學不會。」她告訴我和孟浪：「學會上網和用電腦寫作，是一個作家必須的，它有助於你的寫作，也有助於你瞭解這個世界上所發生的事情。」她一邊說著，一邊坐到電腦前，她讓我們站在她的身後，索性親自示範，用不太熟練的操作技法一點一點地向我們展示如何上網、如何複製和下載文章、如何在網路上搜尋需要的資訊。愚笨的我，當時看得一頭霧水。

　　她設立了個人網站。首頁照片上，她的目光柔婉，凝視著，專注。一頭濃密凌亂的長髮，灰白。她的穿著率性，襯領外翻，領口甚至是敞開的。不是驚艷，而是她那知性的風采。

　　不知為何，這張照片中的蘇珊和遺照中晚年的張愛玲有一絲相似的神

態，一絲可以讀出的感性。她們的人生各不相同，但她們都遺世獨立，一生中，大部份的時間都獨居，她們都絕對地捍衛私生活的私人性，捍衛隱私在這一隱私喪盡時代的絕對隱私性。當你仔細比較，你甚至發現，除了那一絲神似的相似之外，她們的神態中也都透著一種看盡世態的沉靜鎮定（可她們的人生觀是多麼地不同啊！），她們的晚年都飽受病痛。但在人生上，蘇珊執著面世，張愛玲則悲苦避世。

這是在地和異域的不同造成的嗎？

這是斯土斯民和背井離鄉的不同嗎？

這是宿命嗎？

照片似乎在傳遞著什麼⋯⋯

7

　　蘇珊也是一位人權戰士，一位俠義之士。她是流亡作家和受迫害作家無畏和堅定的盟友。數十年來，她為受迫害作家請命，仗義執言，奔走呼籲，不管這個人有沒有名，認識不認識。她只要做，就全力以赴。

　　蘇珊做事乾脆果斷，不畏人言、流言、小人惡人之言。正如瑪格麗特‧阿特伍德[57] 傳神的描述：「無論她思考什麼⋯⋯無論她主張什麼⋯⋯都不會是被一般人接受的觀點。她將一般人接受的觀點放入碎紙機撕碎，再重新審視。她是一個長大了的、指出國王新衣的孩子。當孩子們說國王沒穿衣服

---

[57] 瑪格麗特‧阿特伍德（Margaret Atwood, 1939- ），加拿大女作家。作品跨越詩、小說、文學評論，2000年，其著作《盲眼刺客》獲英國布克獎。

時，你告訴他們，不可以公開說這些話。當成年人也這麼說時，他們會碰到許多麻煩……而她，對麻煩根本不在乎。」

她在重大的人類事件和精神性的公共事務上不僅貢獻見解，而且身體力行。蘇珊就是蘇珊，不是世人泛稱或溢美的所謂西方「左翼」知識份子或美國的「良心」，那些話是他人的一廂情願，甚至是意識形態綁架。她雖抨擊當局的許多決策，卻也不放棄向當道直陳利害，但她直接將見解發表在報刊媒體或陳述於公共場合，絕不用東方式的奏摺上諫。所以，她既受人敬仰愛戴，也遭人敵視咒罵。她愛憎分明，從不人云亦云。她不僅評判作家的作品，也審視作家的言行，將其置於良知和人的道義責任上審視。她曾向我直陳對諾貝爾文學獎獲獎詩人沃科特（Derek a.Walcott）的看法，她認為他詩才洋溢，作品傑出，但缺乏良知，對於東西方受迫害的作家不聞不問。前些年，古巴獨裁者，拉丁美洲的魅力型反美偶像卡斯楚，冒天下之大不諱，竟將國內的異議人士幾乎全部下獄，蘇珊和許多西方作家立即予以公開的遣責，但是，和卡斯楚私交甚好的諾貝爾文學獎得者、哥倫比亞作家賈西亞‧馬奎斯[58] 一直沈默、沒有發聲，為此，她公開批評馬奎斯，質疑他的沉默，寄望他能出面營救古巴異議人士。我寫信向蘇珊求證，並索要文字稿，那時，她已因血癌住院，她仍託助理回覆我：「確有其事，那是一次被廣泛報導的公開發言，她未寫文字稿。」

蘇珊的仗義和率性，也體現在她給我的一些（在我看來）幾乎是異想天開的建議上。例如，我出獄時，曾被北京市公安局勒索性地處以「行政罰款」二十萬人民幣，我的父母被迫為我先支付了部份款項，同時，又被強迫

---

[58] 賈西亞‧馬奎斯（Gabriel Garcia Marquez, 1928- ），哥倫比亞小說家，1982年諾貝爾文學獎得主。著有長篇小說《百年孤寂》、《迷宮中的將軍》等。

支付一萬元人民幣的單程商務艙機票費，我是帶著每天百分之八的懲罰性利息尾巴遣送美國的。這筆勒索款項我根本無力付出，故，正以幾何級數增長著。我向她提起此事及我的困擾，蘇珊吃驚且非常憂慮，要幫我籌款還錢，她建議，由我和她聯名寫信給兩百個美國有錢人，告知原因，請每個人捐兩百美元，讓我儘快了結此事，以免後患。我考慮了許久，覺得不妥，我告訴蘇珊：「您的情我領了，可是，那筆勒索性的錢真要付嗎？我不能也不敢接受這樣的捐款。」也許蘇珊無法想像，流亡的知識份子和持不同政見團體中，人際關係是多麼的複雜，而人言又多麼的可畏。何況，這兩百個人的人情我怎擔待得起？

　　我勸阻了蘇珊，我們沒做這件事。

8

　　2001年4月，我因事去紐約，我在街頭撥公用電話給蘇珊，是她助理接的，我問，蘇珊在嗎？她說蘇珊正在工作，請我留言。

　　我正要留言時，蘇珊的聲音出現了，她說近來有太多電話找她，因此她已不敢接電話，但她很高興我打來電話。那天，她的聲音難掩興奮，她說她剛剛得知，自己獲得了兩年一度的耶路撒冷獎。顯然，她在和我分享這喜悅。耶路撒冷獎的全稱為 「社會中的個人自由耶路撒冷獎」（The Jerusalem Prize for the Freedom of the Individual in Society）， 我一下子未能聽懂此獎就是我以前認知的耶路撒冷獎，故反應遲鈍。蘇珊以為我不知耶路撒冷獎，便向我解釋：「這是兩年一度由耶路撒冷國際書展頒發的國際文學獎，授予其作

品深刻地探討了社會中個人自由的作家。」她感慨著:「唉,世人只知道有一百萬美元獎金的諾貝爾文學獎,耶路撒冷獎沒有說得出口的獎金,故世人不知道它在作家心目中的位置,它是文學獎中的文學獎,它頒給作家中的作家。我以獲得耶路撒冷獎為傲。」接著,蘇珊向我細數此獎從1970年代創設以來,已獲頒此獎的重要作家,如:阿根廷作家波赫士[59]、愛爾蘭裔劇作家貝克特、法國作家波娃[60]、英國作家格林[61]、米蘭・昆德拉、波蘭詩人赫伯特[62]等。聽得出,耶路撒冷獎在她心目中是崇高的。等她解釋完,我向她表示深切的祝賀。並告訴她,十多年前在中國,我曾讀到過米蘭・昆德拉獲耶路撒冷獎時的獲獎演說〈人們一思索,上帝就發笑〉[63],那是一篇精采的演說,對我有著重要的啟示。她接著告訴我:「這一個多星期來,我一直在構思、撰寫這篇去耶路撒冷領獎時的獲獎演說。」

2001年的耶路撒冷獎,是對她的作家生涯、對她的「文字」,對她一生所做所為的重大肯定。

當時,我懷著憂慮看待她即將前往以色列的獲獎之行。那些年,以色列和巴勒斯坦由於歷史上糾纏甚久的民族宿怨,正處於極其血腥的暴力對峙狀態。巴勒斯坦恐怖分子對以色列人民進行血腥的自殺式攻擊,而以色列軍隊

---

[59] 波赫士(Jorge Luis Borges, 1899-1986),阿根廷作家。其「圖書館員」生涯及百科全書式寫作下的詩歌、評論與短篇小說,深具魔幻寫實色彩和形上學探索,是對世界文學影響最大的拉美作家。

[60] 西蒙・波娃(Simone de Beauvoir, 1908-1986),法國女作家,被譽為二十世紀女權運動的先驅。其重要作品為《第二性》、《越洋情書》、《西蒙波娃的美國紀行》等。

[61] 格雷厄姆・格林(Graham Greene, 1904-1991),英國作家。他的創作數量豐富,而且涉及小說、話劇、隨筆、書評、影評等多種文學形式。

[62] 齊別根紐・赫伯特(Zbigniew Herbert, 1924-1998),波蘭詩人。他的第一本詩集《光線的一種和聲》直到史達林去世以後的1956年才出版。

[63] 〈人們一思索,上帝就發笑〉是米蘭・昆德拉1985年5月獲耶路撒冷寫作自由獎的演講。中譯見昆德拉長篇小說《生命中不能承受之輕》(時報文化,1988)一書附錄。

也對巴勒斯坦居民區進行同樣血腥的暴力報復。在這一時刻，她前往以色列領獎，必定會引起廣泛的注目和非議。有友人、也有人權組織建議她拒絕接受耶路撒冷獎。

那是真正的傳世之作。鞭辟入裡、字字珠璣。是一位偉大作家對文學和政治、文學和自由、文學和人等複雜關係所做的極具穿透力的論述，每一位有作家抱負的人都應該一讀再讀。蘇珊在〈文字的良心〉[64] 這篇獲獎演說中字勘句酌地提醒文學同行：「……作家要做的，應是幫助世人擺脫束縛，警醒世人。打開同情和新的興趣管道。……提醒人們，我們可以改變。」

她無視爭議，前往以色列領獎，在獲獎演說中，她回應著要求她拒絕接受此獎的聲音，甚至回應著對她不懷好意的人：「授予某個榮譽，意味著確認某個被視為獲普遍認同的標準。接受一個榮譽，意味著某人相信了片刻這應得的。（一個人最應說的合乎禮儀的話，是自己還配不上。）拒絕人家給予的榮譽，則似乎是粗魯、存心掃興和虛偽的。」

她捍衛文學的多元性：「文學是一個由各種標準、各種抱負、各種忠誠構成的系統──一個多元系統。文學的道德功能之一，是使人接受多樣性價值觀的教化。」

她警示世人，「自由」和「權利」的概念正被濫用：「近年來，『自由』和『權利』的概念已遭到怵目驚心的降級。在很多社會中，集團權利獲得了比個人權利更大的重量。」

她告誡作家同行：「作家的職責是描繪各種現實、各種惡臭的現實、各種狂喜的現實。文學提供的智慧之本質（文學成就之多元性）乃是幫助我們

---

[64] 〈文字的良心〉（"The Conscience of Words" by Susan Sontag, Los Angeles Times, June 10, 2001），中譯可參見《蘇珊・桑塔格文選》（麥田出版社，2005），黃燦然譯。

明白無論眼前發生什麼事情，永遠有一些別的事情在此刻發生。」

她回顧著她的一生：「有三樣不同的東西：講，也即我此刻正在做的事；寫，也即使我獲得這個無與倫比的獎的活動，不管我是否有資格；以及做人，也即做一個相信要積極地與其他人憂患與共的人。」

她甚至用昆德拉式的自嘲表達著非昆德拉式的驕傲：「我所說的『完美』指的又是什麼？我不想嘗試解釋，只想說，完美令我笑出聲來。我必須立即補充，不是諷刺地，而是滿懷喜悅地。」

面對血腥的以巴衝突，她在頒獎儀式中不顧噓聲四起、退場抗議，直言力陳：「……集體責任這一信條，用做集體懲罰的邏輯依據，絕不是正當理由，無論是軍事上或道德上。我指的是對平民使用不成比例的武器……除非以色列人停止移居巴勒斯坦土地，並儘快拆掉這些移居點和撤走集結在那裡保護移民點的軍隊，否則這裡不會有和平。」

我認為，這是她此生中最具洞見的一篇演說。

面對過去，蘇珊絕不掩飾，她勇於認錯、認真反省。在接受華裔電影導演、劇作家陳耀成的訪談中，蘇珊曾非常坦率地承認，她早年以為，那些反美的第三世界國家中，那些實行社會主義制度的共產黨國家中，可能會發展出一種有人性、人道的政體。在她一生中，她持有這種荒誕願望的時間大概有五年，那是她政治判斷犯錯誤的時期。她說，那些去社會主義國家訪問的人們是如此容易上當。這五年，在她的一生中似乎並不算犯錯太久。

「土星氣質的一個典型特徵表現為對自己的意志異常苛刻。」這是蘇珊在〈在土星的星象下〉中寫下的。蘇珊是性情中人，一方面熱情洋溢，同時，又有著對熱情的自我克制。她對自己作品的品質要求極高，故，有著強烈的時間意識，有著回到工作中去的自我要求。有時，我們通話，即使話題

重要，正談得熱烈，但一逾半個小時，她的時間警鈴會很快鳴響，她甚至會
讓交談中止。如同她分析的班雅明：「若是能使工作成為自我強制的行為和
一種麻醉品，憂鬱則可轉化為英雄意志。」[65] 她常對我講的另一口頭禪是：
「我必須回去工作了」。甚至在她的家裡見面，只要時間超過一個小時，她潛意
識中的那個時間閥門會合閘，她隨時會說：「對不起，我必須回去工作了。」

9

　　每一次我去紐約，當長途汽車停在曼哈頓中國城的福州移民街區，看到
聽到聞到滿街的福州店、福州食品、福州口音、福州氣味，那些經歷千辛萬
苦來到這裡的福州新移民，正有滋有味的展開新生活。

　　我怎麼就成不了他們呢？我自問。

　　在經歷了最初的重獲自由的欣喜之後，再次面對我已厭倦之極的美國生
活型態，我自問：「以往的美式僑民生活我必須再過嗎？我又將回到之前的
那種生活中去嗎？」

　　由於一次莽撞的自由出版行為，使我在北京已重新開始的生活全部喪
失。我可能買下的北京長城八達嶺鎮鄉間公寓，我想在北方鄉下過的半隱居
生活，如今一切成空，一切都不可能了。可怕的是，在可見的歲月裡，我可
能再也無法回到祖國。

　　「流放者歸來」嗎？流放者已難以歸來，流放者又被送回了美國「天堂」。

---

[65] 〈在土星的星象下〉中譯首刊於《傾向》創刊號，譯者石濤。亦可參見《在土星的標誌下》（上海
　　譯文出版社，2006）

　　我適應不良，甚至沮喪。

　　我曾將這種痛告訴她，蘇珊傾聽，她理解流亡對作家意味著什麼，她認同我關於流亡也是一種命運，流亡知識份子不應僅僅關心祖國，還應該關心並介入居住國的政治、文化生活的想法。蘇珊和我談起了我們共同推崇的布羅茨基，她為布羅茨基寫的悼文中有一句話深得我心：「家是俄語。不再是俄羅斯。」[66]

　　家是中文。不再是中國了嗎？

　　蘇珊給我的建議是：「面對回不去祖國的現實，應像布羅茨基那樣，將其視之為命運。要下功夫精通英語。」她更責備我這些年來不積極尋求將自己的作品在歐美出版發表，她認為，這是流亡作家在異域保持影響力的最終方式。她不斷地提醒我：「你最近寫詩了嗎？有作品譯成英文了嗎？我可以推薦給編輯。」

　　她雖嚴苛，卻認可我作品的品質。她為我寫推薦信，將我的詩直接寄給報刊發表，她讓她的好友，《洛杉磯時報書評》主編瓦瑟曼（Steve Wasserman）打電話給我，向我邀稿。她將我的詩推薦給《新共和》雜誌的文學編輯，讓我儘快將詩寄去。她介紹《紐約書評》的編輯，讓我給他們打電話，問我打去了沒有。她總是說：「別不好意思，直接打電話過去，請他們給你十分鐘，告訴他們，是蘇珊‧桑塔格讓你打這通電話的。」

　　這些年，她一直擔憂我的生活，問我靠什麼活下來：「我能幫助你什麼？我可以幫助你啊。」2000年秋，她為我向美國筆會中心申請兩千美元的生活補助，然後，不容我推辭，帶著我去美國筆會領錢。

---

❻❻ 引自《重點所在》第393頁第5行。

　　一天，她突然打來電話，告訴我，她正在哥倫比亞大學書店。她說她在哥倫比亞大學演講後，順便來到這家著名的書店，書店老闆是她的朋友，她向書店推薦了《傾向》雜誌，希望這家書店內可以有中文的《傾向》雜誌被展示和出售。她說：「美國是一個有移民文化傳統的國家，書店裡應該有不同語種的書和雜誌出售。」「你趕緊打電話給他，你要問他可以寄售多少書。」她掛上電話後，我馬上接到書店老闆打來的電話，他說他很榮幸得到蘇珊・桑塔格的推薦。就這樣，《傾向》在這家書店出現了。

　　哈佛大學東亞系的杜維明教授一直仰慕蘇珊，認為她是一個在當代世界產生了真正影響力的公共知識份子，他請我代為邀請蘇珊到哈佛燕京學社演講，和中國學者座談，他期望能和蘇珊有一個關於東西方文明的深入對話，以探討中國和現代西方的關係。杜先生托我把這個願望轉告蘇珊，我致電蘇珊轉述了杜先生的邀請，蘇珊說，我非常願意前往，但不應是我主講，因為我對中國的瞭解不如你和杜先生，不如那些哈佛燕京學社的中國學者。請轉告杜教授，這一研討會的所有主題應圍繞著中國，圍繞著你去年在中國的經歷，圍繞著傾向雜誌的辦刊宗旨和杜先生提出的「文化中國」觀念，演講人應是你們，我去傾聽和參與討論，跟你們一起探討。」她接著問：「我的名字和我的參加可以對傾向雜誌提供具體幫助嗎？」我說：「哈佛燕京基金會有過撥款補助文化思想刊物的先例。」她讓我轉告杜先生，希望哈佛燕京基金會也能夠支持和贊助《傾向》雜誌的繼續出版。為此，她專門寫了推薦信。她說：「請轉告杜維明教授，只要我的出席和演講能對《傾向》的繼續出版有直接的資金幫助，何時要我去，我都去，我的演講費用可以不要。」後來，杜先生把這一資助企劃案提交哈佛燕京基金董事會，但最後還是沒有通過。也因為此，這一邀請就拖下來了。2004年，杜先生又向我提及此事，

他想親自到紐約去拜訪蘇珊，與她做一次對談，可是，蘇珊已因血癌住進西雅圖醫院。此事，已成為永遠的遺憾！

2002年2月，我寫信向她通報獨立中文作家筆會的誕生，並以筆會創會人的身份邀請她成為獨立中文作家筆會的榮譽會員。在信中，我談到了創辦筆會的艱難，抱怨著大量的事務性工作使我根本沒有時間寫作。她很快回信，予以熱烈祝賀，指出筆會誕生的意義。她在信中反問：「……我知道這意味著將會犧牲你的寫作時間，但你別無選擇，對嗎？筆會的成立是一件太好的事情了，這將被看作是中國文學的一個轉捩點，你不認為如此嗎？至於你在2000年8月的被捕，現在看來是中國政府給獨立的中國文學的一份禮物。當然，那絕不是他們的本意！我非常高興成為獨立中文作家筆會的榮譽會員……」

1993年，《傾向》創辦初期，我向她討教，我曾將《傾向》的發刊詞英譯寄給她，告知她：「《傾向》雜誌不是一份純文學刊物，它的視野通過文學得以延伸；而經由其他話語形式，《傾向》將從更廣闊的視角觸及人的存在問題。」「《傾向》雜誌秉持理想主義信念，儘管這種信念在相當長的時間裡遭歪曲和貶抑。它同時強調一種真正的知識份子精神，這種精神主要是指對社會和歷史變革的責任感與價值關懷。」她讀後，對這一發刊詞予以高度評價。

德孤，道孤，人亦孤。多年來，《傾向》的路一直走的很艱難。某些海外中國作家聲稱流亡文學刊物應該是「純文學的」。在背後指責《傾向》有政治背景，甚至處心積慮處地打壓《傾向》，甚至在華人文化圈及美國詩人艾倫‧金斯堡[67] 等《傾向》編輯顧問面前抵毀《傾向》，卻從不公開論戰。

---

[67] 艾倫‧金斯堡（Allen Ginsberg, 1926-1997），是「垮掉一代」（beat generation）的代表詩人，以詩作〈嚎叫〉（Howl, 1956）成名。

我予以駁斥，我以歐美傑出文化刊物的刊發內容為例，為《傾向》的傾向辯
護，我自問：《紐約書評》、《紐約客》、《新共和》、《巴黎評論》不介
入美國或當今世界的政治嗎？《倫敦書評》》、《國際文學》》不介入歐洲
或當今世界的政治和思想嗎？

　　蘇珊完全認同，並稱那些聲稱一份流亡文學刊物應該是「純文學」的
論調是自欺欺人，是怯懦文人逃避中國社會中文學、文化和思想現狀的自我
催眠。我入獄後，她撰文伸張《傾向》的理念，為我和《傾向》辯護，她寫
道：「是的，他在寫作，並且編輯了一份知識份子雜誌。」「……1993年，
他同一群和他一樣30多歲的中國流亡作家們創辦了一本叫做《傾向》的雜
誌。這是一份季刊（迄今已出版十三期），大多數由漢學家、海外的中國知
識份子和作家訂閱；約一千多本帶進中國送發。」「……我不打算聲稱貝嶺
沒有政治觀點。他當然有。他支持中國的言論自由和表達自由。他極為熱衷
於中國的獨立（或者「地下」）文化。我也不打算申辯《傾向》是一個非政
治的純文學刊物。貝嶺和雜誌上的那些作家們在民主政治和表達自由的問題
上，從來不持中間立場。他們也刊登那些受到檢查的獨立中國作家的作品。
他們翻譯和採訪了許多西方作家，包括謝默斯・希尼、納丁・葛蒂瑪[68]、切
斯瓦夫・米沃什[69]、奧克塔維爾・帕斯[70] 以及我本人，葛蒂瑪女士和我還是編

---

[68] 納丁・葛蒂瑪（Nadine Gordimer, 1923- ），南非小說家，1991年獲諾貝爾文學獎。著有《自然保
育者》、《朱利的族人》、《我兒子的故事》、《偶遇者》等長、短篇小說集。

[69] 切斯瓦夫・米沃什（Czeslaw Milosz, 1911-2004），波蘭詩人，1980年獲諾貝爾文學獎。詩集有
《冰封的日子》、《三個季節》、《冬日鐘聲》、《白晝之光》、《日出日落之處》、《拆散的筆
記簿》，日記《獵人的一年》，論著《被奴役的心靈》，長篇小說《奪權》等。

[70] 奧克塔維爾・帕斯（Octavio Paz, 1914-1998），墨西哥詩人、翻譯家，1990年獲諾貝爾文學獎。
著有詩集《太陽石》等。

輯顧問。中國和西方作家之間的對話是該雜誌的一個主要特色。」[71]

她甚至細數《傾向》的內容:「有幾篇文章是關於第三世界知識份子、海外中國女作家、德國知識份子對柏林牆倒塌的反應、以及『知識份子在一個封閉社會』的問題。這個封閉社會當然指的是今天的中國。」[72]

我愧對於她。

她對《傾向》的停刊表示極大的遺憾。她是《傾向》雜誌最盡職的編輯顧問,她幫助我選題,推薦好的作家及作品,無償提供她作品的中文版權。她一直希望《傾向》可以復刊,甚至要為《傾向》籌款。可是,我在中國受到的那致命一擊使我身心俱疲,同事們又天各一方,我決定讓刊物休刊。後來,當《傾向》轉型為出版社之後,我更力不從心了。

她將美國詩人寫給她的信轉給我,鼓勵我。要我用更多的心力寫出新的詩作,可是我沒做到。

她一直期待著我把回憶錄寫出來,並答應要為我寫序或書評。可是直至她去世,我始終沒能完成。

2002年,我獲選紐約公共圖書館年度駐館作家,她給我熱烈的祝賀。之前,她總是擔心我的經濟狀況,因為她不知道那些年我是怎麼活下來的,當她知道我獲得五萬美元獎金時,她鬆了口氣。這期間,我開始傾全力編輯哈維爾託付我的出版他著作中文版的工作。我告訴蘇珊,這五萬美元獎金,可以創辦傾向出版社,可以出版一些我一直想出的書——臺灣和中國真正需要的書。她支持,但憂心我會血本無歸。

---

[71] 同註15。
[72] 同註73。

我不輕易去求她。但是，只要我有求於她，她總是百分之百地給予，從不吝嗇，幾乎是有求必應。

她當然傲慢，因為她不能忍受平庸。她傾聽，但她反應敏銳、犀利、咄咄逼人，善於修理那些自以為是者。我們交談時，只要她雄辯，滔滔不絕，我就傾聽。她好戰——好思想之戰。她直言不諱——因為她不能容忍謊言和愚昧。她誨人不倦，她是長輩（有時，她對我說話的口吻像是母親在教誨孩子），有時，她確實挺凶（因為我的不夠努力）。不過，這沒什麼，我可以承受。

近幾年，她直面世局的時論犀利獨到，而且，在西方世界的影響力無可限量。每次我讀到她的文章，都一讀再讀、難以放下，深被她的文字力量所震撼。她授權我，可在第一時間將她在美國主要報刊上發表的文章立即譯成中文，在有影響力的中文媒體上同步發表，以尋求更廣大的影響力。

隨著當代的政治、文化和精神氛圍愈來愈惡劣，她的憂慮更加無盡，她更多地投入到對時代狀況的關懷和對國家黑暗的揭示中。我們的友誼，也從她對我的擔心轉化為我對她的擔憂，轉化為精神上的相互感應。

10

那是她一生中最具挑戰性的時期，也是她最被世人關注的時期。她生命中最後的時期。

2001年9月11日，紐約和華盛頓遭到恐怖襲擊，兩座世上最高的大廈成為灰燼，三千二百多人死亡。這一切，使得蘇珊憂時傷國，在注意力上有了完全的轉變。「911」發生時，她在德國，作為一個美國人，一個紐約人，

她哀痛不已。但她批評布希政府的中東政策，她在法蘭克福匯報（*Frankfurter Allgemeine Zeitung*）及《紐約客》雜誌上先後發表〈強大幫不了我們的忙〉一文，文中評論劫持民航客機撞向紐約世貿中心雙子星大廈的恐怖分子的一句話：「如果要說『勇氣』——唯一價值中性的品質，無論我們在別的方面怎樣評價那些兇手，我們不能指責他們是儒夫。」[73]，激怒了很多美國人，成為「911」之後，美團國內最異端的聲音，一時之間，成為美國民眾都在關注和談論的。據我所知，她很快回到紐約，前往紐約世貿中心廢墟，目睹現場後，她受到了更大的震撼。隨後，她對自已的觀點做了更為清晰的表述和澄清。

2002年，911事件一周年之際，她和布希總統先後在紐約時報撰文，她寫下〈真正的戰鬥與空洞的隱喻〉[74]一文，直諫布希總統的反恐姿態：「……當林肯這些偉大的演說被習慣性地援引或被套用於紀念活動時，它們就變得完全沒有意義。它們現在成為高貴的姿勢、偉大精神的姿勢。至於它們偉大的原因，則是不相干的。

這種借用雄辯造成的時代錯誤，在美國反智主義的大傳統中屢見不鮮。反智主義懷疑思想，懷疑文字。宣稱去年九月十一日的襲擊太可怖、太滅毀性、太痛苦、太悲慘，文字無法形容；宣稱文字不可能表達我們的哀傷和憤慨 —— 躲在這些騙人的話背後，我們的領導人便有了一個完美的藉口，用別人的文字來裝扮自己，這些文字現已空洞無物。」

她接著申明：「我不質疑我們確有一個邪惡、令人髮指的敵人，這敵人反對我最珍惜的東西 —— 包括民主、多元主義、世俗主義、性別平等、不蓄

---

[73]〈強大幫不了我們的忙〉（"Our Strength Will Not Help Us." *New Yorker*），中譯見傾向出版社網站 http://www.qingxiang.org/cl/clsontag333.htm，張釗譯。

[74]〈真正的戰鬥與空洞的隱喻〉（"Real Battles, Empty Metaphors," by Susan Sontag, *New York Times*, September 10, 2002），中譯見傾向出版社網站 http://www.qingxiang.org/cl/clsontag334.htm，黃燦然譯。

鬚的男子、跳舞（各種各樣）、裸露的衣服，嗯，還有玩樂。同樣地，我一刻也沒有質疑美國政府有義務保護其公民的生命。我質疑的是這種假戰爭的假宣言。這些必要的行動不應被稱為「戰爭」。沒有不終結的戰爭；卻有一個相信自己不能被挑戰的國家，宣稱要擴張權力。……美國絕對有權搜捕那些罪犯及其同謀。但是，這種決心不必是一場戰爭。……」

　　本著她一貫的信念，她沒有被震天動地的正義之聲所遮蔽，她追尋真相，追索事件的本質。甚至在血癌「降臨」時，仍在《紐約時報雜誌》上發表了生前最後一篇長文〈關於他人受刑〉[75]。這篇詳細剖析美國軍人在阿布格萊布監獄[76]中對伊拉克戰俘施刑照片的檄文，論理充分，廣引博證。她審視暴力，解剖美國國防部長倫斯斐巧言令色地為惡行開脫的權力語言。全文既有蘇珊一貫的犀利風格、又充滿情感力度，論證著在這個影像泛濫的年代，記實照片仍具有著不可磨滅的道德震憾。長文最後，蘇珊的文字如擊鼓般充滿張力：「畢竟，我們在戰時。無休止的戰爭。戰爭是地獄，比把我們帶入這場墮落戰爭的任何人所預期的更可怕。在我們鏡子般的數字殿堂中，這些照片永不會消失。是的，一張照片似乎抵得上千言萬語。而且，即使我們的領導人選擇不去看它們，也會出現成千上萬更多的快照和錄影。不可阻擋。」

　　直至生命的尾聲，蘇珊都在守護著，守護著「文字的良心」，正如她在耶路撒冷獎獲獎演說中的自白：「如果我必須在真相與正義之間做出選擇——

---

[75]〈關於他人受刑〉（"Regarding the Torture of Others", by Susan Sontag, *New York Times*, May 23, 2004），原刊於多維新聞網，孫怡譯。中譯亦見《旁觀他人之痛苦》（麥田出版社，2004）。

[76] 阿布格萊布監獄（Abu Ghraib）位於伊拉克巴格達市外，薩達姆·海珊（Saddam Hussein）統治伊拉克時期以殘忍折磨囚犯，而成為最惡名昭著的監獄。美軍駐伊拉克期間，又將伊拉克戰俘關入該監獄，並以刑求、虐待囚犯而著稱。後因美軍虐囚照片流出，引起舉世關切與譴責。

當然，我不想選擇──我會選擇真相。」[77]

11

　　她走得突然，生前未留下任何遺囑或遺願。按照她的獨子，散文家大衛・瑞夫的決定，並經過巴黎市市長的特別批准。2005年1月18日，她71歲生日那一天，被安葬在巴黎蒙巴納斯（Patti Smith Montparnasse）公墓。墓碑上佈滿鮮花，親戚與友人們從世界各地趕來參加她的骨灰安葬儀式。她的墓與波特萊爾、沙特、波娃、羅蘭・巴特、貝克特等人的墓為鄰。巴黎，是她最後的歸宿，她的精神祖國。她──進入了那一長列已逝的偉大作家行列。

　　2005年3月30日，她生前常來的紐約卡內基音樂廳為她舉辦了追悼音樂會，由她的友人，著名日裔鋼琴家內田光子[78]彈奏貝多芬的C小調第32號鋼琴奏鳴曲，弦樂小組演奏貝多芬和荀伯格的弦樂四重奏。蘇珊那張仰躺沉思的照片被投射在演奏大廳幕牆上。約三百位蘇珊生前的友人與文化界人士一起參加了這場蘇珊・桑塔格追悼音樂會。

　　終其一生，蘇珊無愧於她樹立的標準：「我一直認為書不是為出版而寫，而是必須寫才寫。而我的書應當一本比一本寫得好。這是一項自我懲罰的

---

[77] 見〈文字的良心〉，《蘇珊・桑塔格文選》第182頁第18至19行。

[78] 內田光子(1948-)，日本鋼琴家。十三歲隨其父定居波昂，並在維也納學習歐洲古典音樂。1980年代，她專心研習莫札特音樂。莫札特逝世200週年的1991年，她於紐約林肯中心以五場演奏會，將莫札特鋼琴奏鳴曲全部演奏一次。

標準，但我一直對它信守如一。」[79] 她生前出版的最後一本著作《旁觀他人之痛苦》[80] 堪與她的經典著作《論攝影》相映成輝，全書不放一張照片，用純粹的文字闡釋照片下的戰爭暴戾，絲絲入扣地剖析紀實影像中的人類苦難。

1981年，蘇珊寫下另一篇重要長文〈寫作本身：論羅蘭・巴特〉[81]。她指出：「羅蘭・巴特所描繪的那種作家的自由，從局部上說就是逃逸。」她聯想到王爾德的內心獨白：「狂熱與漠不關心的奇妙混合……」接著，她又談到了另外兩位與巴特、王爾德氣質完全不同的哲學家型作家尼采和沙特。她認為，尼采是「戲劇性的思想家，但不是戲劇的熱愛者」，因為尼采的作品中存在著一種嚴肅性和真誠的理想。而沙特要求作家接受一種戰鬥性的道德態度，或道德承諾，即作家的職責包含著一種倫理的律令。她甚至比較了羅蘭・巴特和班雅明，她對他們兩人傾注了罕有的熱情，指出巴特「沒有班雅明一類的悲劇意識，後者認為，文明的每一業績也是野蠻的業績。而班雅明的倫理重負乃是一種殉道精神[82]，而羅蘭・巴特和王爾德是另一類型，她稱他們的唯美主義是傳播遊戲觀，拒絕悲劇觀。那次訪談中，我曾問她：「您在氣質上是更偏向羅蘭・巴特呢？還是如您剖析的班雅明『一種深刻的憂鬱』式的性格類型呢？」

蘇珊沒有回答。

---

❼❾ 見〈虛構的藝術──蘇珊・桑塔格訪談〉，首刊於《傾向》第10期第247頁第19到21行。亦可參見《蘇珊・桑塔格文選》第55頁第10至第13行。

❽⓿ 《旁觀他人之痛苦》（*Regarding the Pain of other*）（麥田出版社，2004，陳耀成譯）是最早的中譯本，另一譯本為《關於他人的痛苦》（上海譯文出版社，2006，黃燦然譯）。書名中的 "Regarding" 各譯為「旁觀」和「關於」。

❽❶ 〈寫作本身：論羅蘭・巴特〉作為序文，原刊於羅蘭・巴特著作《符號學原理》（北京:三聯書店，1988，李幼蒸譯）。

❽❷ 同註74。

　　以我的理解，無疑，蘇珊熱愛羅蘭·巴特，他們書信往來、相知相惜。但她對羅蘭·巴特的一生作了深刻卻多少帶有保留的總結，她在讚美之餘，指出了唯美主義在文明衰亡時代的內在矛盾及不可能性。這多少與她對班雅明的分析不同。她對班雅明似乎毫無保留地傾注著熱情，一種和談論巴特不同的熱情。是的，她在寫作上更多地實踐了巴特的美學和文學觀，甚至超越羅蘭·巴特，踏入了他來不及進入的小說領域。但在氣質上，她卻完全屬於班雅明，即對於我們的時代懷著深深的憂慮。

　　但她比班雅明更有鬥志，命更硬。她絕不言敗，即使死神降臨。

　　失去了她的世界，不僅貧乏，而且，將面對更多的邪惡。

作者簡介：貝嶺，詩人、散文家、文學編輯。2000年夏天，因出版文學刊物在北京入獄，在桑塔格、米沃什、鈞特·葛拉斯、葛蒂瑪、亞瑟·米勒與謝默斯·希尼等國際作家營救下，由中美兩國政府協議，出獄赴美。

疾病：不僅僅是隱喻

大衛・瑞夫

　　我母親，蘇珊‧桑塔格，活了整整七十一歲，她幾乎一直相信，自己能戰勝厄運。甚至在她生命的最後九個月裡，在她被發現患有「骨髓增生異常綜合症」（myelodysplastic syndrome，簡稱M.D.S.）──一種特別惡性的血癌之後，她也還是堅信自己是特例。醫學上把骨髓增生異常綜合症稱作急性骨髓白血病的先兆。從歷史上看，這類病人的存活率平均不到百分之二十。她已年逾古稀，而且之前曾得過兩次癌症，情況就更糟了。她並不是不知道，那層生物覆蓋物正在跟她對決。她為自己能了解醫學真相而驕傲，她太清楚自己的病情了。診斷結果一出來，她就上網去儘可能地多瞭解骨髓增生異常綜合症的情況。讓她絕望的是，事實上，這種不治之症已經病入膏肓。不過，她的絕望並沒有那麼嚴重，因為她一生都相信，她有能力挑戰厄運。「這回，這是第一回，」她跟我說：「我沒有什麼特別的感覺。」

　　顯然，幾週之後，她就調整了自己的心態，做好了準備，正如她之前兩度成功戰勝癌症時所做的一樣，她尋找那些似乎能給予她某種希望的醫生和治療方案，以期再次成為特例，藐視那漫長得可怕的厄運。我不知道，她具體是怎麼操作的。也許，當她第一次從癌症中康復過來時，有一種精神曾引領她在《愛滋病及其隱喻》中帶點驕傲地寫道：「挫敗我的醫生的悲觀主義」。也許，從某種程度上說，她同時要挫敗自己的悲觀主義。我所確切知道的是：診斷之後，她曾經被恐慌淹沒，後來這種恐慌情緒開始減弱。在她從網上找到的關於骨髓增生異常綜合症的文獻中，她發現了希望而不是絕望的理由。她甚至重新開始工作，寫作一篇火氣十足的文章，供給本刊[1]，那篇文章是關於阿布格萊布監獄的虐囚照片。同時，她做好準備，前往位於西雅

---

❶ 指2004年5月23日《紐約時報雜誌》刊出的〈關於他人受刑〉（Regarding the Torture of Others）一文。

圖的佛瑞德・哈欽森癌症研究中心接受治療。在那兒，醫生首先給她做了骨髓移植手術，那是她有望治癒的唯一途徑。

我常常念及的是：不管健康與否，她都保持著「積極否定」的態度。她的這種態度以及寫作和私生活，最終都沒有被骨髓增生異常綜合症所消滅。在她七十歲生日那天，那是在她發現自己再度病倒的十五個月之前，她以她投入工作的特有激情，一五一十地跟我說，她認為，就在那時，她才開始了寫作生涯中一個新的也是最好的階段。在動身前往西雅圖之際，她再次談起了返回紐約之後她要承擔的工作計畫——首先是那部她已經描畫出輪廓的長篇小說——她甚至想著在治療期間是否能有足夠的心力從事寫作。

她這是在故作自信嗎？毫無疑問，是的。但不僅僅如此，在1970年代中期，為了治療她的第一次癌症——乳腺癌第四期已經擴散到她的三十一個淋巴結點（lymph nodes）——她曾接受過兩年的化療——在那段時間，她戮力出版了一部關於攝影的著作[2]。一年之後，又出版了《疾病的隱喻》一書。那時，她戰勝了厄運。威廉・卡漢是紐約紀念斯隆——凱特林癌症中心的醫生，當時是她的主治醫師，跟我說，事實上他已看不到任何希望。（在那樣的時候，醫生往往會把情況告訴患者的親屬，而不會透露給患者本人）。但是，在她去世數月之後，作為她的朋友，任職於波士頓貝絲・以色列・戴肯尼斯醫療中心的實驗醫學首席醫學家傑羅姆・格魯普曼告訴我：「迄今為止，只有你一個人看過統計表。總有人處於曲線表的尾巴上。像你母親戰勝乳腺癌一樣，他們倖存了下來。醫生對她的疾病的預計是可怕的，她說：『不，我還太年輕，太固執。我要努力爭取。』」——那意味著治療。「從

---

❷ 即《論攝影》，桑塔格的另一部名著。

統計學上說，她早就活不成了。但她活下來了。她處在曲線表的尾巴上。」

　　「我們給自己講故事，以求活命。」這是瓊・蒂蒂安[3]說的。回顧我母親的一生，最近，我一直感到疑惑的是：我們給自己講故事，是否就是為了活命。在回顧時，我意識到，死亡從來不是我母親大談特談的話題。但是，在多次她與人會面的餐桌上，死亡始終是個幽靈。她曾經一廂情願地關注過自己的壽命，隨著年齒增長，她頻頻說，希望自己能活到一百歲。在這一點上，死亡這個幽靈顯現得尤其清晰。在七十一歲時，她像在四十二歲時一樣，不向死亡妥協。在她去世之後，從她朋友們那裡，我收到了許多極其慷慨而衷心的慰問信；這些信件有一個主題讓我感到困惑：奇怪的是——我母親在六十多歲時，曾經受到乳腺癌和子宮肌瘤的打擊，但她戰勝了那兩個病魔；而這次，她沒有戰勝骨髓增生異常綜合症。

　　所以，隨後，當西雅圖的醫生們前來告訴她，骨髓移植手術失敗了，她的白血病依然如故，她驚詫地尖聲叫道：「可這意味著我要死了！」

　　我永遠忘不了那聲尖叫，或者說，每每想起它，我自己就想叫出聲來。就在那個可怕的上午，在華盛頓大學醫療中心的那個簡樸房間裡，背景是聯盟湖和雷尼爾山的美麗景色——這景色與我們當時的心境是不協調的；我為她的驚詫感到驚訝。我想，我不應該有驚詫的表情。有些人能讓自己跟死亡和解，有些人則不能。我漸漸明白過來：這是人與人之間有所分別的最重要的衡量標準之一。在醫生們的外間辦公室，在醫院大廳，在旅館，在家裡，經過了如此長時間的思考，我認識到：那些身患絕症的、為人所愛的人們也

---

[3] 瓊・蒂蒂安（Joan Didion, 1934-），美國作家。著有《奇想之年》（*The Year of Magical Thinking*），動筆起因於2003年聖誕節期間，蒂蒂安的獨生女因不明原因陷入昏迷，幾天後，她的丈夫心臟病猝發死亡，這一切促使蒂蒂安思考「關於死，關於疾病，關於死亡的機率和運氣，關於幸與不幸，關於婚姻、孩子和記憶，關於悲傷，關於人們願意或不願意面對死亡……」

是以這一標準來劃分的。

　　對醫生而言，如何去應對患者的個人觀點是一個問題，理解並處理這一問題可能是一種嚴肅的責任，幾乎跟治療疾病一樣嚴肅，而後者是一項更為科學的挑戰。為了儘量使自己承認母親已經死亡這個事實，我想要弄清楚那些腫瘤專家的工作情況，從人文和科學這兩個角度，他們是如何治療的，以及那樣的治法對他們而言意味著什麼。有什麼樣的機會使他們把患者求生的希望真正轉換成切實的治療？在他們告訴我的內容中，有一條共同的線索，那就是：解釋一個病人的願望是科學，也是藝術。史蒂芬‧尼摩爾是我母親的主治醫師，他是紀念斯隆－凱特林癌症中心血液腫瘤科的主任，也是美國白血病基礎生物學研究領域裡的第一把交椅。他是這樣向我解釋的：「事實是：人們從未受過醫生所受的教育。你得把有關病人的情況整理出來。」——在患者對他所要選擇的治療方案的理解能力，和醫生的理解能力之間，存在著深重的、讓人灰心而且常常是幼稚化的不對稱關係。史蒂芬‧尼摩爾這樣說的意思，是要讓患者和醫生都超越這種關係。

　　但是，醫生的任務是不可能完成的。正如尼摩爾所說的：「有人願意冒險，有人不願意。要知道，有人會這樣說：『我都70歲了，如果能再活四、五個月，那也挺好的。』也有人會說：『為了挽救我的生命，請盡力而為。』那事情就簡單了。你可以直截了當地討論患者的需要。」

　　對尼摩爾而言——對傑羅姆‧格魯普曼也是如此——倫理挑戰在醫生的診斷過程中是至關重要的，而且不可能一五一十地進行處理（不受歡迎），尼摩爾估計，有百分之三十的患者確切知道他們是否想要激進療法，另外百分之七十是左右搖擺、確定不了的；而倫理挑戰不是來自前者，而是來自後者。正如尼摩爾有點哀傷地跟我說的，醫生對這些病人的影響力，通過這種

或那種方式，實際上是全面的。「你可以通過不同的方式來跟患者交談，」
他說：「『這是你唯一的希望。』或者你可以說：『有的醫生會說，這是你
唯一的希望，不過，那樣說的話，傷害你的幾率要比救助你的幾率高二十多
倍。』所以，我很自信，我能說服別人。」對像我母親那樣的病人而言，從
理論上說，預期的診療結果是可怕的，格魯普曼在與這類病人的臨床接觸過
程中，有時會在開始的時候就說：「機會很小，而花費很大。」

　　在這樣的情況下，像格魯普曼和尼摩爾這樣的醫生明白，他們的工作
是要有效地剖析患者的反應，盡力確定治療方案，這方案一方面是對病人
願望的回應，但另一方面也不能在被同行談起來時，被認為是「沒有療效」
的──亦即，沒有給治療或去除病痛提供任何真正的機會。難為醫生的是，
醫生在這種情況下要做出決定，勢必更加苦惱；因為所謂的「沒有療效」在
不同的醫生看來，情況是不一樣的。我母親在骨髓移植失敗之後，被華盛頓
大學醫院送回到了紀念斯隆－凱特林癌症中心，尼摩爾試用了最後一種療
法──一種還在試驗階段的，叫做「縈內斯特拉」[4]的藥物，被允許用這種
藥的患者數目本來就很小，而這種藥對其中大約只有百分之十的人是有治療
效果的。我從幾位在我母親生命的最後幾周裡照顧她的護士那兒獲知，有些
在移植區工作的醫生和護士對這一決定表示不快，那是因為，在他們看來，
我母親的病情已經不可救藥，亦即，無論怎麼治，都是沒用的。身為科室主
任，尼摩爾與醫院的骨髓移植首席醫生馬賽爾‧范‧登‧布林克進行了磋
商，才得以駁回那些反對意見。但是，他倆都沒有否認，要在有效和無效之
間劃出一條明晰的界線是困難的。

───────────────

❹「縈內斯特拉」Zarnestra是美國強生製藥公司開發的口服用法尼基轉移酶抑制劑，強生公司原計劃將
　其開發成給標準化療方法不適用患急性髓樣白血病的老年患者用的治療用藥。

　　無論活得多麼痛苦，我母親都決定要儘量活下去。她的決定一開始就顯得斬釘截鐵。有些癌症通過治療可能會得到數年的遏止，但骨髓增生異常綜合症幾乎不可能得到長時間的遏止。真正能讓她存活的機會只有一個，即，進行成人血液幹細胞移植，那樣能徹底治癒。在診斷之後的那幾周裡，我母親再三地查詢一些醫療網站；她從其中一個網站上獲知，如果不做移植手術的話，那麼，一般性的治療只能「緩和症狀，減少輸液，改善生活品質。」等等。第二次見面時，尼摩爾給她提供了其中一種治療的選擇機會，那就是服用一種叫做「5-阿紮胞苷」[5]的藥物。這種藥物能使許多骨髓增生異常綜合症患者在幾個月裡有良好的感覺，但是，幾乎沒有延長生命的效力。我母親激情澎湃地答道：「我對生活品質沒有興趣！」

　　在長期的臨床實踐中，尼摩爾驚恐地親眼看到：幹細胞移植如果不成功，那會導致多麼難耐的痛苦——從令人疼痛的皮疹、極度嚴重的腹瀉，幻覺與暫時的精神錯亂，一切都有可能；而我母親還無法理解這一點。對我來說，折磨還不是一個太強烈或誇張的字眼。在我母親宣佈決定之後，尼摩爾只是搖了搖頭，然後開始談論哪家醫院可能是她去做幹細胞移植手術的最佳選擇，同時，詳細向她介紹不同的醫療研究中心所用的移植方法有哪些不同。在移植手術失敗後，我母親從西雅圖回來，尼摩爾清楚知道：這一打擊會在多長時間內影響到像「紮內斯特拉」那類試驗藥物的效力，那種藥本來是可以短暫地延長她的生命的。但尼摩爾說，他覺得還是要努力一下，因為那種藥畢竟有些成功的作用，而且從一開始，我母親就告訴過他和我，為了

---

❺ 「5-阿紮胞苷」Azacitidine是屬於胞嘧啶類之嘧啶核苷酸類似物（A pyrimidine nucleoside analogue of cytidine），為美國食品與藥物管理局（FDA）目前核准的第一個利用DNA低甲基化作用治療MDS的抗腫瘤注射藥物。

挽救或延長她的生命，不管一個長期的療程需要花費多少錢，她都要醫生竭盡所能。

「總以為不會沒療效，」在我母親去世幾周之前，尼摩爾跟我說：「如果我能實現患者的願望，我就會去做。」

在生命的最後幾周裡，我母親在表達自己的心思時顯得無比艱難。紀念斯隆——凱特林癌症中心的一個心理醫生描繪說，她處於「受到保護的冬眠狀態」。像大多數失去親人的人一樣，我想說，自從我母親去世以來，那些影響我的情緒之一是內疚——為我所做的和沒能做的一切感到內疚。不過，我不後悔的是：甚至在她的死期臨近時，我還在竭力讓她吞下紮內斯特拉藥片；因為我毫不懷疑，假如她能表達自己的願望，那麼她會說，她要為自己的生命戰鬥到最後一秒鐘。

但是，這無法改變這樣的現實：要對有無療效做出一個令人滿意的界定，看來幾乎是不可能的。到什麼程度呢？成功的希望是百分之十？百分之五？百分之一？格魯普曼向我描述過我母親要忍受的病痛，而她的醫生們要以「如此昂貴的代價」買來「一個很小的機會」，這個機會什麼時候會變得微乎其微，以至於不值得再度做出努力呢？

在我母親去世之後，我曾跟一些腫瘤學家交換過意見，但找不到任何共識，我不相信能找到哪怕是一個共識。他們中的有些人採取強硬而固執的立場，不僅反對這樣的療法，還反對美國醫學尤其是腫瘤學的常規定位，即，不管患者個人的機會多麼渺茫，但是，為了救他們，仍然要竭盡所能。這些醫生似乎為某種公共衛生模式感到歡欣鼓舞，那種模式的基礎是：為社區而不是個人爭取更好的健康效果。他們把這種模式看作是最有道德也是唯一有

效的行醫方式。這種觀點經常與醫學倫理學家丹尼爾‧卡拉漢[6]的工作聯繫在一起，其影響越來越廣。

　　導致這一局面的一個原因是：美國當前的醫療體系正在每況愈下。有些醫生根本不同意卡拉漢所倡導的方略，他們向我指出：不管你喜不喜歡，美國社會要麼無力承擔，要麼不再承諾負擔像我母親這樣具有英雄氣概的患者，他們的預期診斷效果明顯很渺茫，但是，在美國，他們依然會得到醫療拯救。戴安‧E‧梅爾醫生是紐約西奈山醫院(Mount Sinai Hospital)的一名姑息醫療專家，她說，假如我們這個國家把軍事花費上的那部分錢，花費在醫療上，那麼醫生們所面臨的挑戰就會很不一樣。 但是，無論是梅爾，還是任何一位其他我曾與之交談過的醫生，似乎都不相信有多少那樣的機會。如果醫療預算已經並且繼續朝完全相反的方向上轉移的話，那麼，正如梅爾跟我說的：「醫療保險制度所面臨的費用危機導致醫療機會減少，而這種減少將是實質性的。」

　　梅爾舉例說，通過使用一些來自慈善家的基金，紀念斯隆——凱特林癌症中心已經救治過許多病人，這些病人的救治範圍沒有包括在醫療保險體系內；或者，當他們申請去大型癌症中心進行治療時，會被他們所投保的保險公司拒絕。不過，在僅有的幾家癌症中心，能這麼做的只有這一家。（更讓人悲哀的是，據統計，在癌症中心得到治療的美國癌症患者只有很小一部分。）先別提慈善家——聯邦醫療資金連續削減可能會導致資金匱乏，哪怕是最慷慨的慈善家也絕不可能填補這匱乏——正如梅爾所指出的，我們很可能正在快速滑向這樣一個醫療體系，即：「只有富人才能選擇他們想要的治療」。

---

❻ 丹尼爾‧卡拉漢（Danniel Callahan）認為，醫學的發展方向應該逐漸由單純的「生物醫學模式」向「生物－心理－社會醫學模式」轉變。

從某種意義上說，我母親的醫療資金背景正好預示了梅爾所描述的那種情景。她跟尼摩爾商定她將在哈欽森癌症中心進行骨髓移植手術，那兒也接受了她；她馬上向醫療保險體系提出申請，要求他們把她的醫療費涵蓋在保險範圍內，但保險公司拒絕，說只有當她的骨髓增生異常綜合症轉變成完全的白血病時，保險範圍才能開始涵蓋她的醫療費。換句話說，要等到她病得更厲害的時候。隨後，我母親向她個人投保的保險公司提出申請。得到的答覆是：她的保險範圍沒有延伸到器官移植，他們把骨髓移植看作器官移植。後來，保險公司的態度變得溫和一些，可是，既使尼摩爾確信，哈欽森中心的醫生們對挽救我母親的生命十拿九穩，但保險公司還是拒絕讓她「超出醫療保險範圍」去那兒治療。他們提出了四個「範圍內」的選擇──到四家他們願意為此次移植手術買單的醫院去治療。但是，其中三家說，他們不願意接受像我母親那樣的病人（因為她的年齡和醫療史）。第四家倒是願意，但坦率地承認，他們對治療我母親那樣年紀的病人幾乎沒有經驗。

我母親決定爭取盡可能最好的治療，尼摩爾曾經告訴過她，在西雅圖能找到最好的治療。因此，她堅持要去那兒。哈欽森癌症中心是把她作為所謂的自費患者接收的，所以，她得存下二百五十六萬美元的保證金。在那之前，她還得先付四萬五千美元，以供尋找匹配的骨髓捐獻者。

當我母親知道，在斯隆──凱特林癌症中心和哈欽森癌症中心，她正在獲得她所能獲取的最好治療時，她感到莫大的安慰。這強化了她戰鬥的意志、活下去的願望。但是，當然，她之所以能得到這樣的治療，只是因為她有那樣的一筆錢。為了確保資金，就在她準備進行治療的過程中，她在西雅圖和紐約的醫生非常慷慨地幫助她，向她的投保公司呼籲──打電話或寫信，提供證明檔和專家意見，以解釋為什麼他們所推薦的那種治療方案是唯

一可行的選擇。但是，她和醫生們都知道，無論她擁有什麼樣的治療希望，其先決條件是儘快進行骨髓移植手術。假如她不能有效地否定保險公司的裁決，那麼縱使她的申請是合法的，她也拿不到錢；而如果拿不到錢，手術就不可能進行。

讓我把情況陳述得顯豁些：能夠受到她所受到的治療的美國人，在人口中的比例是極小的。對於她所得到的醫療待遇，我會永遠懷著無以言表的感激，並且相信，她和她的醫生做出了正確的選擇，但是，我無法誠實地說，這裡面沒有不公平之處。

美國今天真正的醫療保健系統是如何，或者說是否能夠與科學和醫學的基本願望和諧起來呢？這不是我所能回答的問題。所謂科學的基本願望，是要發現疾病；所謂醫學的基本願望，是要治療疾病。我曾花時間陪同腫瘤專家和研究人員；如果說那段時間的經歷使我相信什麼的話，那我相信的是：在嚴肅的醫生那兒，這些願望都是基本的，幾乎跟癌症患者的求生願望一樣基本。發現和研究的可能性如同一塊吸鐵石。斯隆——凱特林癌症中心骨髓移植方面的首席醫生馬賽爾·布林克是個荷蘭人，他告訴我，他待在美國的一個主要原因是：在這兒，不像在荷蘭或其他主要的西歐國家——有錢供他進行研究。傑羅姆·格魯普曼從他的角度出發，強調說，在他的實驗室裡，有數不清的外國研究人員。他把這描寫成「外購的反面——內購。」

在愛滋病研究中，研究人員找到了靈感；這是一個充滿英雄氣概、不計花費的醫學研究的典型例子。從公共衛生的標準來看，愛滋病研究已經獲得國家醫學資源的很大份額，這大多要感謝那些不知疲倦地進行活動的美國同性戀者，他們擁有經濟實力和文化份量，從而能使他們的聲音被醫療機構和政府部門中的決策者們聽到。正如哈欽森癌症中心臨床研究科主任弗雷德·

阿貝爾鮑姆醫生向我指出的，瞭解愛滋病，然後設計出幾種治療方案；這首先是對研究人員最大的努力的挑戰。儘管到目前為止還沒有找到一套真正的療法，但是已經有了一些有效的治療方法──雖然說它們都極為昂貴。

如果說在愛滋病研究和癌症研究之間有什麼不同的話，那麼，前者的進步來得比較快，而後者的進步則來得比較慢，比許多人所預料的還要慢得多。事實上，在對癌症如何產生的基本瞭解方面，我們的進步也很慢。1971年，尼克森總統向癌症宣戰；從那以後，我們週期性地會有這樣的感覺，我們就快要度過難關了。今天，我們也似乎處於這樣的時刻。國家癌症研究院最近設立了一些雄心勃勃的基本標準，說是要在癌症研究和治療上取得進步。研究院院長安德魯・馮・愛生巴赫是一名受人敬重的外科醫生，而且他本人也得過癌症（他還是聯邦食品與藥品管理局的執行局長），最近說：「毛蟲就要化成蝴蝶。在癌症研究人員中，我從未發現有比此刻更高漲的熱情。這是一個關鍵時刻。」他說，到2015年，癌症之痛將逐步得到緩解。

大部分媒體都在應聲附和他的這種樂觀主義。當你讀到癌症治療方面最近的「突破」時，並不稀奇。這種突破既顯示了人們對與癌症相關的基本生物程式的瞭解，也顯示了人們對創新型新藥的關注。在研究水平上，毫無疑問，我們已經取得了重大的進步。諾貝爾醫學獎得主哈樂德・瓦慕斯醫生現在是斯隆──凱特林中心的主任，他非常強調這一點。「五十或六十年前，」他告訴我，「我們不知道基因為何物。大約三十年前，我們不知道癌症基因為何物。二十年前，我們不知道人類的癌症基因為何物。十年前，我們沒有任何藥物抑制這些傢伙中的任何一個。在我看來，在一個人一生的時間裡，我們就已經取得了許許多多的進步。」

當我跟其他一些研究人員探討時，他們似乎要悲觀得多。李・哈特威爾

醫生也是諾貝爾醫學獎得主，現在是哈欽森癌症中心的總裁兼董事。他強烈要求癌症治療的焦點，要從藥物開發過渡到與基因學有關的新學科的研究，其中最重要的，是蛋白質學，即，對人體蛋白質的研究。儘管他承認，在過去的二十年裡，人類在癌症知識上取得了意義深遠的進步，但是，他強調的是另一個問題：「我們在用知識解決這個問題方面做得有多好呢？治療方面的事情我們一直做得很弱。當然我們也有進步：舉個例子來說，我們用化學療法治癒了大多數孩子的白血病。但是，跟我們已經付出的巨額花費相比，這種進步微弱得令人驚訝。在加強癌症研究成果方面，如果加上製藥公司的花費，那麼，我們每年要花費二百五十多億美元。因此，你得問問自己：這種研究途徑是否正確？」

我們需要關注的是「診斷而不是治療」，哈特威爾說：「如果你得的是第一、二期的癌症，那麼大多數人都能活下來。如果你得的是第三、四期的癌症，那麼大多數人都活不成。我們由子宮頸癌獲知，通過去除法，我們可以減少多達百分之七十的癌細胞。我們只是沒有把足夠的資源用於努力尋找早期癌症的標記。」

有些研究人員甚至持更加懷疑的態度。馬克・格里恩是賓西法尼亞大學醫學專業「約翰・艾克曼」專案的教授，他的實驗室做了大量有關赫賽汀[7]的基礎工作。哈特威爾承認，赫賽汀是專門用來對付某些基因中蛋白質的最早也是最重要的新藥，這些基因會導致細胞變成惡性腫瘤。他告訴我，治療癌症最好的方式「是早治，因為我們對於擴散了的癌症幾乎連基本瞭解都談不上；與二十年前相比，我們今天為晚期癌症患者所能做的好不到哪裡。」

---

❼ 赫賽汀，又名trastuzumab，是一種能結合HER-2/neu蛋白的抗體，後者刺激細胞生長的作用已被證實能避免乳癌細胞。

　　瓦慕斯似乎介於樂觀和悲觀之間，他告訴我，迄今為止，臨床結果混合著樂觀和悲觀，正如他所說：「許多癌症在很大程度上是可治的，對此我很樂觀；但我不會說：『藥到病除。』」

　　常常伴隨臨床腫瘤學專家的是失敗，這是無可挽回的事實。每一位治療過我母親的專家似乎都發明了一套用來應付這一事實的策略。尼摩爾說：「想想我所做的一切，真希望自己是個白癡。我想說的是，在過去二十年中，我一直在哪裡？我不怕失敗。」弗雷德‧阿貝爾鮑姆說得更明白：「你所取得的勝利有助於平衡你的損失，」他說，「但損失是慘痛的。」

　　阿貝爾鮑姆的保守陳述清楚地暴露了一個問題，他的陳述幾乎是故意的。在我母親生病期間，在她過世後，在那幾個殘忍的月份裡，這一問題反覆出現。我一直想知道，那些給她治病的醫生都決心與一切厄運作戰，他們如何能忍受在這片死亡的海洋裡游泳；他們每天都要面臨這片死海。至少對他們自己，他們還不至於假裝自己不知道，他們的患者的哪個部位能戰勝病魔，哪個部位不能。

　　對某些人而言，這一問題是合情合理的；但是，對尼摩爾來說，並非如此。「我情願在生命的海洋裡游泳，」他補充說，「我知道，我不能救所有人，但是，我不認為自己是在死亡之海裡游泳。那些患充血性心臟衰竭的人，所面臨的結果很像最嚴重的癌症患者。人們認為，充血性心臟衰竭導致的死亡是比較乾淨的，而癌症所導致的死亡則比較骯髒；但事實並非如此。我常常用這樣一個問題來處理事情：『假如我站在另一邊，情況會怎麼樣？』首要的是可靠，我讓他們總是有辦法找到我。他們不會草率地亂打電話給我。知道自己隨時能找到醫生，這一點會給病人帶來心靈的安寧。如果你得了某種疾病，你知道，自己可能會死。但是，在彌留之際，人們想要的

是某種希望，某種意義，某種可能好轉的機會。」

　　當人們不想要這些時，尼摩爾繼續說：「一切該發生的都會發生。但是，如果聽任其發展，那情況會怎麼樣？會變得多麼糟糕？假如我快死了，我最憂慮的，是我將要承受多大的痛苦。這些年，我的許多病人都死了。我做的一件事情是讓他們安心。『瞧，我會竭盡所能，這樣你就不會受苦。』『我們都會死，但是，我將花時間關注你在最後的日子裡的情況，就像你初來時一樣。』」

　　在我母親的彌留時刻，尼摩爾就是這麼做的──這是他見過的死亡、太多的死亡中的一次。如果他說那不是在死亡之海中游泳，那我們也應該尊重他的說法……

　　假如我母親曾經想像自己是特殊人物，那麼她最後的病情殘忍地表明：那種幻想是多麼不堪一擊。疾病是冷酷無情的，迫使她付出了痛苦和恐懼的代價。我母親害怕死亡勝過所有其他一切，在死亡迫近時，她感到無比痛苦。在她去世前不久，她轉而向一位護士求救──那是一位非常好的女士，像照顧自己母親一樣地照顧她。她說：「我要死了。」然後，就哭了起來。不過，如果說她的疾病是無情的，那麼她的死亡則是仁慈的。在最後的大約四十八個小時中，她開始昏迷，抱怨說全身都隱隱作痛（可能指她血管中的白血病症狀）。不久之後，她受到了感染。鑒於她的免疫系統所處的危險境地，醫生們說，她的身體幾乎沒有能夠排除感染的機會。儘管她的嗓子受盡了折磨，說話聲音很輕，幾乎聽不見，而且語無倫次；但是，在隨後的一天左右，她不時保持著時清醒的狀態。我感到，她知道我在那兒，但是，我一點都不敢肯定。她說，她要死了，她問，她是否瘋了。

　　到週一上午，儘管她還活著，但她已經離開了我們，醫生們稱這種狀態

叫做臨終狀態（Pre-terminal）。這不是說她不在那兒或者說她不省人事了，而是說她已經去了一個深藏於自身內部的地方，到了防衛她生命的最後一個城堡那兒，至少我是這樣想像的。我永遠無法知道，當時她接受了什麼資訊，事實上，如果說她還想跟人有所交流，那時她已無法做到。夜裡十一點左右，我和其他幾位守護在她身邊的人一起離開醫院，想回家去睡幾個小時。週二凌晨三點三十分，護士打來電話，母親昏迷了。當我們趕到她的病房，發現她被吊在氧氣機上。她的血壓已經降低到危險的範圍，而且還在逐漸下降，她的脈搏越來越弱，血液中的氧氣指標也在下降。

母親似乎堅持了一個半小時，然後，她開始進入最後階段。早上六點，我給尼摩爾打電話，他立即趕來，陪伴母親度過了生命的最後時刻。

像一般人一樣，她死得很安詳；我的意思是，她幾乎沒有痛苦，幾乎看不出痛苦。她就這樣走了。她先是做了一次深呼吸，停頓了約四十秒。如果你看著一個人慢慢死去，你會覺得這痛苦的幾十秒無比漫長。然後，她又做了一次深呼吸，這回只持續了幾分鐘。隨後，生命的中止變成了終止，活人不再存在。尼摩爾說：「她走了。」

我母親走了幾天之後，尼摩爾給我發來電子郵件。「我一直在思考蘇珊的情況，」他寫道，然後，他又說：「我們該做得更好些。」

（本文原刊於2005年12月4日《紐約時報雜誌》）

作者簡介：大衛・瑞夫（David Rieff,1952-），作家。著有《屠宰場：波士尼亞和西方的敗落》（*Slaughterhouse: Bosnia and the Failure of the West*, Simon & Schuster, 1995）等書。

（北塔 譯）

悼念蘇珊・桑塔格

塞爾曼・魯西迪

　　蘇珊・桑塔格是一位偉大的文學藝術家、無畏和原創性的思想者、不斷追求真理的勇士和不倦地參加眾多鬥爭的盟友。她確立了嚴厲的知識份子標準，這標準繼續在鼓舞我和其他眾多仰慕她的人，堅持認為：文學天才有責任就當今的重要問題發言，尤其是捍衛創作精神及想像力的主權，反對一切形式的獨裁。

　　她於1987年至1989年擔任美國筆會中心主席，並承接諾曼・梅勒[1]的努力，幫助完成把一個作家俱樂部轉變成一個非營利的專業組織，以致力於促進文學和捍衛言論自由，以及保護國際文學界的同行。

　　她是真正的患難朋友。在何梅尼於1989年發出對《魔鬼詩篇》作者、出版商和譯者的追殺令[2]之後，她在那場維護思想自由的戰鬥中領導筆會。在有

---

❶ 諾曼・梅勒（Norman. Mailer, 1923-），美國小說家，著有長篇小說《裸者與死者》等。

❷ 魯西迪的長篇小說《魔鬼詩篇》1988年10月在英國出版後，伊朗最高領袖何梅尼宣稱小說的內容褻瀆回教教義，質疑可蘭經，醜化回教先知穆罕默德，因此發出全球追殺令追殺作者。很多國外出版社和譯者受到恐嚇攻擊，書店被炸，日文版譯者五十嵐一更死於亂刀之下。

些人猶豫不決之際，是她堅決的支持，幫助扭轉形勢，反對她所稱的「一次針對思想生活的恐怖主義行為」。我將永遠懷著感激和欽佩牢記她的果斷。

在接下去的十五年間，她一直是筆會活躍而堅定的會員，走在一系列問題的前沿，並奔赴眾多國家為受迫害的作家辯護。她特別強調：迫切需要反對美國的文化偏狹和對外國作品和思想的漠視。她是其他國家新作家和翻譯文學的非凡推廣者，曾幫助推薦各種不同的作家，例如丹尼洛‧契斯[3]、澤巴爾德和奧罕‧帕穆克等人。

蘇珊‧桑塔格有恩於筆會，是不言而喻的，一個事實是，為了反對她所痛心的這一美國文化潮流，我們已計劃於2005年4月，在紐約舉辦一次大型的國際作家會議。可以肯定，會議開幕時，我們將以深深的感謝，緬懷她如此激動人心地體現著文學良心的榜樣。

此刻，讓我們哀悼美國一位最著名的藝術家的逝世，並讓我哀悼一位親愛的朋友的離去。

（塞爾曼‧魯西迪以美國筆會中心主席身份撰寫這篇悼文）

（黃燦然 譯）

---

❸ 丹尼洛‧契斯（Danilo Kis, 1935-1989），塞爾維亞作家。出生於南斯拉夫蘇伯提卡，該地由於政治地位敏感，籠罩著戰事和政爭的陰影，他自幼就體驗到戰爭的恐怖，而雙親是納粹集中營的犧牲者。著有《粟樹街的回憶》、《死亡百科全書》、《沙漏》等。生前在法國任教，1989年在巴黎死於肺癌。

訃告：悼念蘇珊‧桑塔格

史蒂夫‧瓦瑟曼

　　蘇珊‧桑塔格，美國最有影響力的知識份子之一。她激情和勇敢的批判精神，孜孜不倦地爭取人權的努力享譽國際。今天，她因白血病去世，享年71歲。

　　她出版了十七本書，這些書被翻譯成三十二種語言。她進入公眾的視野、成為文化批評的強勁聲音，始於1964年她發表〈關於「坎普」的札記〉，這篇發表於《黨派評論》[1]的文章被收入在《反對闡釋》一書中，此書是她的第一本文集，出版於兩年後。

　　桑塔格逝世於紐約市紀念斯隆－凱特林癌症中心。

---

❶ 《黨派評論》（*Partisan Review*）是美國著名的左翼知識份子雜誌，創刊於1934年，2003年停刊。

桑塔格寫作的主題非常多元化，從色情到攝影，從沉默的審美到法西斯的審美，從日本的木偶戲到巴蘭欽[2] 的芭蕾舞動作設計，以及像亞陶[3]、班雅明、羅蘭・巴特和卡內蒂[4] 那樣的作家和知識份子肖像。

桑塔格熱切地相信：藝術有愉悅人、教育人和改變人的能力。

「我們生活在一種文化中，」她說：「這種文化拒絕知識的關聯性，這種文化致力於尋找一種激進的純真，或者被辯護成一種權威和壓迫的工具。在我眼中，唯一值得為之辯護的知識是一種具有批判性，辨證、懷疑、反對簡單化的知識。」

一篇刊於1979年《滾石》雜誌[5] 的文章中，喬納森・科特[6] 認為，桑塔格這位作家是「持續地核對與充份測試她對於一些原本相對立的詞的理解，比如思想與感覺、意識與感知、道德與美學，這些事實上是可以成為彼此一部分──就像絲絨上的絨一樣，用相反的方向來觸摸，可以有兩種不同的質地和兩種不同的感覺，兩種陰影和兩種感知。」

自稱為「執迷的唯美主義者」（besotted aesthete）和「執著的道德主義者」（obsessed moralist），蘇珊・桑塔格一生致力於挑戰保守思想。

她寫過四部長篇小說：《恩人》、《死亡之匣》、《火山情人》、《在美國》。《在美國》獲得了2000年美國國家書卷獎最佳虛構類獎。

---

❷ 巴蘭欽（George Balanchine, 1904-1983），紐約市立芭蕾舞團（New York City Ballet）的創辦人。

❸ 亞陶（Antonin Artaud, 1896-1948），法國劇作家、詩人、演員和超現實主義理論家。通過對導演和譯者主動權等方面的論述，徹底地否定了作者的權威，使文本意義的開放性、不確定性和「讀者中心論」的概念深入人心。為後來的結構主義、後結構主義開闢了廣闊的理論思考空間。

❹ 卡內蒂（Elias Canetti, 1905-1994），德語作家，1981年獲諾貝爾文學獎。他是出生於保加利亞的西班牙猶太人後裔，一生以德語寫作，四海流浪，最後落籍英國。

❺ 《滾石》雜誌(Rolling Stone)，一份關於美國流行音樂、流行文化及政治的雙週刊。1967年創辦於三藩市，1977年遷至紐約。刊物全球發行，頗具影響力。

❻ 喬納森・科特（Jonathan Cott），美國作家、評論家、樂評家。

桑塔格1933年出生於紐約，在亞利桑納州圖桑和洛杉磯長大。她的母親是一位有酒癮的教師，她的父親是一個皮貨商。她父親在日本侵華戰爭時死於混亂中的中國。那年桑塔格才五歲。桑塔格畢業於北好萊塢高中，十六歲就在加州大學伯克萊分校和芝加哥大學就讀，她還在哈佛大學和牛津大學受過研究所的教育。

1950年，當她在芝加哥大學就讀時，邂逅了菲利普‧瑞夫[7]，一位28歲的社會學理論教師，他們相識十天後成婚。兩年後，她十九歲，產下一子，名為大衛，現已是一位出色的作家。1959年離婚後，桑塔格從此獨身。

桑塔格3歲起就開始閱讀，她很喜歡霍普金斯[8]和巴恩斯[9]，第一本讓她著迷的書是她在六歲時讀到的《居禮夫人》，她也很喜歡哈利伯頓[10]的旅行小說和莎士比亞《哈姆雷特》的經典連環畫，第一部影響她的小說是雨果的《悲慘世界》。

「我讀書會哭泣會悲痛，我覺得書是世界上最美好的東西之一。」她回憶道：「我在現代圖書館辭典裡發現了許多作家，我在一間賀曼卡片店裡買到這套辭典，我用光了所有的積蓄把它們都買來了。」

她還記得八、九歲時，她躺在床上，看著牆邊的書櫃，「那就像是在看著我的五十位朋友。一本書就像一面可以穿越的鏡子。我可以到達另一個地方。每本書，就像通向另一個王國的一道門。」

---

❼ 菲力浦‧瑞夫（Philip Reiff，1922-2006），美國社會學家，2006年6月去世。
❽ 霍普金斯（Gerard Manley Hopkins, 1844-1889），英國詩人。1862年以〈美人魚的夢幻〉一詩獲詩獎，後來成為耶穌會神職人員，所寫的詩無人賞識，直到死後由友人將詩作結集出版，1930年後，其獨特風格受到新一代詩人的讚賞與模仿。
❾ 巴恩斯（Djuna Barnes, 1892-1982），美國作家，對二十世紀現代主義文學、女性主義貢獻頗大。
❿ 哈利伯頓（Richard Halliburton, 1900-1939），美國探險家、作家。當他企圖駕著帆船橫渡太平洋時，不幸遇上颱風失蹤死亡。

　　愛倫・坡[11] 的故事因其「炫目、幻想和陰鬱的結合」而讓她著迷。讀了傑克・倫敦[12] 的《馬丁・伊頓》之後，她決定成為一位作家。「我的童年」，她在《巴黎評論》的訪談裡說道：「充溢著極度的文學狂喜。」

　　十四歲時，桑塔格讀了湯瑪斯・曼的著名長篇小說《魔山》（*The Magic Mountain*），「我像跑步一樣迫不及待地讀完了這本小說，看完了最後一頁之後，我對這本書依然戀戀不捨，所以我又開始重讀一遍。我對自己說，這本書值得我大聲地重新朗誦一遍，每晚一章。」

　　桑塔格開始頻繁地出現在好萊塢大道上的匹克威克書店。她「每過幾天就坐在那裡看更多的世界文學作品，當我有能力時我就把它們買下來，如果我敢的話，我會偷一本的。」

　　她也成為好萊塢大道與高地街「迷人的街角」上一個國際雜誌和報紙銷售點的「軍事勘察員」。在那裡，她發現了文學雜誌的世界。她回憶她十五歲時，買了一份《黨派評論》並覺得理解起來有些困難。不過，「從裡面我感覺到一些有重要意義的東西存在著。我非常希望我可以破解那些句子，讀懂他們。」

　　二十六歲那年桑塔格來到紐約市。她曾在哥倫比亞大學教過宗教哲學。在一次雞尾酒會上，她遇到了《黨派評論》的創始編輯之一、具有傳奇色彩的菲力浦斯[13]，並問他如何才能給該雜誌撰稿。菲力浦斯回答道：「只需提出要求就行」。桑塔格說：「我現在就提出要求！」

---

❶❶ 愛倫・坡（Edgar Allan Poe, 1809-1849），美國詩人、小說家、評論家。其推理和恐怖小說最廣為人知，著有長篇小說《黑貓》、《紅色死亡假面舞會》、《金甲蟲》、《莫格街兇殺案》等。

❶❷ 傑克・倫敦（Jack London, 1876-1916），美國作家。著有長篇小說《海浪》、《馬丁・伊頓》、《野性的呼喚》等。

❶❸ 菲力浦斯（William Phillips, 1907-2002）美國文學與文化新聞工作者。

很快，桑塔納關於卡繆[14]、西蒙·薇依[15]、高達[16]、安格[17]、約翰斯[18] 及關於至上合唱團[19] 的煽動性文章開始給《黨派評論》的版面增添不少趣味。她在一個學科與另一個學科之間、或者是一種藝術形式與另一種藝術形式之間，那些她認為是人為的邊界上反彈。

「我樂於分析人們觀看電視的方式」，她告訴《滾石》雜誌。對她來說，文化是一頓豐盛的自助餐，一場可移動的盛宴。其關鍵，她經常援引歌德之語——即：「認知一切」。

「由於我讀過尼采，所以在帕蒂·史密斯[20] 的音樂會上，我能夠投入，並得到更多的共鳴，從而享受和欣賞。我讀書的主要原因是因為我從中得到享受。在觀察世界和與麥克魯漢[21] 的多媒體、多聲道電子世界發生共鳴，及享受搖滾樂的樂趣之間，並沒有任何的不相容。」

桑塔格致力於摧毀「思想和感覺之間的差別。這差別其實是一切反智觀點的基礎：心和腦、思想和感情、幻想和判斷。思維是感覺的一種形式，而感覺又是思維的一種形式。」

---

❹ 卡繆（Albert Camus, 1913-1960），法國作家，1957年獲諾貝爾文學獎。著有長篇小說《異鄉人》、《鼠疫》等。

❺ 西蒙·薇依（Simone Weil, 1909-1943），法國神祕主義者，宗教、社會哲學家。為了和她稱為「兄弟姐妹」的工人站在一起，放棄教職而進入工廠工作。後為同情被迫害的猶太人絕食而亡。

❻ 高達（Jean-Luc Godard, 1390-），法國電影導演，1960年代因「新浪潮電影」的崛起而知名。

❼ 安格（Kenneth Anger, 1927-），美國地下電影製作人。

❽ 約翰斯（Jasper Johns, 1930-），美國畫家、雕刻家和版畫家。

❾ 至上合唱團（the Supremes），美國黑人女聲合唱團。

⑳ 帕蒂·史密斯（Patti Smith, 1946-），1970年代美國龐克運動的重要代表人物。

㉑ 麥克魯漢（Marshall McLuhan, 1911-1980），加拿大傳播理論家和教育家，他的格言是：媒體就是訊息。他認為電視、電腦及其他電子傳媒對社會學、藝術、科學或宗教等存在潛在的影響。

　　她的探索被哈德維克等編輯所賞識。哈德維克[22] 是《紐約書評》的創辦人之一，此雜誌的編輯們很快就伸出雙臂歡迎桑塔格。在哈德維克給《蘇珊・桑塔格的讀者》[23] 一書所寫的引言中，稱她為「一個美麗非凡、視野廣闊和獨特的才女。」

　　桑塔格的每篇文論，哈德維克寫道：「具有一種精深的權威，一種混合焦慮和溫馨的權威，這是激情的回報。她的字裡行間流露出不懈的思索，不帶任何教條；直至結尾都還在詢問。」

　　但也有人不以為然。約翰・西蒙[24] 指責桑塔格，認為她的文字裡含有「一種複雜化的傾向」，「未思考其可能存在的意義所在」，就輕易地拋出「聽起來了不起、卻自相矛盾的命題。」馬庫斯[25] 稱她為「一個冷冰冰的作家」，其風格是「介於學術和賣弄學問間的尷尬組合，貧瘠，不友好。」肯德里克[26] 覺得，她的小說「既單調又無創意」。

　　1976年，桑塔格四十三歲，她的胸部、淋巴系統和雙腿上被診斷出末期癌症，說她能夠活過五年的機會只有四分之一。在接受乳房徹底切除手術和化療後，她痊癒。「我的第一反應是恐怖和傷心。但是知道你就要死去並不完全是一次糟糕的經歷。首要的是，不要對你自己感到遺憾。」

　　她盡可能地學習有關疾病的知識，後來寫成了《疾病的隱喻》一文。

---

[22] 伊莉莎白・哈德維克（Elizabeth Hardwick, 1916- ），美國文學評論家，小說家，《紐約書評》創辦人之一。

[23] 《蘇珊・桑塔格文集》（*A Susan Sontag Reader*, Vintage Books, 1983）。

[24] 約翰・西蒙（John Simon, 1925- ）美國塞爾維亞裔作家，也是文學、戲劇、電影評論家。著有《約翰・西蒙論戲劇》等。

[25] 馬庫斯（Greil Marcus, 1945- ）美國作家、音樂評論家、文化批評者。

[26] 肯德里克（Walter Kendrick, 1947-1998），作家與文學評論家，美國富敦大學教授。著作有《秘密博物館：現代文化中的色情》（*The Secret Museum: Pornography in Modern Culture*）等。

這篇極具影響力的文章譴責濫用肺結核和癌症的隱喻，把病痛的責任轉嫁給受害者，使其以為是他們自己的錯。她堅稱疾病是事實，不是命運。數年以後，她將其論點充展成一部書《愛滋病及其隱喻》。

桑塔格是越戰最早的強烈反對者，政治上的堅定信仰帶給她的是毀譽參半。1967年，在《黨派評論》的一次專題研討會上，她這樣說道：「美國是建立在種族滅絕的基礎上。這就是不問青紅皂白地假定，白種歐洲人有滅絕技術落後、居住在當地的有色人種，從而享有這片土地的權力。」

在狂怒和憂鬱，以及不斷增長的失望中，她斷定：「事實的真相是，莫札特、帕斯卡[27]、布爾代數[28]、莎士比亞、國會政府、巴洛克的教堂、牛頓、女性的解放、康德、馬克思、巴蘭欽的芭蕾舞等等，都無法彌補這個特有的文明給世界所造成的一切。白種人是人類歷史的癌症，是白種人，僅僅是白種人——它的意識形態和發明——消滅了世界各處綿延已久、獨立存在的文明，擾亂了星球的生態平衡，現在，正威脅著生活本身的根本存在。」

自認為既不是新聞記者、也不是活動家的桑塔格感到有一種義務，1968年5月在美國對越南北方進行狂轟濫炸的高峰期，她以「一名美國帝國公民」的身份訪問了河內。為時兩星期的訪問產生了一篇熾熱的文章，尋根究底，以理解越南對美國強權的抵抗。

批評界開始攻擊她，說她對越共懷有天真的同情。作家保羅・賀蘭德[29]，稱桑塔格為「政治朝聖者」，熱衷於崇拜外國革命，詆毀西方的自由

---

[27] 帕斯卡（Blaise Pascal, 1623-1662），法國數學家和哲學家。在微積分、概率論、物理、文學方面都有成就。

[28] 布爾代數是以英國數學家布爾（George Boole, 1815－1864）命名的一種代數系統。

[29] 保羅・賀蘭德（Paul Hollander, 1932-）美國評論家，政治作家。生於匈牙利，1956年逃離蘇聯坦克下的布達佩斯，定居美國。著有《政治朝聖者：尋求美好社會的西方知識份子》等書。

主義和多元觀。

　　同一年，桑塔格也訪問了古巴。之後，她給《堡壘》雜誌寫了一篇呼喚同情和理解古巴革命的文章。兩年後，她又聯同秘魯小說家尤薩[30]及其他作家，一起公開抗議古巴當局對該國最重要的詩人帕迪亞[31]的粗暴行徑。她還譴責了獨裁者卡斯楚對同性戀者的處罰政策。

　　從來就是偶像摧毀者的桑塔格，自有激怒左右兩翼的訣竅。1982年，在紐約市政廳為抗議鎮壓波蘭的團結工會的一個會議上，她斷言共產主義是披著人皮的法西斯主義。在流放持不同政見者問題上，在史達林統治中被謀殺的受害者問題上，及任何專制的共產主義體制欺騙成功處，若這些問題未被左翼知識界認真對待，都會遭到她不遺餘力的抨擊。

　　十年後，在美國知識界中幾乎是獨樹一幟，她呼籲強大的西方 ── 還有美國人──出面干涉巴爾幹半島，以阻止對塞拉耶佛的圍攻，並制止塞維爾亞對波士尼亞和科索沃動武。她與塞拉耶佛的民眾站在一起，前後十多次前往這正被包圍中的城市。

　　在2001年9月11日對美國紐約等地的恐怖襲擊後，桑塔格在《紐約客》雜誌上撰文提出了大膽非凡的看法：「這樣的認知在哪兒？這事件並不是對『文明』、或者『自由』、或者『人性』、或者『自由世界』發起的『懦夫式』攻擊，而是對世界上自稱的超級強權發起的攻擊，是美國聯盟自身具

---

[30] 巴爾加斯‧尤薩（Mario Vargas Llosa, 1936-）秘魯小說家。著有長篇小說《綠房子》、《世界末日之戰》、《城市與狗》等，1994年獲西班牙塞萬提斯文學獎。

[31] 帕迪亞（Heberto Padilla, 1932-2000），古巴詩人。曾支持卡斯楚革命，後因詩集《遊戲之外》被冠上「反革命」的帽子。1971年帕迪亞公開朗誦詩作〈挑釁〉，隨即被捕入獄。在國際聲援和卡斯楚政權壓迫下，帕迪亞人公開認錯，對《遊戲之外》予以批判與自我否定，悔過並自認是反革命作品，並且一一點名其他「反革命」文人名單，此一違背自由意志與傷害同志之舉引起國際嘩然，許多古巴文人紛紛流亡。帕迪亞1980年離開古巴，客居美國。

體行為的後果。」她補充說道：「如果要說『勇氣』——唯一價值中性的品質，無論我們在別的方面怎樣評價那些兇手，我們不能指責他們是懦夫。」

她被部落客和權威人士們帶上頸銬手枷，被指責為反美主義者。

在接下來的三年中，桑塔格變得來從未有過的拋頭露面，持續穩定地出書，經常發表演講，也獲得了很多國際獎，其中包括以色列的耶路撒冷國際文學獎、西班牙王子的阿斯圖里亞斯藝術獎[32]、以及德國的書業和平獎[33]。當她從耶路撒冷市長沃爾莫特手中接過耶路撒冷獎時，桑塔格就以色列的巴勒斯坦政策直言：「我認為，集體責任這一信條，用做集體懲罰的邏輯依據，絕不是正當理由，無論是軍事上或道德上。我指的是對平民使用不成比例的武器。」

2004年3月，她被診斷出患有前期急性白血病，如不治療的話，將會有生命危險。醫療團隊得出結論：這是由於她五年前被診斷出子宮腫瘤，接受化療的結果。病情確定後四個多月，她接受了骨髓移植。

1995年，在接受《巴黎評論》的採訪中，桑塔格曾被問及她認為文學的目的是什麼。

她答道：「一篇值得閱讀的小說對心靈是一種教誨，它能擴大我們對人類的可能性，人類的本性及世上所發生之事的理解力，它也是內心世界的創造者。」

她是她自己文學探險的製圖員。亨利·詹姆士說過：「對於任何事，我

---

[32] 西班牙王子的阿斯圖里亞斯藝術獎（Spain's Prince of Asturias Prize）有「西班牙的諾貝爾獎」之稱。阿斯圖里亞斯王子基金會網站：www.fpa.es.ing。

[33] 德國書業和平獎設立於1950年，由德國書商交易所協會每年評選，並於全球最大的書展——德國法蘭克福國際圖書展上頒發，是一個享有國際聲譽的獎項。用以表彰對促進不同國家和人民之間互相瞭解及交流有突出貢獻的文學、藝術和科學領域的代表人物。

說過的話都不是最後的斷言。」桑塔格同詹姆士一樣，總有更多話說，總有更多的感受。

桑塔格在世的親人有她的兒子大衛・瑞夫，她的妹妹裘蒂絲・柯恩。

（原刊於2004年12月29日《洛杉磯時報》）

作者簡介：史蒂夫・瓦瑟曼（Steve Wasserman），編輯，文學經紀人。1996年至2005年間為《洛杉磯時報書評》主編。

（老哈、譚佳　譯）

知識份子女英雄

克里斯托弗・希欽斯

　　在「公眾」一詞與「知識份子」一詞之間，落下或應落下一道陰影。有教養的才智之士的生活，應是私人、緘默、謹慎的：其大多數的慶祝，將發生在沒有觀眾的情況下，因為當孤獨的讀者注意到詩中隱蔽的意象，或虔誠的文本中瀆神的笑話，或監獄日記中秘密的訊息，而站起身來，在房間裡來往踱步，那一刻是沒有掌聲的。這種個人快樂，只有當同一讀者變成了作家，以及經過長時間斟酌之後，在黎明時分找到最貼切的字眼，或撕下偽裝的面具，或發現恰當、潛伏的文學聯想，或達到諷刺獨裁政權的效果，才比得上。

　　二十世紀的不尋常之處，也許在於它迫使這一類人離開書桌和書架，進入公共辯論場所。回顧一下，我們發現我們並不太尊敬或欽佩那些僅僅倖存下來的人，或那些保持私人生活不受打擾者。我們受恩於這些人，也許多於我們所知道的，但我們卻很難把他們視為楷模。我們的英雄和女英雄是那些既有才智又有參與的人，從歐威爾到卡繆和索爾忍尼辛。（確實，這兩種特質的結合，也產生了許多蠢人和惡棍，從塞利納[1]到蕭伯納，而沙特也許據佔中間地位。）

　　蘇珊・桑塔格一生有極大部分的時間，是在追求私人快樂中度過的，這

---

[1] 塞利納（Louis-Ferdinand Celine, 1894-1961），二十世紀法國文學家。

種追求是通過閱讀和企圖與其他人分享閱讀的愉悅。對她來說，文學消費這一行為，是文學生產這一行為的慷慨父母。她是如此感佩她所閱讀的那些美妙的作家──開始於她少女時代對傑克・倫敦和托馬斯・曼的著迷，最終築起一座她所心愛的、幾乎是波赫士式的圖書館──以致於她幾乎羞於把自己的散文奉獻給讀者。看看她的產量，你就知道她絕非多產。

如果情況似乎不是如此──她似乎總是在某處發表或出版作品──那是因為她極其靈巧地校準她干預的時間。到六〇年代中期的時候，肯定得有人就美國流行文化的能量和活力說些值得注意的話。而這個人，大概不會是《黨派評論》舊人馬中的任何一頭灰白鬃毛者。桑塔格那些關於「高級文化」收益不斷遞減的生氣勃勃且富於同情心的隨筆，是一個依然有傳統意識且認真看待高級文化的人寫的，且這個人有足夠的實力在《黨派評論》發表。她敏銳地認識到攝影的重要性，這點現在似乎是公認的了（而這是真正的開拓者的確切標誌），而她的〈關於「坎普」的札記〉是為了紀念奧斯卡・王爾德的，後者的嚴肅與顛覆的巧妙結合永遠是她的靈感，而我忍不住要補充說，沒幾個女性作家能夠這樣。

再者，在一個有點目光偏狹的時代，她是一位國際主義者。有一次我聽到有人頗有點牢騷地說她是美國文化的「官方接待員」，因為她總不忘推介其他地方和社會的作家。這項指責，猶有榮焉：她──還有菲利普・羅斯[2]──做了大量工作，使美國人熟悉切斯瓦夫・米沃什、米蘭・昆德拉和捷爾吉・康拉德。在出版於1966年的《反對闡釋》中，她比大多數人都更清楚地看到，未來官方共產主義的失敗，已銘刻在其對文學的否定中。當終於成為後

---

❷ 菲利普・羅斯（Philip Roth, 1933- ），美國小說家。長篇小說《再見吧，哥倫布》曾獲1966年美國國家書卷獎，《美國牧歌》獲1998年美國普立茲文學獎，作品被譯成多國語言。

共產主義 匈牙利總統的小說家阿帕德‧根茨應邀訪問白宮時，他要求在他的貴賓名單中包括桑塔格。很難想像任何其他美國作家或知識份子，會像蘇珊那樣在本周被如此真誠地悼念——從柏林到布拉格到塞拉耶佛。

　　提到上述最後一個名字，我不能不說另一件事：這就是道德的和具體的勇氣。1982年初在紐約，當她站到台上譴責波蘭的軍事管制是「帶著人類面孔的法西斯主義」時，那真是需要一定的膽識的。這句旨在挖苦的話，把那些主導著左派知識界的「反反共」人士氣得臉色發紫。但是當米洛舍維奇在1989年之後採納全面的國家社會主義時，奔赴轟炸機下的塞拉耶佛並幫助組織波士尼亞市民抵抗，則無異於吃了豹子膽。她並非像保守派袖手旁觀者希爾頓‧克雷默[3] 所譏笑的那樣，以「遊客」身份做這些事情。她真的在那裡生活，承受實實在在的危險。我清楚這點，因為我在波斯尼亞見到她，而我曾感到怯懦，她呢，則處之泰然。

　　她的堅忍，是所有認識她的人都親眼目睹的，並常常成為其他人堅忍的動力。她曾長期與一次接一次的腫瘤和肉瘤作鬥爭，並且總是走在冒險接受任何新療法的前沿。她關於疾病和宿命的著作，以及她堅決拒絕接受失敗，是鼓舞人心的。同樣鼓舞人心的，是她不知花多少時間鼓勵和忠告其他病痛者。但是，最了不起的時刻，是她於1989年擔任國際筆會美國中心主席期間必須面對魯西迪事件。

　　如今不難看出，一個墮落的神權主義暴君懸紅追殺一名小說家，是後來的伊斯蘭主義狂熱的先兆。但在當時，很多通常樂意參加的呼籲書「簽字者」都明顯地發抖和緊張，一如那些覺得自己受到威脅並紛紛退縮的出版商

---

❸ 希爾頓‧克雷默（Hilton Kramer, 1928年-），美國藝術批評及文化評論家。

和書商。蘇珊・桑塔格動員一場巨大的聲援運動，驅散這種受虐狂和投降主義。我還記得她在談到我們這位遭迫害和躲藏起來的朋友時說：「你知道，我無時無刻不在想著薩爾曼，如同他是情人。」那一刻，我真願意替她做任何事情，即使她沒有那樣要求或提醒。

連同她那一眼就被認出的黑髮中的一抹白髮，和她那富有領袖魅力和艱苦旅行的風格，她達到一種值得注意的東西——名人的地位，卻沒有任何伴隨而來的乏味和骯髒。她堅決不談私生活，也不遷就那些猜測者。她最接近洩密的一次，是1999年在長篇小說《在美國》首發式上，她提到喬治・艾略特[4]的小說《米德爾馬奇》時，似乎是想說她唯一的一次婚姻是一個錯誤，因為她很快明白到「我不僅是多羅西婭，而且幾個月後嫁給了卡素邦先生」。

薩穆爾・約翰遜[5]說，當一個人發表葬禮演說時，他不受宣誓約束。我覺得，此話包含的假設大有商榷餘地，因為它帶優越感地原諒那些「對於死者唯有贊美」者。蘇珊・桑塔格會憤憤不平、虛張聲勢或理氣直壯嗎？極有可能會。在六〇年代，她自己曾說過和做過愚事，後來又曾收回她關於白「種」人是「腫瘤」的臭名昭著的話，理由是這樣說傷害了癌症病人。在我看來是一次令人吃驚的失誤中，她企圖對「911」襲擊作顯然不適合於這次事件的定性：「美國結盟和行動的具體結果。」即使是「一般」，在那個句子中也嫌太糟，但她了解不足。她說她不讀關於她的著作的書評，而顯然她是讀過的。有時候要告訴她任何事情或使她承認她不知道某些事情或未讀過某

---

❹ 喬治・艾略特（George Eliot），英國十九世紀女作家 Mary Ann Evansd 的化名。作品包括《弗羅斯河上的磨房》、《米德爾馬奇》等。

❺ 薩穆爾・約翰遜（Samuel Johnson, 1709年-1784），英國歷史上最有名的文人之一，集文評家、詩人、散文家、傳記家於一身。前半生名不見經傳，但他花了九年時間獨力編出《英語詞典》，為他贏得了文名及「博士」的頭銜。

些東西，是非常困難的。

　　但是，哪怕是這種不安全，也有其積極的一面。如果說她偶爾有點悲觀，放出一個試探氣球，稍後又放掉它的氣（例如她改變對萊尼・里芬施塔爾的電影美學的看法），這種雜亂也仍令人覺得好奇和有生氣。約二十年前，在紐約市中心，我曾看她與翁貝托・艾柯[6] 在台上討論。艾柯有點兒得意揚揚——他宣稱他最喜愛的小說是《洛麗塔》，因為他可以想像自己扮演翁貝托[7] 的角色，蘇珊被迫對「博識者」一詞作出界定，但她顯然既甜蜜又嚴肅。「做一個博識者，」她宣稱，「就是對一切感興趣——以及對其他一切不感興趣。」她永遠設法做得太多，然後做那似乎不可能的事：逗留至辯論和討論的最後，說最後一句話，然後早早去睡，然後不睡繼續看書，然後早早起床。她喜歡嘗試新餐館新菜式。她不能忍受任何冷酷無情或沉悶乏味或冷嘲熱諷的人，不管對方是老是少。她將近六十歲才冒險寫大部頭小說，然後發現她獲得全新的生命。她以巨大的毅力和定力抵抗最後一場惡疾，因此，我原想把她說成是肯定生命的人，此刻卻突然感到灰心。但無論如何——死亡你別驕傲。

　　（原刊於2004年12月29日美國《寫字板》雜誌）

作者簡介：克里斯托弗・希欽斯（Christopher Hitchens），英裔美國作家，原為左派知識份子，「911」之後轉而支持伊拉克戰爭。

（黃燦然　譯）

---

❻ 翁貝托・艾柯（Umberto Eco, 1932- ）意大利哲學家、小說家、語言學家、符號學家。著有長篇小說
　《玫瑰的名字》、《傅科擺》等。
❼ 翁貝托・翁貝托是戲仿《洛麗塔》中男主人公亨伯特・亨伯特。

蘇珊‧桑塔格和她的面具

查爾斯‧麥克格拉斯

　　昨天，12月28日逝世，享年71歲的蘇珊‧桑塔格，是那種美國人直呼其名的極少數知識份子之一。並非親密關係賦予她這一地位，而是因為她像瑪麗蓮‧夢露和裘蒂‧嘉倫[1] 一樣，是家喻戶曉的明星，不需要姓。至少，在某些圈子裏，人們只稱呼她蘇珊，哪怕是那些與她素未謀面的人也是如此，他們會有見識且親密地談論她在《紐約書評》發表的最新文章、她對塞拉耶佛的態度、她對澤巴爾德新書的評判。她為思想界帶來的不僅是無比的嚴厲，而且是思想界以前難得一見的魅力和性感。

　　這其中一部分吸引力，是她本人的魅力——全身黑色套服、撩人的聲音、一頭長黑髮中間那抹標誌性的白髮。另一部分是她那令人傾倒的才智和淵博的知識：她什麼都讀過，尤其是令人望而生畏的歐洲巨人——亞陶、班

---

❶ 裘蒂‧嘉倫（Judy Garland, 1922-1969），美國知名電影明星。

雅明、卡內蒂、羅蘭‧巴特、布希亞、貢布羅維奇[2]、瓦爾澤[3] 等等──他們聳立在對我們大多數人來說是不可企及的地平線上。

　　同樣地，她不會顧忌讓你知道她如何博覽群書（以及暗示你如何孤陋寡聞），也不會羞於宣佈對她所關注的眾多問題中每個問題應持的正確看法。這也是那吸引力的一部分：她的認真和信念，即使有時候有點兒讓人受不了。是否前後一致並不是桑塔格太過擔心的問題，因為她相信恰當的思想生活應該是不斷重新審視和重新創造的。

　　桑塔格也會引起歧見，而且她絕非永無過失，但她的反對者有時候看不到的是，她願意改變看法。她的大部分作品，都具有一種歐洲式的冷靜和清高，以及強調藝術和想像力的道德快樂而非感官快樂。她的聲譽建立在她的非小說類──尤其是〈反對闡釋〉和〈激進意志的風格〉等文論，以及論文集《論攝影》和《疾病的隱喻》──至於1967年那部以高深的不連貫手法寫的長篇小說《死亡之匣》，現在似乎已成不忍卒讀的作品。

　　有一陣子，桑塔格持法國式看法，認為在高手筆下，批評甚至是一種比想像性的文學更高級的藝術形式，但在1980年代她宣佈要專心寫小說。她寫了艱澀的《我們現在的生活方式》，這是以愛滋病為題材的最感人小說之一。1992年，她出版長篇小說《火山情人》，這部小說具有曾經被她拿來取笑的那種長篇小說的所有特點。它既是歷史小說，又是言情小說，描寫納爾遜爵士和愛瑪‧漢密爾頓的戀情。既然是桑塔格的產品，博學是免不了

---

❷ 貢布羅維奇（Witold Gombrowicz, 1904-1969），波蘭小說家、劇作家和散文家。波蘭荒誕派文學的代表人物之一。桑塔格在為他的著作《費爾迪杜凱》（Ferdydurke）英譯本寫的序中誇讚他聰明絕頂。

❸ 瓦爾澤（Martin Walser, 1927-），德國小說家和戲劇家。他和另一位德國小說家鈞特‧葛拉斯齊名，作品曾獲黑塞獎、畢希納獎、席勒獎等多種重要文學獎項。中篇小說《驚馬奔逃》1978年出版之後，在德國文壇引起轟動。作品中人物的不斷自我內省，表明了作者對人類精神的終極關懷。

的，但誠如很多批評家指出的，小說中也有輕鬆的一面，甚至——誰會想到呢？——有那種想娛樂他人的老式願望。她最後的長篇小說、出版於2000年的《在美國》，同樣有這個傾向。該小說描寫一位在十九世紀末到美國的波蘭女演員的故事。

　　桑塔格是一位太出色的批評家和隨筆作家，使得她難以堅持她專心寫小說的決心。她最後的著作《關於他人的痛苦》（2003）是一本非小說作品，一本關於我們如何看待痛苦的大膽直言的小冊子。2004年5月，她擴充這方面的想法，在《紐約時報雜誌》發表了一篇論述美國占領伊拉克期間，阿布格萊布監獄的文章。這是一篇典型的、引人深思的桑塔格式雄文。但她那些充滿樂趣和戲劇性的後期小說提醒我們，在那個令人生畏、固執己見和廣納博采的面具背後，是另一個桑塔格，更溫和、更脆弱，我們對她僅略知一二。

（A Rigorous Intellectual Dressed in Glamour, 2004年12月29日紐約時報）

作者簡介：查爾斯·麥克格拉斯（Charles McGrath），《紐約時報》書評前主編。編有《二十世紀的書：百年來的作家，觀念和文學》一書。

（黃燦然　譯）

蘇珊‧桑塔格在巴黎蒙巴納斯公墓的墓碑。

蒼天沒有等待

弗朗索瓦・布斯奈爾

　　蘇珊・桑塔格和亞瑟・米勒相繼去世（桑塔格終年71歲，米勒終年89歲）標誌著一個時代的結束：「介入作家」[1]時代的結束。美國在哭泣。我們也在流淚。

　　蘇珊・桑塔格是個激進女性，也是知識界的一個偶像。因為她的個人信念不允許任何妥協，她有時激起人們的景仰，更多的是招致他人的惱怒，但卻極少讓人冷眼相看。在美國，她代表了左翼，也代表了女權主義；同時她身上還體現了某種力量和意志。這與高舉標語牌和簽署請願書之類所謂勇氣是毫不相干的。冒著生命危險的事，桑塔格做得太多了。譬如她去塞拉耶佛，一待就是三年，直到要為當地的一個戲劇計劃籌集資金，才返回美國；那個演劇計劃隨後於1993年8月17日問世。那天，由桑塔格親自導演，波士尼亞的藝術家們在他們幾乎變成廢墟的城市裏上演了貝克特的《等待果陀》。這就是桑塔格展現激進女性的一面。

　　同時，這位知識界偶像也有她的傳奇故事。那是在法國鍛造出來的。1958年，蘇珊・桑塔格重返法國，行囊裡亂糟糟塞滿了米歇爾・雷利斯（Michel Leiris）、安東尼・亞陶、皮埃爾・布雷茲（Pierre Boulez）、羅貝

---

[1] 概念來自於沙特「介入的文學」（littrature engag）的觀念，認為作家應以其文學介入政治、投入社會。

爾‧布列松（Robert Bresson）、讓‧呂克‧高達、羅蘭‧巴特等人的作品。
後來，她寫了一篇論羅蘭‧巴特的長文，一舉成名。在美國，桑塔格參加過
各種抗爭：反對越南戰爭，反對伊朗政教領袖追殺作家塞爾曼‧魯西迪的宗
教法令，抵抗愛滋病……她頑強地同疾病作鬥爭，兩次癌症都沒能奪走她的
生命。第三次，疾病戰勝了她。

　　蘇珊‧桑塔格也是一位出色的小說家，她的目光裡閃著火焰，既憂
傷又嚴肅。她語調鏗鏘地說：「一個作家不應該是表達觀念的機器。作家
的主要角色是充當詭辯家的對手，即輿論的對手。作家的主要職能是講真
話！」這樣的真言，在某些把「政治正確」當做博愛信條的國家裡，是很
少有人願意聽的。桑塔格曾經驚異於美國和法國譴責一切形式的理想主義
時的那種執著態度。她笑著說：「你們可要當心那些裝扮成犬儒學派的
人！在我們這裡，這已經成了冒充老實人的新伎倆。」

　　911事件之後十五天，蘇珊‧桑塔格在《紐約客》雜誌上撰文說：「9月
11日發生的事件和人們應該理解的事情之間有一道鴻溝，這道鴻溝令人『震
驚』和『沮喪』。」對於公眾日益幼稚的反應，桑塔格抱怨「心理療法」取
代了政治。她甚至說出「亟待反思」這樣的話來。結果招來五雷轟頂的結
局：桑塔格遭到一系列愚蠢而帶污辱性的攻擊。她在紐約街頭遭遇的風險，
幾不亞於塞拉耶佛的槍林彈雨，譬如在家中接到死亡恐嚇信等。於是桑塔格
陷入沈默，將近兩年之久。

　　比她年長的亞瑟‧米勒，在美國也遇到類似的對待。米勒生於1915年。
幾個月前，這位曾經想當木匠的劇作家吐露內心，說自己錯過了一生。他
說錯了。正是由於他，美國才發現了抗議的力量。最初是1949年，他的名著
《推銷員之死》獲得普立茲獎，擾亂了當時知識界的舒適生活。然後是1954

年，《薩勒姆的女巫》[2] 搖撼了麥卡錫主義。大家都知道，米勒曾經是瑪麗蓮·夢露的丈夫。那時，儘管夢露給人的印象是個可愛的傻女子，然而米勒出於對夢露的愛，為她寫了電影劇本《不合時宜的人》，給這個正在離他而去的女人以最佳的角色。還有比這更美好的愛之證據嗎？就在拍這部電影期間，他們分手了。亞瑟·米勒有生之年不大喜歡談論這類私事。他喜歡談布希的美國，拿它跟麥卡錫參議員的美國相提並論；而早在劇本《薩勒姆的女巫》發表和上演之時，米勒憑這齣戲就已打垮麥卡錫主義了；這是一部天才的劇作，尤涅斯柯和沙特曾經讚不絕口。

米勒是一塊岩石，一塊瘋瘋癲癲的岩石。他一直隱居在康涅狄格州的林中小屋，不斷寫出新的劇本。這個謙卑的巨匠曾經在夢中疾呼：「埃斯庫羅斯[3] 和索福克勒斯[4] 最好的劇本都是在九十歲高齡後寫出的……要是有一點運氣，我的前面也會有最好的東西！」生命本身沒有歷史感，它作了不同的定奪。

隨著蘇珊·桑塔格和亞瑟·米勒的辭世，美國最後兩位偉大的「介入作家」離去了。文學和自由又一次失去兩位親人。

（本文譯自法國《讀書》（*Lire*）雜誌2005年3月號。）

作者簡介：弗朗索瓦·布斯奈爾（François Busnel），法國作家、批評家，法國《讀書》雜誌主編。

（孟明　譯）

---

❷ 《薩勒姆的女巫》曾於1996年改編為電影《激情年代》（*The Crucible*），由奧斯卡影帝Deniel Dey-Lewis主演。

❸ 埃斯庫羅斯（Aeschylus, 西元前525－456），古希臘悲劇詩人。

❹ 索福克勒斯（Sophocles, 西元前496－406），古希臘悲劇代表人物之一，和埃斯庫羅斯、歐里庇得斯（Euripicles）並稱古希臘三大悲劇詩人。

蘇珊‧桑塔格的終結

黃碧雲

我們從你讀到的比你寫的更多。年輕的我,想起你的時候總是非常愉悅:呵,蘇珊‧桑塔格,正如想起任何美好事情一樣。那麼冷靜。美麗。忠誠。閱讀。寫。

你和你所呈現的事物,終必離去。

西班牙語裡面,「希望」可以和「幻象」同一個字,也就是英語的 illusion,失望是 decepcionar,英語只作欺騙解。語言呈現事物。如果希望是幻象,失望被幻象所欺騙,也就是必然的了:與事物的存在無關:只是經驗事物的主體對事物的認識誤置了;譬如以假為真;譬如當事物起了變化,主體還以為事物在先前所在位置;譬如以想像或思辯——我們總以為我們有多聰明——去補充事物的含糊和逃離理性思維之處。當我們向事物的本質苦苦追逼,我稱之為生命的學習,穿越的過程必然使事物在晦暗中呈現,猶如光之於影,因此有幻,因此學習極為激烈痛苦,而且無可避免:這個時候,你離開。對你,一個當代的作者,呈現著生命可能的美好,對我,曾年輕的我是你的一個讀者,都是一種完成。你完成你生命(哦!最終可以離開承受癌症的身體)(無法忘懷你憔悴的面容)的碎裂之光,而我,從一種激烈痛苦到另一種,無所謂痊癒、遺忘、或沉默;如果可以的話,最終成為愛智者,讓事物回到本來的位置,並從此自由輕省,不為困惑所折磨。

　　是你讓我「看」。你在1964年發表的作品〈關於「坎普」的札記〉，我讀到時已經是二十年後的事情。對你來說，1967年你出版了小說《死亡之匣》，1968年你去了北越，當時還是戰爭時期，你寫了〈到河內之旅〉，1978年你寫了《論攝影》。對於你，及你的〈關於「坎普」的札記〉和〈反對闡釋〉，可能已經是你過往的一部份。但對於年輕的我，我知道了看：原來我們的「看」不是那麼無邪，我們的「看」可以是一種文化強暴。我開始「看」，學習有距離的看——包括與自己的距離——我看見我在看；我還在看，並且越發內在，不單以眼睛，以攝影機，以電影，以各種影像，以語言，以腳，以身體，以節奏以音樂，以他人之存在去看，因為願意得到自由；以靈魂關照：我嘗試超越物質之存在去看。這可能並非你當初所指引的看。但播種者與種子往往互不相認（互不相識）；但我對你讓我看，仍然非常感激。

　　當然我們都會記得你的〈關於「坎普」的札記〉。相信每個創作者都不喜歡他（她）們的成名作。但那種聰明敏銳令年輕的我們多麼快樂。雖然現在我們都不會說「坎普」。過了時的聰明令大家都有點尷尬。

　　你還在看，依然聰明敏銳。2004年3月，醫生確定了你是初期血癌。5月你還在英國《衛報》發表文章，討論西方軍隊士兵在伊拉克虐待被拘禁伊拉克人的照片：「記憶博物館通常是視覺的。……攝影這行動愈來愈無所不在……那些行私刑的照片像戰利品一樣，被收集在照片簿裡，以供觀看。……現在愈來愈多人記錄他們自己：我在這裡——我醒了，我打呵欠，我伸懶腰，我擦牙，我做早餐，我送孩子上學……人們在互聯網上，以百萬計的網頁裡記錄他們的真人表演。……記錄自己的生活，並且Pose……（那些士兵）的微笑是為攝影機而笑的：……如果虐打完那些赤裸的男子，不拍

張照片，好像有甚麼未做完的。……」你帶著過多的白血球去看：會不會有一點頭暈？視覺會不會有黑點？（一如日蝕）嘴唇會不會乾？電腦旁邊會不會就是你的醫療報告？或痛？頭髮一直在掉？（哦！他們都記得你的黑長髮）你的痛楚是那樣靜默。我們記起時，所有的痛楚都已經完成了。多麼像祭祀犧牲。

你的聰明敏銳令我們快樂地微笑。我多麼討厭互聯網那成千上萬的日記；那些完全不花氣力的免費書寫令我幾乎不敢寫：如果淪為互聯網日記……。讀著你就好像你為我們這些受害人出了頭。「我們的社會是從前那些私生活的秘密，你會想盡辦法保持緘默的，現在你會哇嘩哇的上電視節目去大講特講。」

但你比你寫的更多。越戰時你去的是北越河內而不是南越西貢。你在紐約。你在伍迪艾倫的電影裡出現。你在塞拉耶佛，1993年圍城時期，你在那裡導演《等待果陀》——戰爭中的「等待果陀」，所說的必然比兩個等待果陀的人為多。你在塞拉耶佛續住了三年。那個依山的小城，迫擊炮從山上射到城裡。你的義大利巴尼。你在拉丁美洲。你承受癌症。你寫《疾病的隱喻》。你領導美國筆會聲援支持回教徒聲稱要刺殺的英國作家魯西迪。你的生活呈現你所相信的。

知識份子並非一份職業，而是一種承擔。在一次訪問中你說生活困難。你沒有在大學裡教書。拒絕在大學裡教書對我來說是一個高貴的姿勢：我想像你並不願意從屬於任何機構。我們不知道你為這個高貴姿勢付上了多大的代價。正如我們不知道你的癌到底陪伴你有多久。你怎樣承受。

你死的時候，醫院發言人只作了非常簡短的報告：蘇珊‧桑塔格於12月28日星期二早上七時十分逝世。並拒絕透露你致死的原因。但那是一間癌病

醫院。我們可以想像。

　　但你必然情願保持誠默。你是那麼驕傲的一個人。

　　生於二十世紀的下半，我們經歷兩次巨大而徹底的破滅：1989年及其後，整個社會主義陣營的解體，是政治實體的破滅；從十九世紀初到二十世紀末，幾乎長達兩個世紀的探索，以倒牆、倒塑像、公開槍決和審判告終，一如君主帝王或軍事政權被推翻沒甚麼兩樣；曾經令多人為之流血犧牲的價值，以快餐速度被唾棄。第二個大破滅在行進之中，就是民主制度的道德破產，所有同樣令許多人流血犧牲而成了主流價值的自由、平等、權利，帶著令人懷疑的權力，夾著資本式的征服和擴張。美國佔領伊拉克，以色列圍禁巴勒斯坦都是民主國家的道德負債。

　　我們作為群體，既然在群體中生活，我們就沒有放棄追求群體的價值。已經被唾棄的社會主義，追求的同樣是人的自由、平等，更抽象一點來說，是群體的幸福。追求群體的幸福，在人類社會從來沒有改變過：古希臘時期也在討論公正與民主，雖然那些公民可能每人都擁有很多奴隸。價值並沒有改變，但呈現價值的事物卻有時限，會改變，離開它原來的地方。而我們如果在認識事物的過程當中，將呈現價值的事物等同價值本身，或將事物的當初等同於變化後的事物，都是認識的誤置，終必遇到破滅。

　　破滅是生命的學習必然經過的。但這並不表示破滅不會是痛苦的。2001年9月，你警告那些公眾人物對紐約世界貿易中心被襲事件的理解是「欺騙性」的；你提醒國人「美國並不如領袖所說：沒事，我們一點都不害怕。」2004年5月，你問：「我們做了甚麼？……很難量化美國人如何愈來愈接受暴力，但四處都可以見到這種情況，那些殺人的電子遊戲……在美國暴力愈來愈成為娛樂，好玩的。……美國軍方現時的國際監獄比法國的魔鬼島和蘇聯

克格勃系務更惡毒……。」你嘗試減慢……如果不能阻止這個國家的道德破產：她容得下反對聲音。你仍然堅信：自由言說、與權力保持距離、冷靜的看：呈現美好價值的事物。你沒有改變，只是當初的事物變了位。

或許你從來不感到破滅。你是那麼頑強的人。1978年你的癌症，醫生診斷你只有百分之二十五的生存機會。你活了下來，多活了28年，並且活得美麗豐盛。

在大破滅的行進中，你的自由言說變得有點尷尬。或許我們該聽聽傑娜・阿比・薩萊曼（Zeina Abu Salem）怎樣說。傑娜，她的頭跌在耶路撒冷的街道上；她引爆身上的炸彈。傑娜，十八歲，大學生。我們可以見到她化了妝，包著頭，臉容美麗，帶著一個微笑。……她的頭怎樣說？會不會對自由、平等、公正、誠實有一個只能以她年輕美麗的生命言說的看法？蒙頭女子，她自由嗎？她快樂嗎？她愛好智慧嗎？

你無法脫離你自己。正如我們都無法脫離自己一樣。你只能以你理解自由的方式去呈現：而那種自由的呈現正在破滅之中。這無損我對你的想念：想起你的時候，我總是愉悅的，而且學習你聰明的微笑。但因為破滅的行進，我想念你的時候，也總是非常憂傷。好像無邪歲月，永遠離開。

所以……但我願意有你的死亡：幾乎是完美的。沒什麼可說的了：你的生命是最好的解釋。關於你，可能只應該是：「在此葬了蘇珊・桑塔格，1933─2004」。

（原刊於2005年1月6日中國時報人間副刊）

作者簡介：黃碧雲，香港作家。曾做過記者、編劇，並為香港各報章雜誌自由撰稿。大田出版社出版有《七宗罪》、《突然我記起你的臉》、《烈女圖》等書。

蘇珊・桑塔格與中國知識份子

黃燦然

　　敢言只是盡了知識份子的一部分職責，並未觸及其核心。在安全的環境下敢言，或計算一番後覺得是安全的環境下敢言，實際上還多了一份投機，從而抵消了敢言者邁出的那一小步。作為異見者或反對派的敢言，則染上了黨派色彩，他們是盡了異見或反對的職責，而不一定是知識份子的職責，更非其核心。異見者或反對派總的來說是站在或假設站在民眾利益的立場反對權勢者，相應地，他們背後往往站著一群同聲者或支持者，即是說，他們並不太孤立，甚至並不是獨立的。

　　知識份子類型，是多種多樣的，其接近核心的程度，往往取決於他們所屬的政治環境。就拿中國來說，陳寅恪是一位獨立的知識份子，絕不妥協地捍衛學術自由。受到當時環境的制約，他並沒有批評時政，而如果不是受到當時環境的制約，則他可能更不會想去批評時政，而是繼續做學術，甚至也就不必捍衛學術自由了。這不影響他作為學者的成就，甚至不影響他作為知識份子的身份，但他作為「獨立的知識份子」的人格形象將沒有機會確立。錢鍾書作為一位知識份子，是明哲保身的知識份子：他不害人累人，這在當時算是保全了知識份子的良知，而同樣由於受到環境的制約，他也不可能站出來替其他人說話、更不要說為民眾而大聲疾呼了。而如果不是受到環境的制約，則他亦會更專心於學術，更不必替其他人說話或大聲疾呼，也就不必

披著「明哲保身」這件具有正反雙重意義的外衣。換句話說，他們是「被迫」作了他們所屬的知識份子類型。

魯迅──中國真正的知識份子──也是「被迫」的，他是被環境所迫，更是被自己的良知所迫，最初棄醫學從文學、繼而棄文學從雜文。魯迅提供了考察中國真正知識份子產生環境的典型案例。所謂環境，就是「天時」、「地利」、「人和」──都得加引號。這個環境，必須是有些許的自由，使敢言者在面對國家民族重大事件和問題時，不致於完全不能開口、完全失去講話的場所和媒介；又必須有窒息性的鉗制，使敢言者頂住巨大壓力，甚至冒著生命危險。不是有人提出一個非常嚴肅的問題嗎：如果魯迅多活三、五十年，他會是個什麼樣的知識份子嗎？誰也無法揣測他將會怎樣，但可以肯定：他將不是我們現在所知道的魯迅。

桑塔格作為一位真正的知識份子，其所處的環境，其「天時」、地利」、「人和」可以說去到極致，非常完美──當然，對置身其中的知識份子本人，則是最艱難的時刻。知識份子最重要的定義，如薩伊德所言，是對權勢者說不。對權勢者說不，往往意味著替無權無勢者、被壓迫被剝削者說話。這也意味著，敢言者仍可理氣直壯，即使有生命危險，也仍有強大的後盾作支持，儘管這強大的後盾可能是沉默的大多數──但這其中蘊含的英雄主義，已足以使他赴湯蹈火。

可是，如果在對權勢者說不的同時，又冒犯大多數民眾呢？──是冒犯，而不是反對大多數民眾或對大多數民眾說不。即是說，敢言者仍然是基於大多數民眾的利益，但這大多數民眾可能囿於民眾情緒而暫時看不到自己長遠的利益。還有，這大多數民眾，到底是僅限於一族、一國的民眾，抑或包括其他國族的民眾？如果還涉及後者，問題就更複雜了。換句話說，如果

敢言者是一位國際主義者，則大多數民眾的利益，就可能是互相衝突的。

　　桑塔格近年的表現，恰恰是在對權勢者說不的同時，又冒犯大多數民眾。在知識界和文化界，則是左右不討好。她於911恐怖襲擊之後在《紐約客》發表的短文，其意旨是對布希政府和美國傳媒的蠱惑人心說不。她尖銳地指出，如果要用「懦夫」，也應該用來形容那些遠在報復的射程外，在高空中殺人的人，而不是那些以自殺來殺人的人。她的直言不諱，掀起軒然大波，冒犯了情緒化的大多數民眾，被指是叛國者、賣國賊。

　　而在此之前，她接受「耶路撒冷獎」時發表的演說，則是對東道主和頒獎者說不：「除非以色列人停止移居巴勒斯坦土地，並儘快而不是推遲拆掉這些移居點和撤走集結在那裡保護移居點的軍隊，否則這裡不會有和平……我接受這個獎，是以受傷和受驚的人民的和平與和解的名義。」

　　911恐怖襲擊一周年，她在《紐約時報》發表〈真正的戰鬥與空洞的隱喻〉一文，對美國發動的伊拉克戰爭說不。美軍在巴格達阿布格萊布監獄的虐囚事件曝光後，她在《紐約時報雜誌》發表長文〈關於對他人的酷刑〉，則不僅對事件本身說不，而且對美國和美國文化本身說不。

　　蘇珊・桑塔格體現其真正知識份子精神的環境，比魯迅的環境更完美。魯迅由於其環境和他本人的迫切性，而棄文學從雜文，也使我們在得到一位民族良心體現者的同時，失去一位更偉大的作家。魯迅幾乎是一位專業批判者，連一些小人小事也不放過，從其創作更偉大文學作品的實力的角度看，未免有點浪費。如果魯迅減少一部分雜文，增加兩三本小說，我想魯迅作為思想家、知識份子和文學家的偉大性，都將顯著提高並相得益彰。桑塔格在重大事件和問題上發言，別的時候，她繼續潛心其文學創作和文化評論，而事實上她文學創作的勢頭是愈來愈好了。桑塔格環境的完美，並不一定能使

她比魯迅更偉大，但魯迅環境的完美，則肯定會使他更偉大。

　　桑塔格環境的完美，使她成為光芒四射的國際主義者，而這是與她的視野分不開的。像魯迅一樣，她長期致力於推廣外國作家和思想家，積極為他們的著作寫序言或評論。在遇到重大事件時，她是從「人」的立場出發，而不是從「美國人」的立場出發。當我們這些外國人對美國和「美國人」感到失望的時候，正是這位奇女子破美國的軀殼而出，向我們彰顯「人」的希望。

　　她的逝世，在中國引起的強烈反應，一點不遜於美國，甚至勝於美國——中國人對她的評價更正面。箇中原因，首先是桑塔格以獨特的方式出現在中國。她的早期著作更多地表現才智，近期著作更多地體現良知。但是，在這兩年來，她的早期著作《反對闡釋》、中期著作《疾病的隱喻》和近期著作《重點所在》以及她「現在」同步重要的文章〈文字的良心〉、〈真正的戰爭與空洞的隱喻〉、〈關於對他人的酷刑〉同時集中在中國出版及發表，其才智與良知，猶如兩顆明星，互相輝映。

　　其次，也許更重要的是，當代中國缺乏期待像桑塔格這樣的知識份子和造就這樣的知識份子的環境。問題還不在於中國目前的環境造就不了桑塔格那樣的知識份子，而在於中國知識份子往往只能把可造就桑塔格那樣的知識份子的精力、能力和潛力，用於小事情上，尤其是在回避重大問題的同時，過量地加大在小事情上的火力。一個尖銳的對比是：桑塔格在舒適的環境下使自己嚴厲起來，中國知識份子在嚴厲的環境下使自己舒適起來。

作者簡介：黃燦然，詩人、翻譯家和評論家，現居香港。譯有蘇珊・桑塔格文集《重點所在》（合譯）、《關於他人的痛苦》、《論攝影》(待出)。

蘇珊‧桑塔[1] 註疏

董橋

　　蘇珊‧桑塔1972年寫的那篇〈On Paul Goodman〉[2] 文字最明媚。她說他們見面談話彼此都叫名，一個叫 Paul，一個叫 Susan，可是在她腦海裡，在跟別人談起他的時候，Paul Goodman 永遠是連名帶姓的 Paul Goodman。我不認識蘇珊‧桑塔。六〇年代在美國認識她的是我的同班同學殷允芃。七〇年代在英國學院也有兩個朋友認識她，他們都說在他們的腦海裡，在跟別人談起她的時候，Susan Sontag 永遠是連名帶姓的 Susan Sontag。

　　聖誕前幾天傳來她的噩耗，我不斷想起我旅英時期的那位南非同學，《從前》書中〈倫敦七六冬天〉的那個攝影家。蘇珊‧桑塔的《On Photography》是他敬愛的經典，1978年他整裝回國之際，我們幾個朋友在一本新版《論攝影》扉頁上簽名給他送行。1983年他腦癌在辛巴威去世，才

---

❶ 本書中 Susan Sontag 譯為「蘇珊‧桑塔格」。
❷ 〈On Paul Goodman〉（〈保羅‧古德曼〉）一文可參見桑塔格中譯文集《在土星的標誌下》。

三十九歲。我的書架上那本 Doris Lessing[3] 的《*In Pursuit of the English*》是1981年他寄給我的聖誕禮物，扉頁上寫著兩行漂亮的英文字：「追憶76年冬天在倫敦談論萊辛和桑塔」。

　　我讀蘇珊‧桑塔的書讀了三十年了，我讀的向來是她悼念文化挑釁文化過程中翩然衍生的那許多感應："my evolving sensibility"[4]；那許多情趣："the interestingness of the problems raised"[5]。事態在蛻變，觀點在蛻變，舊日的激情在蛻變，眼前的領悟在蛻變，謙卑的彌補並不重要："I disagree now with a portion of what I wrote, but it is not the sort of disagreement that makes feasible partial changes or revision"[6]。重要的是即時的交流帶來即時的火花，火花匆匆熄滅了，她說她從來不想帶領你去迦南[7]，她只帶領自己去迦南："I was not trying to lead anyone into the Promised Land except myself"。

　　於是，一生寫了那一疊文稿，算得上正正經經的評論的並不多："I am aware that little of what is assembled in the book counts as criticism proper"[8]。依題探幽，上下演繹，運筆往還於繩墨邊緣的一串遐思，也許只能歸納為她略嫌浮華的 "meta-criticism"[9] 文類。於是，我喜歡她的書像喜歡一個女人：忍受她的偏見撩起的齟齬，縱容她的水靈惹起的流言。我一邊懷疑她的思想是不是左傾，一邊慶幸她左得那麼淵博，那麼鴻蒙，那麼讓共產國家的御用寫作

---

❸ 朵麗絲‧萊辛（Doris Lessing, 1919- ）英國作家。她的長短篇小說大都是描寫處於二十世紀社會和政治變動中的人們。她父親是駐伊朗英國陸軍上尉，1924年隨全家遷往羅得西亞一處農場，直到1949年定居英國。《追隨英國人》（*In Pursuit of the English*, 1960）講述她定居英國後最初幾個月的體會。

❹ 我不斷變化的感受力。

❺ 提出之問題所特有的興味。

❻ 我現在不認同過去自己寫過的一些東西，但儘管不認同，我也不會去做些微修改或重新撰文。

❼ 「迦南」即舊約《聖經》中的應許地。

❽ 我感覺集結在書裡的文章，只有少部分在嚴格意義上能稱為評論。

❾ 後設批評。

班子顯得那麼亢奮，那麼不雅，那麼乏味！

　　蘇珊・桑塔的〈Notes on "Camp"〉[10] 列出五十八條 Camp 的現象與徵兆。她真的那麼 campy 嗎？我問過倫敦那個認識她的朋友。她的人和她的書只是一個aesthetic phenomenon[11]，朋友說：一、桑塔稚嫩而無稚氣；二、桑塔懷舊是為了棄舊；三、桑塔崇尚藝術卻也崇尚自然；四、桑塔思想不具性徵，文筆十足陰性；五、桑塔善於誘人而一生不為人所誘；六、桑塔是魚竟不知魚之樂；七、桑塔在歷史肅穆的殿堂追求現代無性的高潮；八、桑塔相信生命毫無憑據，只有皺眉面對生命，生命才變得有憑有據；九、桑塔學術感應過密，人生反應過疏；十、One must have a heart of stone to read 《Illness as Metaphor》 without laughing[12]；十一、她不是Susan，不是Sontag，是Susan Sontag。

　　　　（原刊於董橋散文集《記憶的腳註》（牛津大學出版社，2005））

作者簡介：董橋，散文家。在英國倫敦大學亞非學院做研究多年，又在倫敦英國廣播電台中文部從事新聞工作。曾任香港公開大學中國語文顧問、明報總編輯、讀者文摘中文版總編輯，現任香港《蘋果日報》社長。

---

⑩〈Notes on "Camp"〉（〈關於「坎普」的札記〉）寫於1964年，收錄於桑塔格中譯文集《反對闡釋》。
⑪ 美學現象。
⑫ 讀《疾病的隱喻》時不大笑的人一定是個硬心腸。

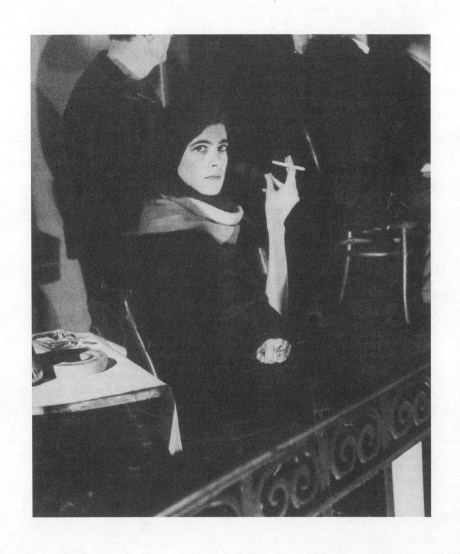

1962年，桑塔格在紐約布理克街（Bleecker Street）米爾斯酒店的「性」研討會上。

和蘇珊・桑塔格在一起的日子

西格莉德・努涅斯

　　蘇珊・桑塔格的過世，對我來說並不吃驚（我知道，她長年患有嚴重的疾病），但還是——至今仍然——令我震驚。最初告訴我這一消息的那位朋友說：「她是如此巨大的存在，可是她居然就以這樣的方式倒下，確是令人沮喪。」倒下，正是我想要說出的辭彙，我想，桑塔格也會喜歡這個詞的。我不能想像，其他作家去世時也會激起這樣的反應。她過世時，將近七十二歲，直到她生命的最後階段，桑塔格不比以往減少一丁點兒的尖銳和活力，想像她是一位老人，那是不可能的。相反，就像她的生命被突然截斷，就像她正當盛年而被打倒——倒下。

　　但有一個時期，我將蘇珊・桑塔格視作一個老人。那是很久以前，我們倆初識的時候。那年，她四十三歲，顯得很老。這一部分是因為當年我只

有二十五歲，在那個年齡，超過四十歲的人在我眼裡，似乎就是個老人了。另外，也是因為桑塔格剛從危急的乳房切除手術中開始復原。她的皮膚呈菜色，她的頭髮──那總是令我驚異，有人確信，桑塔格在她的頭髮上染了白色條紋，這應是很明顯的，因為白色條紋只是她頭髮原色的一部分（一個理髮師曾向她建議，留下一部分不染，這將顯得更為自然。）化學療法使她消瘦得很厲害，但卻不影響她那特異的濃厚黑髮，只是重新長出的頭髮，大部分是白色的和灰色的。因此，當我遇見她時，桑塔格正如我所見到，顯得比她應該有的樣子要老一些。隨著健康的恢復，她開始顯得越來越年輕，當她把頭髮染過後，她就顯得更為年輕了。

我那時剛完成了哥倫比亞大學學業，得到了藝術碩士學位，住所在西106街，離桑塔格的河濱大道（Riverside Drive）340號公寓僅一箭之遙。在患病期間，桑塔格積下了一堆未回覆的信，她現在想把這些事情做完，她請她的朋友，《紐約時報書評》的編輯介紹一位能幫她打字的人。我讀大學時，曾在《評論》雜誌打過工，這些編輯知道我多少會打一點字，他們也知道我就住在桑塔格家附近，於是他們向她建議讓我去工作。那是1976年春天，我與桑塔格和她的兒子遇上了。她的兒子大衛・瑞夫比我小一歲，還是普林斯頓大學的學生，仍然和他母親生活在一起。他和我開始約會，幾個星期後，我就搬去他那裡，我們三個一起生活。一年後，當這間公寓開始使我感到難以立足，我搬離了。（對我來說，接受這一點並不容易：即在我們的爭執中，母親傾向於站在兒子一邊，而他並不總是錯的。）第二年，大約一年時間，我把自己的時間一分為二，一半住在我自己的蘇活區（SoHo）公寓，另一半在他們住的上城。之後，他們也搬家了，搬到了17街，但就在這段時間，大衛和我鬧翻了。從那以後，我更多地與桑塔格見面，而不是大衛，但這只是斷

斷續續的，到她過世時，除了偶爾的例外，我沒見到她已有整整十五年了。自然，我最生動地回憶起的桑塔格，是早年那些日子中的桑塔格，正如我總要想起那些在河畔大道340號的日子。那是她乳癌手術後的恢復期（就在我搬進她家不久，她又再次入院，動了更大的手術，因為診斷出了更令人恐懼的癌症），她剛剛完成了文集《論攝影》，一篇長文〈疾病的隱喻〉。這段時間，她還在寫〈無導之遊〉[1]，這是她結集出版的第一部（也是唯一一部）短篇小說選中的最後一篇小說。附帶提一下，當時她還在撰寫論述班雅明的文章，此文後收入她1980年出版的第三本文集《在土星的星象下》。

　　這個高產時期，正與使她名聲卓著的第二個浪潮契合（第一個，當然是六〇年代早期，她第一部批評文集的面世，最著名的就是那篇〈關於「坎普」的札記〉。於是她開始了非常廣泛的社交生活。她比大衛和我，或我認識的人出外的時間要多得多，一連幾個星期，她每天晚上都出去。她回到家裡，在上床前，會告訴我們她和誰一起吃飯，比如芭芭拉‧愛潑斯坦[2]和伊莉莎白‧哈德維克，他們是經常在一起的。約瑟夫‧布羅茨基是她當時見面很多的一位俄國流亡詩人，他那時剛到美國，桑塔格曾為之傾倒。

　　「好吧，既然我現在已經解決了，」她說，意思是指癌（不必多說，現在可以明白她完全沒有「解決」它）：「我想做兩件事。我想工作，我也想找樂子。」樂趣，對於她，意味著去聽歌劇，看電影，出去吃飯──特別是日本和中國餐館，在保羅‧斯圖亞特購物中心為兒子買套衣服，為她自己買頂男人的駝色帽子，一條她們兩人可合用的圍巾，然後在「碰運氣城」

---

❶〈無導之遊〉（Unguided Tour），收錄於桑塔格短篇小說集《我等之輩》，1983年由桑塔格自行拍成同名電影。

❷ 芭芭拉‧愛潑斯坦（Barbara Epstein, 1928-2006）《紐約書評》（*The New York Review of Books*, NYRB）創始人、雙主編之一。

（Serendipity）吃頓午餐。「你們吃過奶油濃湯麼？那可是最好的。」她所有樂趣中最大的就是旅遊。「讓我們一起去哪兒走走，就幾天，你從來沒去過紐奧良，是嗎？」

「沒有。」我在那個秋天以前沒去過紐奧良，直到第二年春天才和她一起去了，我也從不曾去過加州。在唐人街吃飯是一種樂趣。約瑟夫・布羅茨基，當一片海參吊在他的筷子上晃蕩，他滿面喜氣洋洋，感染了桌子上的每一個人。「我們幸福嗎？」他轉過身去，給了桑塔格一個吻，這成了一種常見的轉換。

「你沒看過莫札特『費加洛婚禮』？」「你從沒吃過壽司？」「你從沒讀過班雅明的書？」「你從沒有過參加紐約節嗎？」每次我說沒有，她就會說：「啊，你將會得到一次款待。」邀請他人分享她的熱情，是她生活方式中很大的一部分——這也是桑塔格之所以為桑塔格，我從中究竟得到多少好處，那是難以估量的。

我的知識和經歷與她的差距，不會使她真正吃驚。一般來說，她對美國教育和美國文化的評價很低，我在「340號」那一年學到的，比在美國大學六年所學的還要多，她認為是理所當然的。我很幸運，她認為我還可教，我很幸運，她還不是個勢利的人。沒有人比她知道得更清楚：擁有對藝術、智力的嚮往，以及從周圍無人具有這種嚮往、也缺乏滋養它土壤的地方，開啟這一嚮往，究竟意味著什麼。她從不掩飾說，一個人的成功不依靠——不是在很小的程度上——這些因素的互相關聯，她也不否認知道巴斯卡[3]那句話的意思。巴斯卡曾說，出身在一個良好家庭，可以為一個人的成功之路省去三十

---

❸ 巴斯卡（Blaise Pascal, 1623-1662），法國哲學家、科學家、宗教作家。

年時間。（有一次，有一位女人請她寫一封推薦信，申請某個會員資格，她說：「她不會得到的，絕不會──不是因為她不夠好，只是因為她不認識適當的人。」）

　　無論和她去哪兒，當我們一走到街上，她就立刻跨到路邊，舉起手臂叫計程車。搭乘任何類型的公共汽車，都會辱沒身份。「在我剛到紐約時，我就發誓，不管我多麼窮，我絕不搭乘。」她彎下腰，強調著說。那段時日，逢到好天氣，她通常穿一件綠色的洛登外套（loden coat）。外套上一個袖管的接縫處已開線，她從來沒顧得將它縫上。能看見這個裂縫的僅有時空：就是她揚手招呼計程車之時。

　　我沒有去讀桑塔格逝世後出現的大多數訃告和評論文章（儘管從特里‧卡斯特爾刊於《倫敦書評》雜誌上的那篇文章中，我會抓住一些符合我看法的評價）。然而，我猜想，許多文章中都提到了「無幽默感」，這倒是與桑塔格生前經常被人批評的相一致。例如，在克雷格‧塞林格曼[4] 2004年出版的《桑塔格和凱爾》一書中，在「蘇珊‧桑塔格」條目下，我們可以找到「無幽默感」這個詞，底下跟著八頁參考書目。（相比較，比如，「柏拉圖主義」：僅兩頁參考書目。）對許多人來說，這一不足，損害了既是批評家又是藝術家的桑塔格的素質。大衛‧底恩比（David Denby）刊於《紐約客》的一篇文章中寫道，當桑塔格開始拍電影的時候，她「幽默感的缺乏……左右了她」。他指出，她對電影製作的熱情和理解、她的努力，「結局是可怕的」，這是一部分原因。桑塔格的公眾形象，在人們印象中不僅不幽默，而且是壞脾氣的。特別是在提問和訪談的場合，她無可理喻地很快就會發怒

---

❹ 克雷格‧塞林格曼（Craig Seligman）著有英文批評集《桑塔格和凱爾──吸引我的對立面》（*Sontag and Kael：Opposite Attract Me*）。

（我被傻瓜包圍了，這就是她眼光中閃出的資訊），很快開始侮辱人。但是，我還是不理解，為何桑塔格的這一面，會遭到如此多的評論。毫無疑問，部分原因是，必須認真對待她那廣為人知的迷惑難解之處：你絕不可太認真，無論你是誰。有些人言行中帶著喜劇因素甚至不體面——平庸，這恰恰是桑塔格完全無法應付的。她確實對自己逐漸變得非常認真，無論誰都可能問那該死的問題，如果她有問題，那恰恰就是——他人沒有認真對待她。回想起那段時間，至少，她不時地抱怨有些人，他們的意見對她來說是很重要的（似乎總是一些男人），可他們卻沒有以適當的尊重，來對待她。看她有時候的沮喪樣，令我驚訝萬分。「桑塔格小姐，你為什麼要製作這樣一部乏味的電影？」在《食人者二重奏》[5]放映時，一位年輕男子曾這樣問道，一半觀眾在一旁讚許地竊笑。「你能用不到二十五個字告訴我們，這該死的故事說的是什麼嗎？」這不就因為她是女人，人們才會這麼對她說話嗎？

有一次，她試圖對布羅茨基解釋，為何寧可不寫評論而只寫小說，她說：「我已厭倦如此賣力地工作，我想唱歌！」布羅德斯基已讀過她的一些小說，警告地回答道：「蘇珊，你必須知道，只有極少的人才被賦予歌唱的天分。」

在加州柏克萊的一次作家會議上，一個女人衝上前來，嚷道：「你認識沙特嗎？」「好吧，我遇到過他，但我不會說我認識他。為什麼這麼問？」這位女人的嘴唇興奮地扭曲著，「因為我聽說你是他的情人。」然後，她控

---

❺ 《食人者二重奏》（*Duet for Cannibals*, 1969, Fiction, 35mm B&W 104 mins, dir. by S. Sontag）故事主要講述關於一個當年非常有名的政治家，因為懷疑自己即將不久於人間，特聘請一位大學裡的學生來幫他整理一生的豐功偉業。這位有錢有勢卻經常生活在被迫害妄想症氛圍中的男政客在家裡養了一位義大利裔的大美女。他深愛著她，但卻也常常害怕失去她，就像他深愛著自己的政治偉業，卻也必須常常害怕因為失控而失去一切。

制不住自己，抓起桑塔格的手臂，靠上前來，說：「這是一個恭維。」

　　「究竟什麼意思？」我真想弄清楚：「什麼恭維？他現在不是個衰老頭？」那時，著名的平常人沙特事實上已七十二歲，比桑塔格要大二十八歲（而且幾乎要矮一英呎）。「究竟什麼意思？」桑塔格乾巴巴地答道：「就是，一個有頭腦的女人必須要配一個有頭腦的男人。」

　　當然，作為一個有頭腦、有才華和非常成功的人，也不必然就獲得安全感。在桑塔格剛剛完成是她最值得稱道的短篇小說〈我們現在的生活方式〉時，我正巧遇見她。「我寫得很快。」她說：「這一次，我馬上就知道它是不錯的。因為就像通常那樣，你知道，對於我寫的每一樣東西，我的第一感覺就是，這是一堆狗屎。」在這種不安全感外，還需要對付多少性別的問題，那是不可能說清楚的。想到這位高傲、智慧且雄心勃勃的人在婦女解放運動的高漲階段正走向年邁，想到她總要遭遇的性別偏見，可以想像，這一切是多麼地令人煩惱。

　　她的不安全感，還表現在另一方面。當她擔憂因為自己的癌症，已做了太多的妥協——例如：同意《人物》（People）雜誌的一次採訪，或是在電視上露面，而她曾視電視為「西方文明的死亡」——她就會說：「貝克特不會這麼做的。」她老是嘮叨這句話。貝克特和西蒙・薇依這些人——她尊崇他們的嚴肅——是桑塔格終生為人的試金石。在理想狀態下，她想要做到「純粹」，就像他們那樣。但，這也是極其自然的，她還想賣自己的書，這就使這一行為成為「必須」。甚至當她缺錢用時，都盡可能地避免去教書，因為這會傷害她的寫作。「我看見我同時代最好的作家，因為教書而毀掉了。」就是她經常說的另外一句話。

　　可能我們大多數人，寧可被人看作醜陋，也不願被人認為「沒有幽默

感」，我懷疑桑塔格會是個例外。一方面，她憎恨他人的無幽默感，儘管她也許欣賞班雅明那種天才人物身上的憂鬱氣質（她相信，這種氣質她也具有），但她對常人的情緒幾乎完全不能忍耐。除非你有她所謂真正的問題──比如說，嚴重的疾病──如果你只是感到情緒壓抑，那你最好在她面前掩蓋起來。另一方面，她對於能引她大笑的人給予很高的評價。這是她對她的朋友唐納德・巴塞爾姆[6]最為讚賞的一點。這也是她兒子不在時，她失去最多的一點。可以肯定的是，雖然桑塔格似乎像是，但她絕不是一個脾氣乖戾的人。她不是那種理解笑話有障礙的人中的一個（啊，甚至在那些最有智慧的人中都能找到）。她永遠有一個很大的朋友和熟人圈子，因為她身上有許多吸引人的東西。所以，一個毫無幽默感的人，不管她多有才華、多著名和有影響力，她都不可能擁有如此多的人長期陪伴在自己的周圍。

　　「我想要樂趣。」她得到了。她很容易大笑──她也不吝於幽默，她甚至欣賞為此而做的勉強嘗試。當有人告訴她一個被認為是佛洛伊德欣賞的笑話，她大笑。「你是否洗過澡？」「沒有，為什麼這麼問？有什麼錯嗎？」為保持她的激情，並和他人分享那使她愉快的事情，她會熱切地覆述她聽到的那些趣事。但她哀嘆──這是事實──她不擅於說笑話、故事或這一類事物。如果她知道一個大衛也知道的好笑故事，她會堅持，他就是那個說故事的角色。「他說得比我好笑。」對於他那無可否認的極好的喜劇才能，她說：「他不是從我這裡得到的。」

　　「我只知道一個笑話。」她說：「但我說得非常差勁。當然，這是一個猶太人的笑話。」她努力模仿猶太人的口音說。關於一位母親和一個神經質

---

❻ 巴塞爾姆（Donald Barthelme, 1931-1989），美國後現代主義小說家，著有小說《白雪公主》、《死去的父親》等。

小孩的笑話。「醫生，醫生，我該怎麼辦？每次我的小孩看見三角餛飩，他就開始尖叫。」這個笑話的可笑之處，是要求桑塔格，作為一位母親，用雙手抓住自己的頭，帶上十足恐懼的表情，尖叫：「啊！三角，三角，三角餛飩！」至今，這仍是我知道的最好玩的事情之一。

我還記得一件事。桑塔格和我坐在廚房的桌旁，她說：「我剛剛接到一個傢伙的電話，他說，他正在為一個處女形象公司做個調查，他想知道我是否能回答幾個問題。我說當然可以。然後他就開始問這一類事情，我現在是否戴乳罩？什麼種類的乳罩以及它的尺寸大小……」「你該明白，這是一通騷擾電話。」我說。桑塔格立時顯得有點迷惑，接著，有點羞怯了，「這就可以解釋了。」她說。

在這一特別的時刻，能提醒我特別的記憶的，我想，就是紐奧良的災難了。這個桑塔格熱愛的城市，它的毀壞將會使她心碎。2004年11月，當我是第二次訪問這個城市時，我住在法語區，正如我們在二十八個秋天之前所約定的。那第一次，我記得，我們吃得極好（「你從沒有嘗過小龍蝦？」），我們遇到的每一個陌生人都能講一個紐奧良嘉年華會（Mardi Gras）的故事。一天晚上，一個漂亮的年輕人憑記憶朗誦了田納西·威廉斯[7]的詩〈波旁街上的早晨〉：「他想念他的朋友。／他想念他失去的夥伴……／他為回憶而哭泣……／愛，愛，愛。」

將我第二次帶到紐奧良的，是我參加的一個文學座談會，主題是「作家和大師」，我談到，桑塔格是我的良師益友之一。漂亮的年輕朋友邀請我們參加了一個奇異的聚會。我已不記得在哪裡及究竟為了什麼。有人將我們

---

❼ 田納西·威廉斯（Tennessee Williams, 1911-1983），美國劇作家。一九四五年以劇作《玻璃動物園》（*The Glass Menagerie*）在紐約百老匯一炮而紅，在此之前已經努力寫作多年。

介紹給一個有著寬大紅臉的男人，他穿著三件式西裝，還配有白襯衫、白領帶、白帽子、白手套。「桑塔格女士！」他喘著氣叫道：「這真是榮幸。啊，你看上去就像在銀幕上一樣！我已看過你的每一部電影。每一個獨幕電影。噢，小小的紐奧良今晚有這樣的恩典，將此一位偉大的明星擁在它的懷抱之中嗎？」當他吻我的手時，我臉紅了，並開始解釋。而桑塔格，她居然在他的面前轉過身去，比平時更為加倍地大笑起來，她狂亂地向我打著手勢，讓我繼續周旋下去。她不想將這個愉快的醉鬼直接打發走，她要有更多的樂趣。

作者簡介：西格莉德・努涅斯（Sigrid Nunez, 1952- ）美國小說家。她經常在小說中揭示階級與暴力問題，著有長篇小說《上帝呼吸之上的羽毛》（*A Feather on the Breath of God*）、《裸睡者》（*Naked Sleeper*）等。

與桑塔格共進晚餐

Val Wang

我並沒打算跟蘇珊‧桑塔格爭辯。

與她外出共進晚餐的原因與此完全相反。那時我二十五歲，生活在北京，是一個上進心很強的作家，以撰寫新聞稿件湊合著謀生。2000年，在我每年一次回紐約期間，過去讀大學時的一位叫斯汀的朋友和我取得了聯繫。斯汀是「蘇珊」的私人助理，他邀請我和他的老闆一同看電影並共進晚餐。我理所當然地同意了。

這將會是我進入紐約文人生活的起始。我欽佩蘇珊‧桑塔格，那些我以為只有男人們才可能寫出來的內容：觀念宏大、歐洲規範、歷史背景，同樣在她大膽的筆端下現出。並且，她還做得引人注目。或許，她的淵博學識，她的充沛精力，接觸後會對我產生影響。

我們看的是匈牙利電影，故事的悲慘無休無止讓我感到昏昏欲睡，她卻看得津津有味。看完後我們三人一同步行去東村。蘇珊有一種儡人的力量。她的存在滲透彌漫，同我想像中的那樣，密集地流動著好似她的鬃毛。每個句子，從她口裡出來都帶有不容置疑的意味。「這。是。一個。好。日本。餐館。」在聖‧馬克書店（St. Mark's Bookshop）附近的一個小地方，我們走下臺階時她這樣說。我可不敢同她作對。

　　晚餐開始很順利。我們分享一大客壽司，閃光的薄魚片像小豬那樣優美地坐在木制厚平板上。斯汀和蘇珊談著他們熟悉的話題，我的插嘴顯得有點不倫不類。我的全部所知就僅止中國而已，我像淹水的人抓著救生圈那樣抓著這一點可靠的東西不放。吃到一半的時候，蘇珊轉頭問我是做什麼的。我說我在中國是一名自由撰稿的新聞記者，暗想只就中國話題做一些無意義的閒聊。

　　「那你一定知道貝嶺嘍？」

　　「誰？」

　　「他是一位詩人，最近在那兒被捕。他曾住在美國，在北京出版文學雜誌《傾向》時被監禁，已有好幾個星期了。」

　　我從未聽說過這個名字。CNN、BBC，紐約時報等主要西方媒體網站在中國被遮擋，我獲取新聞的管道受到了限制。因為我沒有正式的新聞記者證，所以在撰稿中一直迴避棘手的政治問題，而寧願寫些關於傳統京劇的衰落，以及衛生棉條公司如何入侵中國市場一類的文章。

　　讓我困惑不解的是，我發現西方新聞界只想聽到兩類關於中國的消息：經濟的迅猛增長和政府對人民的控制。1989年的天安門廣場屠殺給人們留下了這樣一個深刻的形象：一個孤單的人，雕像般站立在一輛坦克車前。這個形象，雖然與2000年的中國更為複雜的畫面相悖，卻仍舊未被取代。

　　我猶豫了，不敢確定是否該說瞎話。最後我還是決定表現出無所不知的大男子漢氣概，這是我這新職業所應具有的。為什麼要說謊？我要堅持自己的立場。

　　「沒有，」我說，「我沒有聽說過。」

　　「你是一名新聞記者，你都沒有聽說過？」她問，她的聲音開始有些

尖銳。

　　那時我該為如此的無知作出道歉才對，但是愧意和自尊等等人類天生的愚蠢卻讓我說道，「啊，嗯，呃哼……那類關於異議份子的新聞……嗯……」

　　「什麼？」

　　「關於異議份子的新聞。在中國作新聞報導的時候，通常是不會特別留意異議份子被捕……嗯……」

　　我的手和聲音開始顫動起來，像果凍一樣。我放下了筷子。

　　「為什麼不？」

　　桑塔格那逮捕式的凝視，你在書的封面或者雜誌裡看見過嗎？那目光從紙面上躍出來橫跨餐桌正往我的體內鑽。她語音低沉，好像是一個男人在指揮作戰，把一個疑問變成一個命令。她在準備戰鬥。而我驚訝的是，我也同樣。要是我能夠改變自己化陳述句為疑問句的習慣就好了。

　　「不過，似乎有的時候，異議份子恰好無關大局？」

　　斯汀試圖勸解。「也許你在中國讀不到此類新聞？」

　　「西方新聞界應該有這類報導消息，」蘇珊說道。我已經被推到了角落裡，我知道再下去我就會為中國政府辯護。

　　「我不知道為什麼我沒能看到這個消息，」我說，開始打退堂鼓。「我只不過是說在中國還有更大的消息？」

　　她覺察到我的弱點，立刻來個一針見血。

　　「如此說來，你的意思是說這個詩人被抓並不重要嘍？」

　　我喘不過氣來。坐在東村的一家日本餐館裡，蘇珊‧桑塔格是想要告訴我，這個曾住在美國、無足輕重、姓名兩個字的詩人，他的命運竟然要比諸如全國八億農民的境況更為重要？狂妄！

「是。但宏觀地看來，就中國所面對的所有問題而言，我想我是在說那不重要。中國有許多重大問題西方新聞界並不報導。你知道，像貧困、腐敗。」我說，絞盡腦汁。「還有環境破壞。」我用眼光請求斯汀給予援手，他卻用手在他的脖子前的空中劃過。

你一言，我一語，有好幾分鐘，誰也不讓步。接下來的進餐，蘇珊轉過頭去不再理我。我試著把筷子揀起來，可我的手抖得太厲害，連一塊壽司都無法夾住，就別說吃下肚了。

晚餐後我們各走各的。斯汀送蘇珊上了一輛計程車後，和我一起步行下到地鐵車站。

進入紐約文人生活，好一個讓人自尊受傷的起始。她是我有生以來一同進餐的人裡最著名的一個，我小小的憂懼不安卻使得我在她的面前像蠢驢一樣。我試著安慰自己，想像自己和蘇珊・桑塔格一起，加入了偉大聖賢們的行列，像頭上長角的神祇們一樣。「你想知道她為什麼會這樣生氣嗎？」斯汀問。

「我怎麼知道？」

「她親身參與了營救詩人出獄的行動。她和其他筆會作家一起向中國政府請願，請求釋放他。」他說。「你這樣，基本上是把她當作一個西方知識份子，在實施一個不會有結果的特別計畫。」

我笑了起來。我竟然教訓了蘇珊・桑塔格！我全身一陣輕鬆。她捍衛言論自由，一點沒錯。但是中國存在著更多基本和緊要問題，我也沒錯。與農民相比，異議份子也許更是吸引人的賣點，但並不是說他們就更重要。

一邊走，我受傷的自尊一邊開始平息。她的固執，並非是由高傲的道德責任感所引起，我也一樣。激發我們二人的是個人激情和憂懼不安。這完全

沒有錯。說到底，她也教訓了我。

　　現在我居住在紐約了。當我讀到蘇珊過世的新聞時，我的感受就像是天行者路克在歐比旺・克諾比[1]死去的那一刻一樣：能量的急速退潮。我仍舊是一個上進心很強的作家，每天發誓要放棄新聞而獻身文學。（我努力遵循別人寫的蘇珊傳記中透露的成功秘訣：「我和所有作家的做法一樣。任何聚會，只要邀請我，我一定會到。」）但是過去的這個星期最終讓我慶幸自己是新聞界的一員。海嘯席捲東南亞剛過幾天，就傳來了蘇珊的噩耗。我在聯合國兒童基金會的一個網站作編輯工作，一個星期裡我整天都在做新聞的日常工作：編輯消息，檢查圖片的配文，確認首頁裡沒有未能注意到的多餘空白。網站籌集了上百萬美元的捐款，晚上我回家後哭了。

　　我的悲傷，其程度讓我自己都吃驚。一個名作家之死，和十二萬不見經傳的人之死，我嘗試權衡，孰輕孰重。消息在紐約時報網站上同版並列，他們有過荒謬的爭鬥，跟蘇珊和我之間曾有過的同樣。哪一個更為重要？文學或是新聞？理念或是現實？紐約或是亞洲？我感到被夾了在當中。你不可能說哪一個更為重要。這是一個讓人悲傷的星期，就這麼簡單。

　　作者簡介：Val Wang，作家，新聞記者。現居紐約。

（老哈　譯）

---

❶ 兩人均為電影《星際大戰》（*Star Wars*）中的角色，路克（Luke Skywalker）是歐比旺・克諾比（Obi-Wan Kenobi）的徒弟。

追憶蘇珊

——史蒂夫・瓦瑟曼談蘇珊・桑塔格

　　這一訪談是在南加州巴沙迪那芮茲・卡爾頓酒店（Ritz-Carleton Hotel）內進行的，這是一家美輪美奐的西班牙建築風格旅館，時間是2005年5月底一個不太熱的夜晚。借用旅館的會客廳見面，是因為此處離瓦瑟曼的住宅很近，而且十分安靜，適於沉浸於回憶之中。文中「貝」為貝嶺，「明」為明迪，「瓦」為瓦瑟曼。訪談由Becky Chen 錄音整理、明迪譯。

貝：為了紀念蘇珊，我正在編輯一本書。你是蘇珊生前最好的朋友之一，你們也有許多文學事務上的互動。先請教你，卡斯楚在古巴為所欲為，將異議人士逮捕入獄，可是，和卡斯楚私交甚好的諾貝爾文學獎得主、哥倫比亞作家賈西亞・馬奎斯一直沈默。為此，蘇珊公開批評馬奎斯，要求他能出面營救古巴異議人士。請問，蘇珊與馬奎斯是朋友嗎？

瓦：我不知道蘇珊是否曾經見過馬奎斯。蘇珊和墨西哥小說家卡洛斯・富安蒂斯[1]關係很好。她也認識秘魯小說家尤薩，他們都是拉丁美洲聲望極高的作家。但我不知道她是否與馬奎斯見過面或是否有過任何直接聯絡。她曾批評過馬奎斯對卡斯楚的逢迎。如果我沒記錯的話，她曾好幾次公開地批評他。公開批評是否導致馬奎斯和蘇珊之間的私人信件交換，我就不知道了，但有可能。

---

❶ 卡洛斯・富安蒂斯（Carlos Fuentes, 1928-），墨西哥小說家，曾獲塞萬提斯文學獎。著有魔幻寫實期經典小說《最澄澈的地域》、《克魯茲之死》，散文集《戴面具的日子》等。

貝：911恐怖襲擊之後，蘇珊寫了那篇引起廣泛批評的文章，是在《紐約客》
　　上，更早是在德國的媒體上，因為911恐怖襲擊時，她人在柏林。當時我
　　在波士頓，她的文章刊出後，在美國遭到了公眾與論的不少批評，有人
　　對她漫罵和威脅。蘇珊回到紐約後，她去了世界貿易中心廢墟，並且深
　　受震撼。以你對桑塔格的瞭解，面對美國國內民眾的強烈反應，她是否
　　有些始料未及？

明：她做過公開道歉嗎？

瓦：沒有，我不認為蘇珊為她的那些言論做過任何公開道歉。據我所知，她
　　堅持那些觀點。也許她私下對自己倉促的表達方式感到後悔。但我不認
　　為她公開收回過她在襲擊二週後所發表文字的要意。我知道，她和她兒
　　子大衛・瑞夫有過相當激烈的私下爭論。他私下批評了她，他感到她未
　　充份瞭解這次對美國領土的襲擊，對美國人有多大的情感震撼。如果事
　　情發生時她在美國、在紐約，她也許會有不同的措辭。他感到她說的太
　　尖銳了。她的語氣和批評的語調有點錯置。不是指她說的不對，而是說
　　得太快，讓許多人誤解了她的言論。他對此感覺非常強烈，在私下，
　　蘇珊也許逐漸地接受了大衛的批評。

貝：你和蘇珊及大衛的長年友誼，緣於何時呢？

瓦：我和大衛認識三十一年了。1974年我第一次遇見大衛是在柏克萊加州大
　　學，那也是我遇見蘇珊的地方，當時我二十歲。1974年夏天，我和大衛
　　在蘇珊紐約的公寓度過了一個夏天。她當時住在河濱大道340號，她的公
　　寓在頂樓，是美國畫家傑思派・約翰斯[2] 曾經住過的公寓。這是一棟令

---

❷ 傑思派・約翰斯（Jasper Johns, 1930-），美國畫家及平面藝術家，最著名作品是有關美國國旗的畫作。

人難以置信的大廈。我記得，那個夏天她住在巴黎。我住在她的公寓裡，大衛也住那裡。我住在那裡是因為我當時正在為另一位作家作助理，為他要完成一本書做研究。我們都住在紐約，大衛和我在那個期間成為非常親密的朋友。我非常清楚地記得，公寓裡的牆壁是白色的，有一萬冊藏書，幾乎沒有傢俱，只有幾張安樂椅。安迪・沃霍的毛澤東肖像原作，一個「死亡與骷髏」的義大利玻璃作品斜靠在牆壁。如果你打開冰箱找東西吃，那裡面幾乎是空的，可能只會有點爛生菜。如果你打開壁櫥找盤子，可能只有兩個盤子與許多《黨派評論》的過期雜誌。

蘇珊的床邊有一個二十四小時顯示世界各地不同時間的鐘。我曾經被這個鐘所迷住，這說明她雖然身處紐約，但似乎住在全世界，對這個人來說，時間並不重要。從某種深層的意義來說，蘇珊想消失在時間之中，她想知道從古到今的一切文學，要穿越所有文化，穿越所有國家，穿越所有時區，並擁抱整個世界。所以說，住在那棟公寓裡是件令人非常興奮的事，就好像住在這個人的大腦裡。這就是我對蘇珊的最初瞭解。後來，我從柏克萊畢業的那年，她帶我逛書店，向我介紹各種書。我當時想：「我浪費了整個大學教育，還有這麼多我從未讀過的書，我的大學教育從現在開始。」我覺得我後來的三十年都一直在補課、在追趕。

貝：你和大衛是在加州柏克萊相遇的嗎？

瓦：是的，我倆大約在1974年4月相遇。6月我去紐約。我在他們的公寓住了幾個月。我和大衛在一起，在紐約長長悶熱的夏夜，我們逛街，談論哲學和文學，然後，清晨兩點，肚子餓了，我們走到小義大利城。有天晚上，他抽著味很濃的肯塔基州牌沒有濾嘴的香煙。我從未抽過煙，也從未喝過濃咖啡。於是，我們坐在那裡，點了濃咖啡。他點燃

一支煙，我說：「嗯，看起來不錯，也給我一支吧。」那是我的第一次。8月，蘇珊從巴黎回來了。我和蘇珊單獨建立了友誼，與大衛是分開的。此後我時常去看蘇珊，她每年兩次來到柏克萊作公開演講或有其他事時，我們一起吃晚餐。我是她在世界各地的朋友中的一個，而且我們成為非常好的朋友，就像她與許多人成為非常好的朋友一樣。她幾乎是牽著我的手走進柏克萊電報大道上的許多書店，在以後的那些年中，又走進許多不同城市的書店，巴黎、威尼斯，還有其他地方。她總是從書架上取下一本一本的書，「你讀過這本沒有？」「你讀過這本沒有？」我只好說：「沒有。」「沒有」。（笑）然後感到越來越不好意思，但越來越熱切地想要吸收那些令她興奮、她帶著巨大激情想與你交流的東西。蘇珊是一個了不起的熱心人。

明：你曾經告訴我，你是在鮑伯家第一次見到蘇珊的。

瓦：我記得是在鮑伯家吃晚飯時認識她的，鮑伯是《堡壘》（Ramparts）雜誌的前主編，蘇珊為《堡壘》雜誌寫稿，她曾寫過一篇關於古巴的長文，還寫了一篇關於瑞典的長文，這是1960年代的事，蘇珊和鮑伯是朋友，我當時是鮑伯的助理，這就是我認識她的經過。然後她經常要我去紐約，最後，我終於在1983年年底搬到紐約。我們在紐約見過很多次。1996年年底，我搬回到加利福尼亞，成為《洛杉磯時報》的文學編輯。具有諷刺意義的是，儘管我們之間距離遠了，我想我在最近八年半內見到蘇珊的次數多於我住在曼哈頓的那12年。因為在這期間，我經常去曼哈頓，每次去，我都儘可能去看她。並且她每次來洛杉磯或柏克萊的時候，我會去見她。所以我們見面次數很多，比以前多。

明：你邀請蘇珊來參加了《洛杉磯時報》圖書節嗎？

瓦：我邀請過她很多次，但她只來了一次，那是2000年4月。

明：她最後一次來洛杉磯是哪一年？

瓦：我最後見到她是在2004年。我安排洛杉磯公共圖書館頒發給她終身成就獎，那是2004年4月上旬，距離她病倒只有幾個月，非常可怕……她當時看上去還很健康，儘管已被診斷出絕症。她和大衛一起來的，他們接受完這個獎後，打算去西雅圖諮詢一些醫生，看看對她的病有什麼治療方法。

貝：從西雅圖回到紐約後，她也許知道自己時間不多了。

瓦：她知道……我的理解是醫生告訴了她，如果不治療就只有大約六個月了。是血癌，如果不治療，就會蔓延全身，直至死亡。唯一的希望是接受骨髓移植。從統計數字上，不怎麼令人鼓舞，因為她已七十多歲，再加上她的病史，所以骨髓移植對她來說不一定成功。

明：那段時間剛好貝嶺給她寫信，她的助手說她在西雅圖住院，貝嶺當時很想去看她。你最後是怎樣知道她去世的消息的呢？

瓦：我是從電話裡得知的。我之前與大衛通了電話，他告訴我，情況很糟，莎朗[3]幾乎每天都呆在醫院。蘇珊去世的前一天，我給莎朗打電話，我猜測蘇珊的狀況一定很糟。她說：「是的。」我告訴莎朗，蘇珊一去世就立刻打電話告訴我，我知道我不能指望大衛，因為對他精神打擊太大了。我需要立刻知道，不僅是出於友誼，也是出於責任，我覺得我有義務履行這一責任。時間分秒而過，蘇珊去世的可能性越來越大，《洛杉磯時報》必須有人撰寫訃文。並且我早就下定決心，只要我還在《洛杉磯時報》，這個人就是我。讓別人來寫是不可饒恕的事。

---

❸ 莎朗・迪拉婁（Sharon Delano），《紐約書評》的前助理編輯，現為《紐約客》編輯。她與蘇珊是老朋友。

明：你說過你幾年前就寫好過一篇，這次做了修改嗎？

瓦：不僅僅是修改。當然我必須修改。莎朗確實給我打了電話。蘇珊大約在
美東時間早晨七點三十分去世。莎朗約在西岸時間早上五點給我打電
話，大約在蘇珊過世半小時以後。也就是說，早晨五點我就知道了，我
打電話到訃文版編輯的家，我說我修改好了我寫的訃文，大約在八點
半，就刊登在洛杉磯時報的網站上了。

貝：比紐約那邊還早嗎？

瓦：對，比其他媒體早。這是蘇珊去世後的第一條新聞，比美聯社還早。
事實上，國家廣播電臺往我家裡打過電話。當蘇珊去世的消息出來時，
他們問：「誰在報導？」人們說：「《洛杉磯時報》在報導。」美聯社的
消息兩小時後才出來。國家廣播電臺是讀了我的訃文，要我十二點整在
尼爾・康南（Neal Conan）主持的全國訪談節目上講話。他們是十一點
半左右給我打的電話。更詳細的情況節目檔案上都有。

明：國家廣播電臺的錄音有日期，但沒有標明時間。我聽了三遍。

貝：你可以告訴我們蘇珊在巴黎的葬禮詳情嗎？

瓦：我手邊沒帶筆記本。葬禮是在星期天，2005年1月18日。她被埋葬在巴
黎蒙巴納斯（Montparnasse）公墓，這是一個私人葬禮。大衛邀請了一些
蘇珊的朋友，大約有一百個人，有薩爾曼・魯西迪夫婦，有英國作家伊
恩・麥克尤恩[4]，英國詩人詹姆斯・芬頓[5]、電影製片人克里斯・馬克[6]、老

---

❹ 伊恩・麥克尤恩（Ian McEwan, 1948 - ），英國小說家，1975年以短篇小說集《初戀異想》奪得毛姆文
學獎，崛起英國文壇，1998年因小說《阿姆斯特丹》獲得布魯克獎。2003年，小說《星期六》在美國
成為暢銷書。

❺ 詹姆斯・芬頓（James Fenton, 1949 - ），英國當代詩人，文學評論家，牛津大學詩歌教授。

❻ 克里斯・馬克（Chris Marker, 1921 - ），法國作家，攝影師，紀錄片製片人。

朋友湯姆・拉狄[7]、她的法國出版商 Christian Bourgois，搖滾詩人帕蒂・史密斯[8]，莎朗・迪拉婁也在。還有一位叫朱蒂絲・舍曼[9] 的女作家， 蘇珊的妹妹朱蒂絲・柯恩也從夏威夷來了。

貝：有法國作家前來參加嗎？

瓦：大概有吧，我不認識他們，有些人我認不出來。大衛在葬禮上講了話，有兩位女演員朗誦，有時用法語，有時用英語，朗誦了羅蘭・巴特和波特萊爾的作品，也朗誦了蘇珊的長篇小說《火山情人》片斷及其它作品。一個英國女演員（我忘了她的名字）朗誦了愛德華・托馬斯[10] 的詩〈雨〉。然後，蘇珊的遺體被放入玫瑰色木棺裡，我們往裡面扔下許多玫瑰花…… 然後，我們走到一個咖啡店，喝了一杯。後來我們都去了安妮・蕾波維茲（Annie Leibovitz）在巴黎的公寓，她招待了去參加葬禮的人。第二天，我飛回洛杉磯。

貝：我找不到任何關於蘇珊葬禮的報導。

瓦：在大衛的要求下，媒體沒有報導。他不想太張揚。我有一張來賓名單，但也不全。這不是完整的名單，歌劇導演和作家喬納森・米勒（Jonathan Miller）來了，舞蹈家露辛達・查爾斯[11]，蘇珊非常親密的朋友，她也來了。我們中間沒一個人相信蘇珊走了。我的意思是，我們都知道死亡是無法拒絕的。

貝：我還記得3月30日紐約卡內基音樂廳那場蘇珊・桑塔格紀念音樂會的情

---

[7] 湯姆・拉狄（Tom Luddy），美國獨立電影製片人，特魯萊德獨立電影節主要創始人之一。

[8] 帕蒂・史密斯（Patti Smith, 1946 - ），詩人，音樂家，七〇年代美國龐克音樂的重要代表人物，被譽為搖滾樂的桂冠詩人。

[9] 朱蒂絲・舍曼（Judith Thurman），美國當代小說家，散文家，文學評論家，《紐約客》專欄作家。

[10] 愛德華・托馬斯（Edward Thomas, 1878 - 1917），英國詩人。

[11] 露辛達・查爾斯（Lucinda Childs），芭蕾舞演員，當代最傑出的舞蹈家之一。

景，莊嚴、隆重，透著告別的哀傷。

瓦：是的。大多數時間我都面對舞臺，所以我沒有細看在場的所有人，但還是認出了許多人。阿耶爾‧雷諾（Aryel Neirer）是紐約公民自由聯盟的前會長，也是美國筆會的活躍成員，他現在是索羅斯開放社會中心主任。著名的文學編輯賈森（Jason Epstein）和愛倫‧艾歇爾（Aaron Asher）也在。聽眾裡有許多是熱愛和崇拜蘇珊的人。我在和大衛比較親近的一小群人中。

貝：鋼琴家內田光子是蘇珊的好友嗎？

瓦：是的。蘇珊很敬佩她。她們是很親密的朋友。

貝：就我所知，蘇珊是卡內基音樂廳的常客。

瓦：我想在她居住紐約市的四十或四十五年中，她幾乎聽了每一場音樂會，看了每一場舞蹈，看了每一部重要的電影，有些歌劇她聽了許多遍。蘇珊的興趣是非常廣的，她非常熱衷於音樂。她熱衷於許多事情但沒有樣樣都寫。我的意思是，她熱愛歌劇、芭蕾和音樂，但寫得不多。而她絕對熱愛這些藝術，她很懂繪畫。

貝：在她的公寓裡，掛有數十幅皮拉內西的版畫，非常醒目。

瓦：她是皮拉內西作品的收藏者。蘇珊是徹徹底底的波西米亞，她喜歡吃、喜歡閱讀、充滿活力。只要頭上還有一片瓦，她就會繼續沉溺於那些令她滿足的求知欲。她很快樂，也有些憂鬱，但她極富快樂的能力。她給我印象最深的是，她堅持她的美學觀和政治觀點，絕不屈服，她對別人也是高要求。我佩服她的勇氣，她有獨特的聲音、獨特的表達方式。《疾病的隱喻》和《論攝影》在當代的文化辯論中影響甚巨。

貝：2001年，她獲得耶路撒冷國際文學獎，她的那篇獲獎演說字字珠璣，是

真正的經典。當時我剛巧打電話給她，她很看重這個獎，她說她正在撰寫這篇演說。

瓦：蘇珊對以色列和她自己的猶太人身份有很複雜的感情，她的文章很少涉及這個話題，我覺得她有很強烈的感受，也許正是由於這個原因，她的獲獎發言辭充滿激情，這也許就是你感覺到的。1973年，她曾拍了一部片子，叫《許諾的土地》。她對猶太傳統感受強烈，但在文章中很少流露。

明：她的獲獎演說最早是在《洛杉磯時報書評》上發表的吧？

瓦：對。

貝：據我所知，納丁・葛蒂瑪拒絕了耶路撒冷國際文學獎，以抗議以色列對巴勒斯坦人的政策。

瓦：事實上，蘇珊告訴我，納丁也要她拒絕這個獎，但蘇珊沒有拒絕。蘇珊覺得這是文學獎，不是政治獎，她可以接受這個獎，她以另外的方式來抗議以色列對巴勒斯坦人的政策。

貝：2003年11月，我在國際筆會墨西哥城年會上和納丁重逢。她告訴我，蘇珊將在2004年2月訪問南非，她邀請她住在她的公寓裡。

瓦：我採訪過納丁・葛蒂瑪，2004年11月，納丁在聖菲（Santa Fe）獲得文學成就獎時，我去採訪她，納丁現年82歲了。

貝：對。我們在墨西哥城見面時，正好是她80歲生日，我們共進了晚餐，她還帶我去參觀墨西哥城最有名的藝術博物館。

瓦：是2004年11月嗎？

貝：是。蘇珊去世後，我也寫信告訴索因卡我的感受，他回信說他也很傷心，似乎情緒激動。

瓦：蘇珊和索因卡也很熟，她是人權戰士，她覺得那是她的職責，不僅僅

是作為一個作家，而是作為一個公民，應該盡一切努力幫助減輕別人
的痛苦。

貝：我知道你和大衛十分親近。就我所知，他的成長深受蘇珊的影響，而蘇
　　珊也從大衛那裡受益很多，他們既是母子，又是同行。

瓦：大衛是蘇珊唯一的兒子。他的父親是菲力浦‧瑞夫。大衛七歲時，他父
　　母離異，離婚鬧得很不愉快。大衛基本上是蘇珊一手帶大的，蘇珊是
　　一個非常年輕的媽媽，生大衛時只有十九歲。她四十歲的時候，大衛
　　二十一歲了。他是母親的知心朋友，有一段時間還做她書的編輯。他在
　　母親出書的法勒、史特勞斯和吉洛克司出版社（Farrar, Straus & Giroux）
　　做了十年的編輯。蘇珊也十分推崇她兒子的智慧和能力，彼此從對方那
　　裡學到很多東西。這是一個複雜的心理關係，大衛曾經試圖掙脫他母親
　　的影響，自己做一名作家，你可以想像有多困難，蘇珊名氣太大，投下
　　長長的陰影。大衛靠自己的努力成為了一名作家和學者，他在美國外交
　　政策和人權方面的著述取得了獨立的名聲，我想這正是為什麼蘇珊將最
　　後一本書獻給兒子大衛。

貝：蘇珊熱愛世界文學，並對亞洲充滿興趣，大衛的主要關注則是美國和歐
　　洲的政治與文化。

瓦：可以這麼說，她比大衛的興趣更廣，大衛興趣也很廣，但更集中一些。

貝：她對你編的《洛杉磯時報書評》週刊有過具體的意見嗎？

瓦：蘇珊對我編輯的書評週刊給予很多鼓勵，她是一個理想的讀者，她鼓
　　勵我堅持最高的標準。我一直覺得，如果我聽到蘇珊告訴我她喜歡這篇
　　或者喜歡那篇，我就知道我做的很好，我很在乎她的誇獎。可以說，她
　　是我的恩師。我們談論過很多事情，談我們讀過的東西，談政治，談我

的個人生活，很少談她的。我們一起看電影，朋友之間可以談的事情我們都談。

貝：蘇珊對我說過，你就像她兒子，也是好朋友。她總是告訴我，你可以去問史蒂夫。

瓦：是的，你在中國被扣留時，蘇珊給我打電話告訴我。有很多人為你聲援，我是其中之一，我們做對了。

貝：我真的很感激，感激是無盡的。自從我們相識後，我一直收到你寄來的《洛杉磯時報書評》，這是美國大報紙的書評週刊中，唯一刊登文學作品的，也是《洛杉磯時報書評》超越《紐約時報書評》或《華盛頓郵報書評》的地方。在我的編輯經歷中，和你一樣，蘇珊總是鼓勵我，支持《傾向》將視野投射到世界文學中去的努力。

瓦：幾年前，當報社高層不允許我自己做書評週刊的頭版標題時，蘇珊就叫我辭職。其實，當我不能自主選擇美編時，我就該離開了。蘇珊知道後，曾經立刻給我打電話，她對我說：「你必須離開。哦，史蒂夫，你不能留在那裡。你怎能留在那裡？」我說：「蘇珊，我要收入啊，我沒有其他地方可去。」蘇珊說：「你會找到別的事的，但你必須離開。」你知道，離開需要勇氣。幾年過後，現在我有了。我現在辭職了，即將回到紐約，蘇珊有靈，會很高興的。不過，我的書要冬眠了，她會不高興。她對我現在住的地方也不會滿意，因為沒地方放我的一萬三千多本書。她會說：「你必須找一個放得下書的地方。」我不得不說：「是的，我想找這樣的地方，但我付不起房租。」蘇珊相信意志可以戰勝一切。

貝：蘇珊在紐約二十三街的頂層公寓令我深深難忘。她的故居應該保存原樣，轉為蘇珊‧桑塔格紀念館。

瓦：是的，她擁有那個公寓。那是她一輩子擁有的唯一公寓，她以前都是
　　租。1990年，她獲得麥克阿瑟天才獎（Mac Artheer Genius Awards）後，
　　才買得起那個公寓。她的經紀人安德魯‧韋利（Andrew Wiley）為了幫
　　她買下這一公寓，同她的出版商談了個好價錢，這些錢加起來，她才購
　　買了那套頂層公寓。現在大衛恐怕得出售公寓了。

貝：大衛自己需要蘇珊的公寓嗎？據我所知，蘇珊的那個公寓仍需支付每月
　　五仟美元的分期貸款。

瓦：他在紐約翠貝卡區（Tribeca）有自己的工作室公寓（LOFT）。我估
　　計，他不得不出售蘇珊的公寓以繳納遺產稅。

貝：但願大衛能將蘇珊的公寓留下來。

　　後記：蘇珊逝世後，經過大衛、蘇珊生前的助理及友人一年多來的手稿
整理，遺物清理，還有幾萬冊書籍的裝箱造冊，以寄往加州大學洛杉磯分校圖
書館典藏。最後，確如瓦瑟曼的預料，大衛不得不出售蘇珊的公寓以繳納昂貴
的遺產稅。人去屋空。人去，屋也去了。蘇珊留下的是書，她寫的書、她編的
書，以及她一生中收藏的書。

Ⅱ

閱讀 蘇珊・桑塔格

Album

(Continued on page 31)

Marlowe, Middleton, Webster, the poets," she gestures on through dozens and dozens of books. "It's very approximate. Here's Beckford, William Blake and then Wordsworth."

"You don't have a separate poetry section?"

"No. It's all here. It's where they come. There's Byron. I have all of English literature here. There's Oscar Wilde, and there's Meredith and Hardy. Of course, when I get into the modern stuff you can see who I read and who I don't. For instance, I adore V. S. Naipaul.

"And here's French literature. Up there is Montaigne, then Rabelais, Pascal, Racine, but it's not just the main people. I have a lot of so-called minor writers who aren't minor to me."

We move from shelf to shelf, room to room. Spanish, French, Italian literature, all untranslated. Japanese, Greek, Chinese and Russian literature, in English.

In the living room — almost empty except for one couch, the only rug in the apartment and one Mission chair — is ancient history, Judaism, a huge library of early Christianity, followed by Byzantium and the Middle Ages.

In Sontag's study is an oddly giant-size burgundy velvet chair, a desk with an I.B.M. Selectric II typewriter (she has resisted the computer) and, of course books: here are philosophy, psychiatry and the history of medicine. Discreetly recessed next to a rose-colored marble fireplace is a tiny room that contains books by Sontag.

"I used to keep them in my closet."

"Why?"

"Oh," she sighs deeply, "I don't want to look at my own books. A library is something to dream over, a sort of dream machine."

"Have you read everything here?"

"Oh, yes. Over and over. You see, they're full of slips of paper." Indeed, narrow strips of white paper stick up from the books like shoots of wild vegetation. "Each book is marked and filleted. I underline. I used to write in the margins when I was a child. Comments like 'How true!' And 'I have felt this also!'" She roars with laughter.

I ask what she wrote in Aristotle.

"'Aristotle means here that' — Oh, please! It's so embarrassing now."

We enter the long hallway that connects the rooms. "The art river starts here."

What appears to be a complete library of the history of art, all oversize books, runs on low shelves from one end of the hallway to the other. On the wall above the shelves is a series of engravings of Vesuvius, the hand-colored originals from a book commissioned by Hamilton in 1776. Under the prints, on top of the bookcase, is the skull of a   *(Continued on page 31)*

5.
Mother and son at the City Bakery in New York earlier this year.
6.
Susan and her sister, Judith, circa 1940.
7.
Sontag in Tucson, Ariz., where she spent her early childhood, circa 1945.
8.
Sontag with David Rieff, circa 1964.
9.
At home with her assistant, Karla Eoff.
10.
Susan with Judith in Tucson, circa 1944.

桑塔格之於我們這個時代

劉擎

　　「沉痛」之類的字眼與蘇珊‧桑塔格的名字並置是不太適宜的，哪怕是用來憑弔她的逝去。她的一生是對生命最為熱烈的禮讚。她的高傲、自信與堅定是懾人的，她的博學、睿智和才華是奪目的，而她的激情、詼諧和熱忱是感人至深的。面對令人哀傷的時刻，她的書寫格外沉靜或極度義憤，但幾乎從不流露傷感與悲痛。對於桑塔格來說，死亡如同疾病，不是「隱喻」，而是一個質樸的事實。正如她第一次被確診身患癌症之後寫到的那樣：「每個人生來就持有雙重公民身份，在健康的國度與疾病的國度」，而「疾病是生命的夜晚暗面，是更為費力的公民義務」。桑塔格的辭世擔當了自己最後的生命義務，從容走入永遠的夜色。我們追憶她，心存敬意地尋訪她的人生旅程、尋求她賦予的啟示。

早年

　　在她5歲時，母親獨自從中國返回，告知父親因患肺病在中國去世。家境貧困加上母親酗酒，她很少感受到童年的溫暖與歡樂。在桑塔格的回憶

中，童年是「一場漫長的徒刑」，而唯一的避難所就是文學書籍。她從三歲開始閱讀，八歲時候用所有積攢的零用錢買了一套文學叢書，其中有莎士比亞和雨果的作品。她回憶說，那時她躺在床上看著書架，如同看著自己的五十位朋友，而每一本書都是通向一個世界的大門。

在她十五歲的時候，校長說她的水準已經超過學校的老師，決定提前三年讓她畢業，保送到加州大學柏克萊分校讀大學。不久後，她轉學到芝加哥大學，交往密切的教師中有著名批評家肯尼斯・柏克[1]和政治哲學家列奧・施特勞斯[2]。

在她二年級時候，一天她走進教室聽一個關於卡夫卡的講座。演講者是社會學教師菲利普・瑞夫，他在結束時問了她的名字。十天以後他們結婚了。那一年桑塔格十七歲，丈夫年長她十一歲。1951年，她大學畢業後隨同丈夫遷居波士頓，次年生下了兒子大衛。桑塔格在哈佛大學讀研究所期間，哲學家馬庫塞曾在他們家住過一年。桑塔納回憶說，那時候她所接觸的文化與當代毫無關係，「我的現代性觀念是思考的現代性」。桑塔格在1954和1955年分別獲得哈佛大學英語和哲學兩個碩士學位。然後在宗教哲學家保羅・田立克[3]指導下攻讀哲學博士，她修完了所有的課程，只差博士論文。1957年，她獲得一筆獎學金到牛津大學學習，但不滿那裡的男權主義習氣，

---

❶ 柏克（Kenneth Burke, 1897-1993）美國文學評論家。他從心理學角度分析知識的性質，視文學為「象徵的行動」，即作家用這一象徵的手段表演自己心靈的衝突和緊張狀態。他試圖將科學和哲學概念與他對文學和語義學的觀點結合起來。柏克對語言的觀點影響了許多評論家、詩人和小說家。

❷ 施特勞斯（Leo Strauss, 1899-1973），德國出生的美國政治哲學家和古典政治理論的闡釋者。寫有關於布斯、馬基維利、斯賓諾莎和蘇格拉底等政治哲學家的論著。著作有《論暴政》（On Tyranny）、《自然權利與歷史》、《迫害與寫作藝術》（Persecution and the Art of Writing），與人合編有《政治哲學史》。

❸ 田立克（Paul Tillich, 1886-1965），又譯為保羅・梯利希，德裔美國基督教神學家和哲學家。著有《存在的勇氣》、《信仰的動力》等書。

很快轉到巴黎大學。巴黎的先鋒文化和藝術圈使她眼界大開。一年以後回到美國，丈夫開車到機場接她，還沒等到打開車門，桑塔格就對丈夫提出了離婚的請求。

　　這是1958年的蘇珊・桑塔格，雖然還默默無名，但已經擁有兩個碩士學位，領受了十年歐美最優秀的學院文化薰陶，見識了歐洲新銳的藝術探索。作為女人，她已經結婚八年、做了母親，然後離婚。她經歷了這一切，還不滿二十六歲。此時的抉擇成為她人生的一個轉折點：放棄了唾手可得的博士學位、拋開了體制化的學術生涯，謝絕了丈夫的贍養費。用她自己話說，就是執意要在大學世界的安穩生活之外「另起爐灶」。1959年，她帶著7歲的兒子、兩只箱子和僅有的70美元，移居紐約。在一間狹小的公寓裏，開始瘋狂寫作。她說自己像一名身披新甲的武士，開始了「一場對抗平庸、對抗倫理上與美學上的淺薄與冷漠的戰鬥」。

智性

　　1960年代，桑塔格在哥倫比亞大學有過短暫教學經歷，此後是一直獨立的自由作家。 她發表過十七部著作，被翻譯為三十二種語言。其中包括小說、詩歌、隨筆評論文集、電影和舞臺劇本。這在四十多年的寫作生涯中，並不算非常高產。許多人驚嘆她的天賦才華，但她說自己是一個遲緩的作者，一篇幾千字的文章常常需要六到八個月才能完成。三十頁的文章會有幾千頁的草稿，因為每一頁都要改幾十遍。她一直夢想成為小說家，早期的小說創作並不特別成功，1990年代以後的兩部小說《火山情人》和《在美國》較為暢銷並獲獎。但她對知識界和公眾的影響主要來自她的評論與隨筆。

　　1964至1965年之間，桑塔格相繼發表了〈關於「坎普」的札記〉、〈反

對闡釋〉、〈論風格〉和〈一種文化與新感受力〉等文章，使她幾乎一夜成名，也使她成為爭議的焦點。這並不是因為她開創或發現了一種離經叛道的「坎普」文化，而是她將潛伏已久的「高雅文化」與「流行文化」之間的衝突以最為銳利的方式挑明、激化。但還不只如此，桑塔格的獨特之處在於，她的「雙重性」，她既是高雅古典的、又是時尚前衛的，或者說，她是來自精英文化陣營的「叛逆者」。她的文章旁徵博引、論題廣泛，從康德、莎士比亞到盧卡奇、卡夫卡、班雅明、艾略特、沙特、卡繆、羅蘭‧巴特、高達和布烈松，不一而足。涉及的領域從哲學、美學、文學、心理學到電影、美術、音樂、舞蹈、攝影和戲劇，幾乎無所不包。以精英式的博學和睿智的寫作反叛精英文化的等級觀念，使她成為一個醒目的「偶像破壞者」（iconoclast），同時又是先鋒文化的新偶像。這種雙重身份對於桑塔格自己卻並沒有多少反諷的意味。因為她所抗拒的正是教條化的等級秩序，正是要打破「高雅與流行」、「理智與激情」和「思考與感受」等等習慣的疆界，因為這類觀念分野是「所有反智主義觀點的基礎」。

　　桑塔格的廣泛聲譽有一半是來自她作為公共知識份子的政治參與。從越戰期間的「河內之旅」開始，她一直是美國知識界最為激越的異議之聲。她的許多「政治警句」格外富有挑戰性，諸如「美國創立於種族滅絕」、「美國人的生活質量是對人類增長可能性的一種侮辱」以及「白種人是人類歷史的癌症」等等。她將911事件稱作是「對一個自稱的世界超級強權的攻擊，是特定的美國聯盟及其行動所遭受的後果」。此評論引起軒然大波，其中有《新共和》雜誌刊文問道：賓拉登、海珊和桑塔格的共同之處是什麼？答案是：他們都希望美國毀滅。桑塔格對美國政府一貫的激烈批判，以及她對古巴卡斯楚革命的同情，使人們很容易給她貼上「左翼」的意識形態標籤。但

她在政治上和她在美學上的作為一樣，依據的不是教條的類別標籤，而是聽憑自己內心的感受與判斷。1982年，在紐約抗議波蘭政府鎮壓團結工會的集會上，桑塔格公然宣稱共產主義是「帶著人性面具的法西斯」，令其左翼盟友大驚失色。她反對美國的全球霸權，但在1993年她幾乎是孤獨地呼籲。

以「左」還是「右」的派系尺度來衡量桑塔格的政治傾向常常會陷入迷惑。桑塔格雖然調整過自己的立場，但她總的傾向是清晰一致的：她始終是獨立、批判性的人道主義者，持久地抗議一切全球的、國家的和地區性的霸權以及各種政治、經濟和文化上的壓迫。

啟示

桑塔格在四十三歲時曾被診斷患有乳腺癌，而且只有四分之一活下去的可能。但經過三年的強度化療，醫生宣佈她痊癒了。對疾病與生命關係的探索，以及對社會的疾病隱喻觀念的批判，產生了她後來的兩部優秀著作《疾病的隱喻》以及《愛滋病及其隱喻》。 2004 年12月28日，桑塔格在紐約因白血病去世，享年七十一歲。西方主要媒體紛紛發表訃告和悼念文章，予以各種名號和讚譽 ：「唯一的明星知識份子」、「知識份子英雄」和「最後的知識份子」等等。英國BBC稱她是「美國先鋒派的大祭司」。

桑塔格自己願意接受這些名號嗎？她生前曾有一位朋友在傳媒中讚譽桑塔格是「美國最聰明的女人」。她卻為這樣一種形容感到「羞辱」。「首先，這是如此冒犯和侮辱性的，它如此強烈地預設了你所做的事情不適合它所命名的那種類別，即女人。其次，這是不真實的，因為從不存在這樣（最聰明）的人」。桑塔格並非無可挑剔。對她的批評與攻擊中雖然許多出自偏見與誤解，但也不乏正當的質疑。甚至在極端保守派學者的著作（如保羅‧

賀蘭德的《政治朝聖者：尋求美好社會的西方知識份子》以及羅吉・金巴爾的《長征：1960年代的文化革命如何改變了美國》等）中，也存有值得認真對待的批評。

但桑塔格的文化批評最為重要的意義在於反對陳詞濫調，反對教條的概念，反對類別標籤式的見解。而這對於我們的時代如此至關重要。1960年代釋放出的解放能量如今已經煙消雲散，生機勃勃的「坎普」文化最終淪為枯竭的、可憐的流行名詞。作為反對現代性教條的「後現代主義」，在公共話語中成為一種新的觀念教條。保守派失去了尊嚴，激情派失去了活力，這是何等的諷刺。

桑塔格的審慎早在 1964 年的文本中已經留下了印記。她在文章中特別提示了「坎普」與流行藝術的區別。甚至在結尾處關照：「只有在某些情況下，才能這麼說」。她曾一再表示，她並不是為了簡單地鼓吹現代主義。「我所有的作品都是在說，要認真、要充滿激情、要覺醒」。她批評美國傳媒對911事件的報導不僅是政治的，也是智識性的、甚至是美學的。她所憎惡的是電視評論員在「弱智化」美國公眾。「我只是在說，讓我們一起哀悼，但別讓我們一起愚蠢。」論及知識份子的身份，桑塔格說自己屬於一種「過時的物種」，一種「老派的自由知識份子」，但卻處在一個對自由和知識份子都沒有多少熱愛的國家。

桑塔格的政治與美學是一種鏡像關係，其共同的追求是向著勇敢而持久的批判敞開無限的空間。她說：「在我們生活的文化中，智性的意義在一種極端天真的追求中被否定，或者作為權威與壓制的工具而得到辯護。在我看來，唯一值得捍衛的是批判的智性，是辨證的、懷疑的、反單一化的智性。」她還說一部值得閱讀的小說是一種「心靈的教育」，「它擴展你的感

覺：對於人性的可能性、對於什麼是人的天性，對於發生在世界上的事情。
它是一種靈性的創造者」。

　　激發心靈的感受力、想像力和創造力，開啟智性的敏銳、嚴謹與深廣。
她為此矢志不渝。也許這就是她留給世人的精神遺產：如此「激進」又如此
傳統，但卻是格外珍貴的遺產。蘇格拉底曾說「我一無所知」。桑塔格說她
一生內在的動力就是「知道一切」，不同的表述或許是相似的寓意。

　　（原刊於 2005 年 1 月 10 日《21世紀經濟報導》）

作者簡介：劉擎，明尼蘇達大學政治學博士，華東師範大學中國現代思想文化研究
所研究員。

蘇珊‧桑塔格的長篇小說《恩人》英文版封面。

蘇珊・桑塔格：選擇與行為的恩人

丁旭

　　蘇珊・桑塔格向以理論研究而蜚聲文壇，對於她的小說家身份我們僅從她的論文中可以窺見一二。近來她的著作連續被翻譯出版，著名的《反對闡釋》一書中對眾多作家作品犀利敏銳的分析挑起了我的好奇心。這樣一個文學上具有非凡抱負的女作家，寫出來的小說是什麼樣子呢？譯林出版社出版了一系列桑塔格的小說。在這個系列中，《恩人》是第一本，也是桑塔格自己出版的第一部書。

　　小說以夢為中心。小說以第一人稱敘述視角，描寫「我」──希波賴特──一個法國大學生做夢、析夢並按照夢的導引去生活。夢的非現實性質導致了一種漂浮感。人們總是在做夢，但極少有人認真看待自己的夢，並按照夢所顯示的那樣去生活。總的說來，我們將夢當作一種潛意識，它偶爾顯示我們的慾望、焦慮、痛苦或欣快之所在。但夢只是夢而已，它對普通人日常生活的影響是微乎其微的。所以，桑塔格在《恩人》開頭引用了波特萊爾關於夢的洞見。

　　他慨嘆人的大膽，人們完全無視夢的要求，一夜又一夜安然入睡。波特萊爾的這種恐懼蘊涵著警醒，桑塔格正是在這一點上看到了夢所揭示的廣闊世界。她說：「人們對於外部現實實際上具有一致認識的部分非常有限，但當使用同一種語言的人被要求表述某些感觀印象時，他們會用同樣的語言作出反應。」這種陳舊、貧乏的表述遮蔽了人的體驗，而拯救的方法之一就是藝術。像王爾德一樣，桑塔格認為是自然模仿了藝術，藝術家的語言教會人們去發現甚至產生自己的體驗。

　　作為一個存在主義作家，桑塔格要求人對自己的存在負起責任。她拒絕語言表面的、有限的一致性，而去尋求一種「豐富的感受力」。這種「感受力」首先要求人直視自己存在中的種種非理性，而不以習俗、道德的律令來壓抑自己。

　　在《恩人》中，人物的行為是相當具有超現實色彩的。其中最為奇特的是希波賴特出於無法解釋的目的，將自己的情婦安德斯太太以一萬三千舊法郎的價格賣給了阿拉伯商人。而這位太太在經受了數不清的艱難曲折之後依然生機勃發，而且返回省城，將「我」逐出了自己的房子。在這裡，人生活的空間與境遇發生了巨大的改變，但他們對於生活的一種狂喜的精神始終沒有改變。

　　《恩人》表面看是一些關於夢的故事，實際上主題仍然是關於人的自由選擇。正如「我」在小說中承認的：「我對我的夢感興趣，因為我視之為行動，視之為行動的樣板、行動的緣由。我是從自由的角度對它們感興趣。」「恩人」這個詞在小說中具有多重意蘊。首先，安德斯太太作為一個沙龍女主人接納了「我」，並成為「我」的資助人。然後，安德斯太太出現在「我」的夢中，使我的種種幻想得到釋放的對象，成為一個他者為「我」提供認識

自我的鏡像。

　　不僅如此，「我」和安德斯太太私奔到阿拉伯城後，在那兒，「我」給她演示「我」的夢中情景。她扮演穿泳衣的男人、第二個房間裡的女人、演她自己、芭蕾舞演員、牧師、聖母瑪麗亞，還有已經駕崩的國王——一場場夢中所有的角色，使「我」得以將夢中的各種角色演示出來，而更清楚地看見自己。

　　從另一方面來看，「我」又幫助了安德斯太太去選擇自己的生活。「安德斯太太想過一種新生活——其實跟我一樣，通過與莫妮克的認真關係，我也在尋求一種新生活。由於某種有悖常情的原因，她找到我為她定奪。」這是「我」在打算燒死安德斯太太之前的一段內心獨白。對於人來說，最難的不是行動，而是選擇。安德斯太太的選擇是由「我」來作出的。這樣，「恩人」反而變成了這位被資助人。因為她倚賴於「我」的選擇，所以對於她的一切暴力都成為正當的。

　　為了讓這位太太脫離以前的生活，「我」把她賣給了阿拉伯商人；當她歷盡曲折回到首都時，「我」為她選擇了死亡。「她帶著現在這種被糟蹋的身子，能過什麼樣的生活？看起來只有一條出路，即結束這條已經結束、卻還在貪婪地希望延續的生命。」安德斯太太沒有死。每一次被動地改變生活之後，接下來就是生命意志的強烈反抗。她在行動方面的能力使針對於她的暴力無法實現其毀滅她生活的力量。正如一個強有力的對手，激發起「我」更為深入地去身體力行，充分地去體會個人空間的意義。

　　在小說結尾，「我」完成了內心世界的探討，開始從行動的層面上去關注人：「我又能幫助別人了，儘管幫助的方式與先前完全不同，因為現在，我對人的內在世界不感興趣，我感興趣的只是外在的人。」正如在夢中安德

斯太太激發了「我」的選擇，這一次安德斯太太作為「我」的意志的一個強烈的反彈力再一次成為「我」的恩人。

在這部小說中，人物之間的關係是一種精神上的實驗伴侶的關係。「我」感覺到，「安德斯太太是我的影子」。經過不斷地試錯、調解，桑塔格完成了她提出的重要命題：「我思考的是，做一個踏上精神之旅的人並去追求真正的自由──擺脫了陳詞濫調之後的自由，會是怎樣的情形；我思考的是對許許多多的真理，尤其是對一個現代的、所謂民主的社會裡多數人以為不言而喻的真理提出質疑意味著什麼。」也許正是這種對「真正的自由」的追求，使這部小說贏得了哲學家漢娜・鄂蘭的激賞。

與「自由選擇」的主題相適應，桑塔格在小說形式上提供了閱讀的多種可能性。卡爾維諾在談到未來千年文學的發展趨勢時說，「我應該改變方法，從另一個角度去觀察這個世界，以另外一種邏輯、另外一種認識與檢驗的方法去看待這個世界」。這就是後現代主義小說對「輕逸」的追求。現實的世界符合我們所未知的永恆規律，因而是沉重的。只有想像和夢幻使之飛揚起來。

桑塔格說：「我最感興趣的小說種類是廣義上的『科幻小說』，往返出入於想像的或幻覺的世界與所謂的現實世界之間的那種小說。」這表明了桑塔格對於創造性的興趣。她多次談到，她不喜歡寫自傳性的小說，必須依靠想像把體驗進行重組。學者型的小說家中這樣傾向的較多，例如尤瑟娜[1]。對於想像方式的追求也貫穿到對於生命意義的追求方式之中：「如果人類能變

---

❶ 尤瑟娜（Marguerite Yourcenar, 1903-1987），出生於法國的小說家和散文家，第一位被選為法蘭西學院院士的女性。作品以嚴謹的古典主義風格、博學多聞及細膩的心理刻畫著名，著作有《哈德良回憶錄》（Memoires d'Hadrien）《苦煉》（L'Oeuvre au noir）等。

『輕亮』，那麼，他們就能回到自生神的懷抱。這種洗罪的發生，借助的並非是自我否認而是全部的自我表達。」

　　正如作者樂於與之為伍的巴塞爾姆的作品，作為一部從技巧上來說具有濃厚的後現代主義氣息的小說，《恩人》中運用了多種文體的混雜。文體在蘇珊・桑塔格那裏不僅僅是表達的手段，而且是體驗和想像的不同邏輯系統。「所有人都會把你此刻的動作說成『坐在搖椅上』。但實際上有無數種方式來描述那把椅子和坐在椅子上的你。」正是在變換不同的角度去看待一個人和一張椅子的關係的過程中，蘇珊・桑塔格教會我們以不同的方式去體驗，那也正是希波賴特與安德斯太太在《恩人》的旅行中所體驗到的。

（原載於2004年11月4日《中華讀書報》）

作者簡介：丁旭，南京譯林出版社編輯。

讀蘇珊・桑塔格長篇小說《在美國》

明 迪

　　這是一部關於波蘭女演員在美國尋找烏托邦、而後走紅美國舞臺的歷史小說。沒有前言、後記或目錄，從第零章到第九章，共387頁。

　　零。時間和地點不詳，一群陌生人在一個宴會上，說著聽不懂的語言，「我」像幽靈一樣穿梭在其間，一個個地辨認、命名。這位是女主人公，就叫她瑪琳娜・紮蘭斯卡吧，三十多歲，帶著一個小男孩，小男孩長得不像父親伯格丹伯爵。這位年輕的記者叫理查，暗戀著瑪琳娜。還有醫生亨利克，獨腿畫家，伯爵的妹妹，劇團經理，青年女演員，等等，都是瑪琳娜的崇拜者。

　　瑪琳娜帶領這群志同道合、追求自由的理想主義者們，於1876年來到美國，在紐約、費城、舊金山短暫停留後，最後來到南加州的安那罕姆[1] 安營紮

---

❶ 安那罕姆（Anaheim），位於南加州，即今日「迪士尼樂園」所在地。

寨，種植葡萄，試圖建立一個烏托邦公社，不幸遇到1877年美國經濟大蕭條以及內部矛盾。烏托邦失敗後，伯格丹伯爵帶著瑪琳娜的兒子留下來繼續管理葡萄園，清理後事，瑪琳娜和青年記者理查前後來到舊金山，其他人陸續回到波蘭。瑪琳娜在一個年輕漂亮的女教師幫助下練習英語，並把名字拼音稍作改變，然後重操舊業，返回戲劇舞臺，結果一炮而紅。理查跟隨左右，為她寫評論文章，長期的友誼變為短暫的戀情。

　　當初在貴族家庭反對下堅決要娶女演員的伯格丹伯爵是一個忠實的戲劇愛好者，他賣掉葡萄園以後，帶著瑪琳娜的兒子回到她身邊，對她的私生活隻字不問，而是支持她闖盪美國東西兩岸，直到她和著名的莎士比亞戲劇演員愛德華・布思演對手戲、成為美國最紅的女演員。

　　大量的獨白、日記、信件，必須仔細閱讀才能看出是誰的聲音。「我來到她的生命裡太遲了，不能抱有重新塑造她的幻想。我沒有改變她的願望，我愛她如她所是。我是一個理想的第二任丈夫。」[2]噢，這是伯格丹伯爵的日記，一個沒有激情但很忠實的丈夫，一個隱形同性戀者。

　　「很顯然我不是做農民的料。你是嗎？瑪琳娜？你是個實用主義者、永遠被束縛於耕耘和收獲嗎？……勞作真如俄國作家所說可以淨化靈魂嗎？原以為我們來尋找自由和自我陶冶，但卻陷入日復一日的農業勞動。……只有不停地移動才能得到這個國家所能給予的最大好處，就像打獵一樣。打獵不僅僅是娛樂，而是需要，不僅僅是實際的也是精神的，是一種特殊的自由體驗。」這是理查的信件，一個有激情但也有思想的青年記者。

　　「每個婚姻，每個公社，都是失敗的烏托邦。烏托邦不是一種空間，而

---

❷ 本文中的所有引文均由本文作者譯自Susan Sontag，*In America*，New York，Farrar，Straus & Giroux，2000。

是一種時間，是那些使你不想身在別處的短暫時光。」這是瑪琳娜的獨白，一個對人生有獨立見解的女演員。

　　書中的三個主人公都有歷史原型，十九世紀波蘭最出色的戲劇演員赫蓮娜・摩德潔斯卡[3] 同她丈夫勃佔塔[4] 伯爵（伯格丹伯爵的原型）、她兒子、以及一群崇拜者趁美國獨立一百周年之際到新大陸追尋烏托邦生活，夢想破滅後，赫蓮娜重返舞臺，並風靡美國戲劇舞臺三十年。勃佔塔伯爵當年在南加州為赫蓮娜買下的莊園現在可以參觀，附近的山谷至今以摩德潔斯卡命名。

　　十九世紀下半葉，最傑出的波蘭作家亨利克・西恩柯威茨[5] 也加入了1876年的美國尋夢之行，他就是書中理查的原型。他在美國期間給波蘭報紙寫報導文章，後來又將美國經歷寫進系列短篇小說，最著名的是《燈塔守護者》。從加州回到波蘭以後，西恩柯威茨從事歷史小說的創作，1905年獲得諾貝爾文學獎。西恩柯威茨一生追求自由和波蘭民族獨立，他去世後兩年，波蘭終於又出現在世界地圖上。

　　蘇珊・桑塔格善用歷史故事來闡述自己的思想，她曾經以美國女舞蹈家伊莎多拉・鄧肯[6] 為原型而寫的小說始終未完成，因為她既想描寫舞臺生活，又想寫出對美國的認識，尤其想以外來者的視角來看美國。當她讀到赫蓮娜的故事後，覺得以這個波蘭演員及周邊人物的角度來寫最合適。由於去塞拉耶佛排演話劇《等待果陀》，以及癌症的干擾，《在美國》不像《火山情人》那樣一氣呵成，而是斷斷續續寫完的，題詞為「獻給塞拉耶佛的朋友」。

---

❸ 赫蓮娜・摩德潔斯卡（Helena Modjeska, 1840－1909），波蘭演員。
❹ 勃佔塔（Charles Bozenta Chlapowski），波蘭十九世紀伯爵，赫蓮娜・摩德潔斯卡的丈夫。
❺ 亨利克・西恩柯威茨（Henryk Sienkiewicz, 1846－1916），波蘭作家，1905年獲諾貝爾文學獎。
❻ 伊莎多拉・鄧肯（Isadora Duncan, 1877－1927），美國現代舞創始人。

　　美國精神到底是什麼呢？瑪琳娜等人在費城參觀美國「百年博覽會」時看見從法國運來的自由女神像手臂，她以為那隻手臂就是整個女神像，在美國「你怎樣知道什麼是完成品、什麼只是在建造中呢？」走出住滿歐洲人的東部，走出傲慢而自閉的紐約，到西部去，到加州去看真正的美國！可是自力更生的農場仍然失敗，法國社會主義空想家傅立葉式的烏托邦行不通。具有諷刺意味的是，半個多世紀後在同一片土地上，資本主義的「烏托邦」迪士尼樂園卻成功了。集體公社不解而散，瑪琳娜個人卻在舞臺上大放光彩。社會主義的理想和資本主義的實際，烏托邦幻想和公社內部的重重矛盾，集體主義的依賴和個人主義的奮鬥，一一形成對比。美國精神是永遠處於「動態」，東西兩岸地奔波，在歐洲和新大陸之間來回走動，在兩種文化中吸取營養。美國式的奮鬥如同演戲一樣，換一個名字，掛上面具，改變口音，重演名劇；美國是一個大舞臺，任何人都可以像創造角色一樣重塑自己，只要你勤奮加上運氣好就能成功。回去的那些波蘭移民都是知識份子或貴族階層，不是經濟移民，到底是他們不能融入新的文化、還是美國的現實太殘酷了？為什麼他們滿懷希望遠道而來，卻失望而歸？瑪琳娜靠演古典名劇，從茶花女到茱麗葉，從莎士比亞劇目到易卜生的《玩偶之家》，換取美國觀眾的廉價眼淚，她一個一個角色地變換，最後忘了自己是誰嗎？伯格丹伯爵早就意識到：「瑪琳娜想要的不是新的生活，而是新的自己。」

　　瑪琳娜的成功是靠愛德華・布思來襯托的，外國人在美國成功與否是依照美國人的標準來衡量的，就像哈金的成功是因為小說《等待》獲得美國國家書卷獎（1999年）一樣。愛德華・布思是美國十九世紀著名戲劇演員，後因弟弟刺殺林肯總統而轉到英國舞臺演出。《在美國》第九章是愛德華的長篇獨白：「文字的天堂對我們意味著什麼？對美國意味著什麼？民主對於美

好而高尚的藝術有何用？……天哪，我們所從事的職業多麼腐敗。我們自以為堅持美與真理，其實我們不過是在傳播虛榮和謊言。……我不喜歡喜劇結尾。一點也不喜歡。因為它們不存在。最後一幕應該是反高潮，如同生活一樣，你認為呢？……我十分厭惡空洞的重覆。但我也討厭即興創作。演員不應該憑空『編造』。」

小說到此嘎然而止，所有人物的命運由讀者自己去想像。歷史不可以改寫，個人的命運卻可以不斷重寫。

小說開頭的「我」，自比為喬治‧艾略特[7]筆下的女主人公朵麗西‧布魯克[8]，認識卡薩本十天就嫁給了他，卻花了九年時間才意識到自己有權力和他離婚。「我」欣賞瑪琳娜的冒險精神，欣賞她敢做敢為，欣賞她的優雅和熱情，欣賞她的進取精神。「我」無疑是桑塔格自己如果了解她的經歷和性格，讀者通過她的現代視角來看十九世紀的美國，而過去的美國和現在的美國又有什麼本質區別呢？耐人尋味。

這是一部關於女性如何重塑自己、追求自由和愛情、平衡愛情和事業、探索自我價值、改變自身命運的小說，桑塔格借瑪琳娜的故事把對美國戲劇史和戲劇舞臺的了解、對美國文化的反思、對美國社會的見解等等發揮得淋漓盡致。大量的獨白是她借用他人之口談藝術家的作用、談美國的真實涵義，雖然影響了故事進展，讓讀者覺得此小說幾乎沒有故事情節，但是備受文化界的青睞。一個沒有多少情節的小說卻塑造了一系列性格各異的人物形像，其豐滿程度有如契科夫筆下的人物，尤其是那位愛酗酒的、瑪琳娜的精

---

[7] 喬治‧艾略特（George Elio, 1819－1880），十九世紀著名英國小說家。

[8] 朵麗西‧布魯克（Dorothea Brooke），喬治‧艾略特的小說《米德爾馬契》中的女主人公，一個聰明而富裕的女子，匆匆嫁給一位年長幾十歲的學者，發現婚姻是個錯誤後迅速離異，與其侄子私奔。

神戀人亨利克醫生,儘管有些臉譜化。小說的語言不亞於作者評論文章慣有的流暢和犀利。成長於洛杉磯、畢業於北好萊塢高中的桑塔格,在描寫南加州的景色時流露出懷念和嚮往 ,文字有如散文詩一般優美,是書中的精華之處。

　　《在美國》於2000年2月一出版便引起轟動,議論紛紛,褒貶不一。二十世紀後半葉的美國文化圈內外,蘇珊‧桑塔格的名字幾乎等於 「政治時尚」或 「轟動效應」,讀者已司空見慣,桑塔格也早已不以為然。但這一次卻非同尋常。南加州「赫蓮娜‧摩德潔斯卡」紀念館創辦人、81歲的業餘歷史學家艾倫‧李[9]公開批評桑塔格的小說「抄襲」歷史故事,並指出書中多達十二段文字與其它四本歷史書籍和傳記文學雷同或相似,而沒有注明出處,只在扉頁上籠統地說這本小說的靈感來自於何處以及參考了有關書籍。桑塔格反駁道,她的小說是藝術作品,屬於一種新的體裁,不像學術著作那樣需要注明信息來源和出處,也不像傳記文學那樣需要大量註腳說明,她從歷史中得到靈感,虛構了一個波蘭女演員和波蘭記者。此事引起文學界的廣泛爭論,有一種觀點認為歷史小說應該忠實歷史事件,儘管可以穿插幾個虛構人物。另一種觀點認為事件可以稍有改動,但語言要真實,虛構語言和引用語言要區分,如果借用某人的某段話一定要註明。桑塔格認為:「有一個更大的問題值得爭論,即所有文學都是一連串的引用和引喻。」[10]

　　走進二十世紀後,電影和電視幾乎取代了戲劇舞臺,一個被老一代遺忘、新一帶所不知的外國戲劇演員,在桑塔格筆下獲得新生,(再次)引起注意,僅憑這一點,多年為宣傳赫蓮娜‧摩德潔斯卡而奔波的艾倫‧李女士

---

[9] 艾倫‧李(Ellen Lee,1919-),南加州「赫蓮娜‧摩德潔斯卡」(Helena Modjesk)紀念館創辦人之一,曾公開批評桑塔格「抄襲」。

[10] 引自《紐約時報》2000年5月27日。

應感到欣慰吧。

　　2000年11月，《在美國》獲得美國國家書卷獎（虛構類）。早在60年代就以〈關於「坎普」的札記〉成名、又以《反對闡釋》和《疾病的隱喻》等文集著稱的蘇珊‧桑塔格，67歲才獲得美國國家書卷獎，頒獎儀式上，她沒有像奧斯卡獲獎者那樣說「啊，沒想到會得獎」或者「我最好的作品通常得不到獎」，而是表示很感動。不是所有的作家都想成為暢銷作家，但沒有作家和藝術家不在內心希望被同行「認可」。桑塔格在1992年出版的《火山情人》雖然成為暢銷書，但沒有得到評論界的重視。艾倫‧李的批評使《在美國》獲獎嗎？非也。創始於1950年的美國國家書卷獎一向青睞於那些檢視美國社會、對美國文化有深刻反思的作品，《在美國》正是這樣一部作品，桑塔格對語言的駕馭、對人物個性的把握、對戲劇藝術和舞臺表演的精通、對「美國夢」的重釋，都使這個獎得之無愧。桑塔格沒有迎合評論家，也沒有標新立異，《在美國》體現了她一貫對美國文化的「桑塔格式」批評。

（原刊於《世紀中國》網站和美國《彼岸》雜誌2005年2月號）

作者簡介：明迪，從事寫作、翻譯、網站設計、及文字編輯。

suggest the eagerness and avidity of a seeker; a curiously timeworn child who needs a bit more sleep.

"I think I've always wanted to write this book," she is saying. "I'm glad to be free of the kind of one-note depressiveness that is so characteristic of contemporary fiction. I don't want to express alienation. It isn't what I feel. I'm interested in various kinds of passionate engagement. All my work says: be serious, be passionate, wake up."

"The Volcano Lover" anatomizes immense varieties of passionate engagement. Hamilton loves abjectly not only his art collection, which he continually augments, but Vesuvius, his beloved volcano, whose threats and displays of destructive energy hold him in permanent thrall. He loves Emma as a connoisseur loves a Leonardo, with cultivated, refined appreciation.

Enter Nelson, the man of action, the genuine hero, and another sort of passion is ignited in Emma, which relegates Hamilton, the expert on nature's power, to the status of outsider in the drama of human forces unleashed under his own roof. And then there are the passions of revolution and an epic array of 18-century follies engendered by romantic dreams of reason.

S ONTAG, HERSELF, IS A hybrid of reason and romance. One need only peruse the vast library in her airy five-room apartment for confirmation. An intellectual who studies the history of ideas might have many books. But only a person intemperately in love with reading possesses 15,000.

"I'm an addicted reader," she says, "a hedonist. I'm led by my passions. It's a kind of greed, in a way." She laughs happily. "I like to be surrounded by things that speak to me and uplift me."

I ask how the books are arranged.

"Ahhh. By subject or, in the case of literature, by language and chronologically. The 'Beowulf' to Virginia Woolf principle. I'll show you."

"Nothing is alphabetical?"

"I know people who have a lot of books. Richard Howard, for instance. He does his books alphabetically, and that sets my teeth on edge. I couldn't put Pynchon next to Plato! It doesn't make sense."

We enter a room off the kitchen, where Karla Eoff, Sontag's assistant, sits at a desk answering what she describes as three years of correspondence — all let go during the writing of "The Volcano Lover."

"Here is English literature," says Sontag by a floor-to-ceiling bookcase. "You need a ladder. It starts here, and here are the Chaucerians." She sweeps her hand over several shelves, "and then comes Shakespeare, Elizabethan Stuart plays,

1.
Sontag in the living room of her apartment.

2.
Sontag with Lars Swanberg on a postcard announcing the 1969 opening of "Duet for Cannibals," a movie she wrote and directed. Swanberg was director of photography.

3.
Sontag in 1966.

4.
With her son, David Rieff, at Harvard, where she was doing graduate work, circa 1954.

坎普與新紈褲主義[1]

張劍

新紈褲主義（Neodanyism）

　　桑塔格喜歡以小說家自詡，但是，她的名著幾乎都是文藝評論與思想哲學隨筆和札記。她的成名作〈關於「坎普」的札記〉就是一篇出色的札記。Camp（坎普）不是桑塔格的創造，但是，今天談起二十世紀的文化史，人們都會自動地將坎普與桑塔格的名字聯繫起來，好像這是她的專利似的。坎普是二十世紀五〇、六〇年代出現在美國的一種文化現象。桑塔格在〈關於「坎普」的札記〉中以王爾德的鏞語作提示，使用斷想（Aphorism）的形式，對這個文化現象作了下列的界定與解釋：

　　一、坎普是唯美主義的某種形式。它是把世界看作審美現象的一種方式。這種方式，即坎普的方式，不是就美感而言，而是就運用技巧、風格化的程度而言。……強調風格，就是忽略內容……

----

❶ 編者注：本文是張劍的長文〈真正的知識份子：美國著名女作家蘇珊‧桑塔格〉的第三部份。篇名為編者所加，部份外文字、詞亦譯成中文。

　　二、坎普的實質在於其對非自然之物的熱愛：對技巧和誇張的熱愛。
……它是對誇張之物、對「非本來」（off）的熱愛，是對處於非本身狀態的
事物的熱愛。……坎普是嘗試去做非同尋常之事。不過，這種意義上的非同
尋常，通常是指特別、有誘惑性（如弧線、過於誇張的手勢），而不僅僅指
用功意義上的非同尋常。

　　三、……其特徵之一，是將嚴肅之物轉化成瑣碎之物……這樣說不無道
理：「它太好了以至成不了坎普。」或者，它「太重要了」，不夠邊緣（後
一種說法後來更常用）。……坎普趣味反感慣常的審美評判的那種好壞標
準。……坎普的關鍵之處在於廢黜嚴肅。……

　　四、坎普是一種誘惑方式──它採用的是可作雙重解釋的浮誇的舉止，
具有雙重性的姿態，行家深知其中三昧，外行卻對此無動於衷。……坎普是
小圈子裡的東西──是某種擁有自己的祕密代碼甚至身份標識的東西，見於
城市小團體中。

　　五、超然，這是精英的特權；正如十九世紀的紈袴子在文化方面是貴族
的替代者，坎普是現代的紈褲作風。……它尋求那些稀有的、未被大眾趣味
糟蹋的感覺。……貴族氣派是對於文化（也是對於權力）的一種立場，而坎
普趣味的歷史是自命不凡者趣味歷史的一個部分。

　　六、坎普在十九世紀的唯美主義中苟延殘喘……在諸如王爾德、菲班克
這等「才子」那兒找到了自己的自覺的意識形態之家。

　　七、坎普的最終聲明：它之所以是好的，是因為它是可怕的……

　　桑塔格還列舉一系列她認為具有坎普趣味的東西，比如蒂法尼的玻璃彩
燈、20年代綴滿流蘇的裙子、莫札特的音樂、理查德‧史特勞斯的歌劇《玫
瑰騎士》和《莎樂美》、芭蕾舞劇《天鵝湖》、只供男子觀看的不激發欲望

的色情電影和一些通俗藝術等等。王爾德與波特萊爾當然是不言而喻的坎普。順著桑塔格的思路，我們也可以找到一些中國歷史上的坎普，比如三國時的竹林七賢（嵇康）、陶淵明的《譴子詩》、西昆體、狂禪行為、陸王心學等等。在當今，衛慧、木子美、小資情調、崇拜張愛玲等等，都可以歸入坎普的範圍。

　　為了真正理解坎普，讓我們先來觀察另一個文化現象：紈褲主義（Dandyism）。紈褲主義是19世紀初發起於英國貴族中的一種生活方式。這些貴族崇尚華麗、考究的服飾，彬彬有禮的言行，內涵精妙的高談闊論，優雅的消閒活動等等。他們蔑視平庸、忙碌、勤勞、進取的平民社會，用自己的高貴與悠閒諷刺、嘲笑資產階級與市民階層。紈褲主義傳到法國之後，沒有了貴族的法國社會中出現了一個新的紈褲模型：『游手好閒者』（Flâneur）──悠閒地漫步於匆忙來往的人群中，觀察、遐想的人。總結起來，紈褲主義非常看重形式美，無論是穿著起居還是禮儀舉止；嘲笑激情與嚴肅；蔑視實用主義。這些都沾染著唯美主義的特色。當時資本主義在歐洲正蒸蒸日上，入世苦行、勤勞上進、樸素節儉、注重實際、不拘禮儀形式等等源自路德、喀爾文的新教精神的價值取向是社會意識形態的主流，紈褲主義恰恰是這種主流文化的反動。王爾德、波特萊爾就是這個「反動」的文化運動的傑出代表。二十世紀重新發現波德萊爾與「遊手好閒者」價值的德國思想家班雅明是馬克思主義者。馬克思對資本主義深惡痛絕，這也可以作為紈褲主義反抗資本主義主流社會的一個佐證。

　　王爾德、波特萊爾不僅在桑塔格那裡榮登坎普的殿堂，〈關於「坎普」的札記〉就是獻給王爾德的。班雅明是桑塔格一生最崇拜的人，她不僅通讀了他的著作，還寫下了精彩的讀書筆記。回過頭來看桑塔格對坎普的描述，

那些對形式的崇尚、對實用的蔑視、對主流文化的反抗、那些貴族氣派、精英情結，都昭然若揭。所謂坎普，無非是一種新紈褲主義。歷來都認為桑塔格這篇札記旨在打消高級文化（highbrow art）與低級文化（lowbrow art）的差別，倡導大眾文化。其實，她是在用一種極端傲慢的態度、用少數人對藝術的觀點，否定主流文化對高級藝術的期望。桑塔格的藝術觀比高級藝術更高級，她的精英味比精英們更精英。

依照〈關於「坎普」的札記〉的風格，我也寫幾條關於〈關於「坎普」的札記〉的札記。

一、坎普是對主流文化的反動，是一種反文化。

二、坎普的反文化態度是通過諷刺、誇張、賣弄、浮華來表現的。

三、坎普蔑視主流文化中「重要的」、「實在的」東西，崇尚主流文化中那些「不重要的」、「表面的」、「形式的」東西。

四、坎普人物並不真的認為自己的東西不重要，正相反，他們認為：主流文化所重視的東西才是不重要的。

五、坎普需要主流文化中的習慣、定義與價值觀念，而且，認真地、直接地使用這些習慣、定義與價值觀念，（有意或無意地）造成表面上看起來的（文字上的、理解上與價值判斷上的）矛盾與混亂。這種矛盾與混亂是坎普的魅力之一。

六、坎普人物都有強烈的精英意識，蔑視現存的，崇尚既往的或理想的。

七、桑塔格曾批評現代人的弱點：走極端，要麼懷舊，要麼空想。這其實不僅僅是現代人的特徵，人似乎從來如此。因此，坎普才具有廣泛的吸引力，具有妓女對嫖客的不可抑制的吸引力。每個嫖客內心都渴望做些良家婦女不肯幹的性事，渴望做那些主流文化不允許他做的事情。這樣看來，賣淫

與嫖娼也是一種坎普。

八、鑒於坎普具有廣泛的吸引力，因此常常扮演「先鋒」的角色。桑塔格就是一個喜歡作先鋒的人：一方面要與眾不同，另一方面要大家崇拜她。

九、大眾化、平民化是坎普最大的敵人。一旦大眾（主流文化）認同了坎普的價值，它就喪失反對的對象。前東德異議人士比爾曼（Wolf Biermann）曾說：我熱愛東德，東德沒有了，我們的事業就死掉了。

十、多元社會將造成坎普文化的窒息，是它的劊子手。多元社會中一切坎普賴以生存的東西都消失了。

反對闡釋

桑塔格自己一定覺得比〈關於「坎普」的札記〉晚一年寫成的〈反對闡釋〉更成熟，更能代表自己的文藝思維，因此用它來命名整個的文集。我們讀完〈關於「坎普」的札記〉之後僅能獲得一些激動與印象，〈反對闡釋〉卻明白地告訴了我們桑塔格到底想說什麼。桑塔格說：

一、西方對藝術的全部意識和思考，都一直局限於古希臘藝術模仿論或再現論所圈定的範圍。正是因為這一理論，藝術本身——而不是既定的藝術作品——才成了問題，需要辯護。也正是對藝術的這種辯護，才導致那種奇怪的觀點，據此我們稱為「形式」的東西被從我們稱為「內容」的東西分離開來，也才導致那種用意良苦的把內容當作本質、把形式當作附屬的轉變。

二、即便是在現代，在大多數藝術家和批評家皆已放棄藝術是外部現實之再現這一理論，而贊同藝術是主觀之表現的理論時，模仿說的主要特徵依然揮之不去。

三、談到藝術，闡釋指的是從作品整體中抽取一系列的因素（X，Y，

Z，等等）。闡釋的工作實際成了轉換的工作。闡釋者說，瞧，你沒看見X其實是——或其實意味著——A，Y其實是B？Z其實是C？

四、現代風格的闡釋卻是在挖掘，而一旦挖掘，就是在破壞；它在文本「後面」挖掘，以發現作為真實文本的潛文本。最著名、最有影響的現代學說，即馬克思和佛洛伊德的學說，實際上不外乎是精心謀劃的闡釋學體系，是侵犯性的、不虔敬的闡釋理論。

五、闡釋是智力對藝術的報復。

六、真正的藝術能使我們感到緊張不安。通過把藝術作品削減為作品的內容，然後對內容予以闡釋，人們就馴服了藝術作品。闡釋使藝術變得可被控制，變得順從。

七、為取代藝術闡釋學，我們需要一門藝術色情學（這句話，我個人情願翻譯成：我們需要的不是對藝術的闡釋，而是對藝術的色情）。

在這裡，桑塔格對藝術中的闡釋作了一個過於狹隘的限定。Interpretation這個來自拉丁文的詞彙意義太過廣泛模糊，本身就需要闡釋與界定。桑塔格為了表述自己的觀點，首先對它進行了馴服，恰恰犯了她自己所批評的錯誤。比如，她的這個限定就不符合（印歐語言文化圈中）慣常使用的音樂術語。對音樂作品的演奏——比如伯恩施坦或卡拉揚演奏的貝多芬《第三交響曲》——我們習慣稱之為「演繹」（Interpretation）。可以說，沒有這種演繹，沒有演奏家將紙上的樂譜變成悅耳的旋律，我們就無法欣賞它，（古典）音樂這個藝術形式就不存在。另外，她對佛洛伊德的誤解也很深。佛洛伊德對《俄迪普斯王》和《哈姆雷特》的分析不是要用自己固有的觀點來挖掘文學，而是要通過文學中的模式解決自己專業中困惑不解的問題。受過良好學術訓練的桑塔格，常常給我們帶來驚奇。

　　桑塔格的另一個矛盾在於，她一方面拒絕古希臘以來的文藝理論，強調藝術作為主觀表現的獨立性、合理性、不可爭辯性；另一方用偏激、刻薄的語言拒絕對藝術作品的解釋與演繹。恰恰是那些獲得了絕對自由、衝破了一切技巧與內容的桎梏的現代藝術作品，離開了闡釋，其存在的合理性就常常要遭到懷疑——除去投資方面的考量。面對傳統的藝術精品，觀眾久久佇立、流連忘返，感受著它們放射出的魅力；面對現代藝術名作，觀眾也要長時間站在那裡，冥思苦想：這到底好在哪裡？看起來，對傳統藝術，我們比較容易一見鍾情；而對一些現代藝術，我們很難產生『色情』——假如沒有媒人（媒體）如簧的口舌。桑塔格雖然自己不願承認，但是，她正是在提倡一種精英趣味極端濃厚的文藝觀點。《莊子》說：「反天下之心，天下不安。墨子雖獨能任，奈天下何？！」

　　無論從她的成長過程，還是她的社會正義感，無論從她嫉惡如仇的剛硬品格，還是她那文化精英趣味濃厚的觀點，桑塔格都不愧是一個真正的知識份子——在正面與負面的意義上。

（原刊於2005年1月《學術中國》網站）

作者簡介：張釗，文化評論家。曾任德國《萊茵通信》雜誌主編，現居德國。

SUSAN SONTAG FINDS

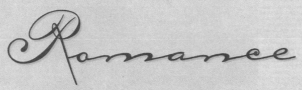

Romance

AS SOON AS SUSAN SONTAG DELIVERED the last section of her new novel, "The Volcano Lover," to the offices of her publisher, she felt bereft. "It was like taking a beloved person to the airport and returning to an empty house," she says softly, intensely, during a recent interview in her New York apartment. "I miss the people. I miss the world."

The principal characters — although there are many others — are Sir William Hamilton, the 18th-century English minister to the Court of Naples; his wife, Emma, and Horatio Lord Nelson, England's most revered naval hero, whose love affair with Emma became as famous as his impressive victories over Napoleon. Under the title (which refers to Hamilton's obsession with Mount Vesuvius), Sontag has appended the words, "A Romance."

A romance by the author of "Against Interpretation," "Styles of Radical Will," "Death Kit" and "AIDS and Its Metaphors"? A romance by the intellectual champion of modernism; the eloquent admirer of Roland Barthes, Elias Canetti, Antonin Artaud?

"In order to find the courage to write this book, it helped me to find a label that allowed me to go over the top," she explains. "The word 'romance' was like a smile. Also, the novel becomes such a self-conscious enterprise for people who read a lot. You want to do something that takes into account all the options you have in fiction. Yet you don't want to be writing about fiction, but making fiction. So I sprang myself from fictional self-consciousness by saying, It's a novel — it's more than a novel — it's a romance!" She opens her arms and laughs un-self-consciously. "And I fell into the book like Alice in

Leslie Garis is a frequent contributor to this magazine on literary subjects.

▲

Leaving behind the innovative essays that made her reputation, a celebrated intellectual discovers a 'delirium of pleasure' in releasing a flood of fictional passions about the 18th century.

BY LESLIE GARIS

▼

Wonderland. For three years, I worked 12 hours a day in a delirium of pleasure. This novel is really a turning point for me."

At 59, she has already had a remarkable career. Although she has written fiction, two plays and four films, she is primarily known for her learned and startling essays. Dealing from a seemingly limitless store of knowledge, she has examined the 20th century from widely divergent points of reference, like literature, painting, illness, photography, philosophy, pornography, film, sociology, anthropology, communism and fascism. Having lived for long periods in France and Italy, conversant in three languages (translated into 23), she is a true polymath internationalist.

Carlos Fuentes, the Mexican novelist and man of letters, and another writer who straddles many cultures, compares her to Erasmus, the greatest humanist of the Renaissance: "This is one of the worst-informed eras in history, just like the beginning of the 15th century. Countries are ignorant about each other. And, like Erasmus, exactly when it is needed, Susan Sontag is a communicator in this broken-down world. Erasmus traveled with 32 volumes, which contained all the knowledge worth knowing. Susan Sontag carries it in her brain! I know of no other intellectual who is so clear-minded with a capacity to link, to connect, to relate. She is unique."

As she sits in her kitchen, she does have the air of one who has wrestled prodigiously, and over a considerable lifetime, with essential questions. Wrinkles and creases run wild on her unadorned face. Her skin is as pale as a monk's. Her long, unruly, onyx-black hair is rent by a dramatic slash of pure white that runs like an ice flow over the crest of her head. But her candid expression, her round dark eyes that fill easily with tears, her frequent laughter and her deep, vibrant voice

Susan Sontag, at left in her kitchen, and a photograph of Mount Vesuvius, top, which ignites her new novel, "The Volcano Lover."

攝影的眼睛

王艾

作為人類工具技術之一的攝影自第一部照相機誕生以來，便開始攫取人類眼睛中的瞬間事物，並把瞬間的影像固定，使影像再現眼前。人類卻不得不對圖片上自身的影子感到迷醉、憤怒，抑或因之充滿幸福甜蜜的記憶；攝影的魅力正在於此，即再現或複製現實，切割時間和空間，封存記憶，讓記憶力抑制在一個物質化的世界中，並隨時回憶。

因《反對闡釋》一書而轟動西方評論界的蘇珊‧桑塔格，在《論攝影》一書中，以特有的美學眼光，以社會學和歷史學的開闊視野，對「攝影史」進行了多維度的「變焦」，清理著攝影和繪畫、電影，以及和紀錄片之間錯綜複雜的關係。其中對其它的藝術門類——比如建築、詩歌、小說等也有精確的評述。一部「機械複製時代」（班雅明語）的「攝影文本」卻如此博大精深，這與桑塔格本人的知識架構緊密相連。此書中，她不無挑剔地寫道：「對攝影一般評估的語言極其貧乏」，「有史以來一向都缺乏活躍的攝影批評」，桑塔格對攝影深入的批評，算是對她自身挑剔的審美趣味的回應。

「照片見證了時間的無情流逝」，「攝影術積極地推動了懷舊的情緒」，「攝影是一種追魂的藝術」，這類關於攝影時間性的理解，在本書中俯拾即是。因為懷舊是人類普遍存在的情緒，普羅大眾依賴對照片中逝去事物的回憶，構成了對往昔的深深眷戀。即使在攝影全面走向商業消費主義的今天，人們仍然努力在一大堆複製的攝影影像中辨別著昨日模糊的臉容。而這種臉容時常作為個人的祕密深藏內心。攝影的另一種意義是；照片能激起

人們的道德立場和情感義憤，「完全取決於政治意識」。當蘇珊・桑塔格在此書探討攝影影像（照片）所展現的苦難、屠殺、戰爭及瀕臨餓斃者時，攝影的作用似乎在評論的辨證中變得更像一個攝影美學的文本。她又寫道，「照片的道德內涵其實很脆弱」。這不光是因為全球描寫不公和苦難的照片浩如煙海，還因為「大部分照片未能保留住情感的衝擊力」。

對波特萊爾來說，攝影是繪畫的「死敵」。實際上，對藝術家們來說，攝影已掠奪了繪畫的領地，正是這種盤剝和掠取使繪畫的市場分額和藝術性越來越小，最後使傳統繪畫在當代淪落為商業的贗品。在傳統繪畫日薄西山的今天，攝影並不樂觀地擔當起滿足人們的視覺所需之功能。況且，可攜式照相機的功能與消費者的即興意識一拍即合，揭示著工業社會中人們對紛亂影像的組建能力。生活中的事件總是無序、瑣碎的，而照片總是陳述著事件的內容，儘管每張照片或是獨立的單位或是片斷，而人們則通過這些片斷在重新組合著事件。可以這麼說，現代主義以降，在與繪畫的歷史性對抗中，攝影是以勝利者的姿態出現的，從而使繪畫逐漸邁向超現實主義、抽象主義和表現主義的鼎盛時期。寫實和記錄事件變成了攝影的事情，為此，拍攝者也是現實的介入者。

有意思的是，蘇珊・桑塔格在《論攝影》中一再強調攝影的審美趣味取消了高雅藝術和低俗藝術之間的差別，認為「攝影把整個世界看作材料」，並且，這種「媒介手段」很民主。這主要是針對傳統藝術中「精英論傾向」（即等級關係）而言，即攝影更加趨於公眾化。這種觀念和安迪・沃荷的「每個人都是名人」[1] 有合謀之處，只不過後者為公眾勾勒了美國式民主社會

---

❶ "In the future everybody will be world-famous for 15 minutes."

中的公民權。「藝術向後設藝術和媒介手段轉換」，「越來越多的藝術將會被設計為像照片那樣」，蘇珊・桑塔格不無曖昧地指出了今日視覺藝術的去向，其中既有懷疑，也有微妙的樂觀。不過，對於商業攝影與藝術攝影的差異，她在此書中通過引經據典的論述，洞見了「攝影史」的邊邊角角和各時期的代表人物。她依仗對攝影文化的審美關懷，抵達了文本的中心，即攝影語言包含著辨證的複雜性。

在此書的〈影像的世界〉一章中，蘇珊・桑塔格道出了攝影的真諦：「攝像消費了現實。」在異常發達的工業化社會裡，影像的自由複製和自由的經濟消耗，也需要影像生產和消費的商業化邏輯──「消費意味著揮霍，意味著耗盡。」桑塔格進一步指出，在無限制的攝像生產中，「還需一種影像的生態學」。建立一個統攝的影像生態學何其艱難，不過，這與她在本書中所探討的道德立場、良知、知識和關於自由保護主義的態度相輔相成。

蘇珊・桑塔格用她照相機般的「攝影的眼睛」為我們打開可攝影的房間。在這個「房間」裡，攝影的奧祕羅列其中，評論家看到形式和方法，攝影家從中提取語言經驗，道德家看到良知和情感，而本書中最震撼人心的，莫過於「有權有勢者永無休歇的魅力，貧賤無依者暗無天日的墮落」這句話。《論攝影》超出了攝影影像的邊界，又加人了對等級神話的批判。正是這種圍繞著攝影的敏銳的社會批判，才使攝影的文本變得重要。

（原刊於2000年9月19日《中國圖書商報・書評周刊》）

作者簡介：王艾，攝影評論家。

horse and a circle of wishbones — rather like a pagan altar to nature and death. In the rest of the apartment is Sontag's collection of black-and-white prints by Piranesi and other 18th-century artists. The volcano prints — almost the only color in the house — radiate with the lurid red of flowing lava.

As I walk down the hall, from Greece into the Renaissance and through the 19th century, I remark on the uncanny perspective one has just passing by the titles.

"Yes," she says. "What I do sometimes is just walk up and down and think about what's in the books. Because they remind me of all there is. And the world is so much bigger than what people remember."

SONTAG'S CHILD-hood world, although not materially impoverished, was intellectually and emotionally meager. Her early years were spent in Arizona, where she rarely saw her alcoholic mother or her father, who had a fur business in China, because they spent almost all their time in the Far East. Susan and her younger sister were cared for by a housekeeper. When Susan was 5, her father died in China of tuberculosis. Her mother remarried, and the family moved to Los Angeles. Again, the adults traveled while the children stayed home. Her enormous intelligence further ordained her solitude. She read at 3, wrote a four-page newspaper at 8 and had a chemistry laboratory in her garage at 9. Many ardent, fruitless hours were spent trying to convert neighborhood children to her interests.

"I can remember my first bookcase when I was 8 or 9. This is really speaking out of my isolation. I would lie in bed and look at the bookcase against the wall. It was like looking at my 50 friends. A book was like stepping through a mirror. I could go somewhere else. Each one was a door to a whole kingdom."

"Did you have a mentor?"

"No, no, no. I discovered books. When I was about 10 years old, I discovered the Modern Library in a stationery store in Tucson. And I

sort of understood these were the classics. I used to like to read encyclopedias, so I had lots of names in my head. And here they were! Homer, Virgil, Dante, George Eliot, Thackeray, Dickens. I decided I would read them all."

"With absolutely no encouragement?" I'm incredulous.

"I didn't allow myself to look for it. And these people couldn't encourage me, since they didn't understand what I cared about. I very quickly located the source of judgment completely outside my life — from the great dead. If somebody said, 'Oh, you're very smart,' I would feel as if I had been told I had black hair. It was such a given. And compared to the standards I was setting myself, I didn't think I was so smart. I thought that I cared more than other people. If they cared as much, they could do what I was doing. I didn't think I was a genius."

"Wasn't your mother proud of you?"

"My mother was a very withholding woman. You have so idea . . ." Her voice drifts off. We are back in the kitchen. Her hair, which has been gathered into the semblance of a ponytail, has freed itself gradually escaping from its elastic band, which she now removes entirely and plays with in her fingers. Her nails are so short I think she must have bitten them.

She continues. "I would put my report card by her bed at night and find it signed at the breakfast table in the morning. She never said a word." She sighs. "I have a vision of my mother lying on her bed, with the blinds drawn, and a glass next to her that I thought was water, but I now know was vodka. She always said she was tired. As a consequence, I am happy to sleep four hours a night."

Sontag's sister, Judith, was only 12 when Sontag left home at 15, and they hardly saw each other until they were both in their 50's. Judith, who is also extremely intelligent and went to Berkeley, is married, has one daughter and lives on the island of Maui, where she owns a small business. The two sisters discovered to their surprise that they had many things in common — among them a love of books.

"I think a childhood like that," Sontag says, "breeds a great talent for stoicism. If you're going to survive, you

say, I can take this; it's bearable. Otherwise you're lost. I refuse to see myself as a victim. I'm the most unparanoid person in the world. In fact, I envy paranoids; they actually think people are paying attention to them." She laughs. "I didn't feel persecuted, I felt abandoned."

When she was 15, her principal told her she was wasting her time at North Hollywood High and graduated her. She was delighted. Now her life would really begin. After one term at Berkeley, she enrolled at the University of Chicago, which at that time had a set curriculum and no electives. She took exams when she entered and placed out of most of her courses. She had already done the reading.

"I audited classes in the graduate schools, and that was wonderful. I would start at 9 in the morning and go all day. It was a feast."

It was there she met Philip Rieff, a young instructor in a social theory course that Sontag had placed out of. It was 1950, December of her second year. On friends' recommendations she went to hear him lecture on Freud (his 1959 book, "Freud: The Mind of the Moralist," is essential reading for scholars). Ten days after the lecture, they were married. She was 17. It was an endless conversation. He was, she says today, the first person she could talk to.

He seemed older than his 28 years, and Sontag looked extremely young. He was a dapper Anglophile, while she, a Westerner, lived in blue jeans and wore her hair long down her back. They were an odd-looking couple. Soon after they were married, she attended one of his lectures and behind her one student whispered to another, "Oh, have you heard? Rieff married a 14-year-old Indian!"

For the next nine years, she and Rieff lived in an academic life. Their son, David, was born in 1952. Sontag received master's degrees from Harvard in English literature and philosophy and finished her course work for a Ph.D. when she received a fellowship to Oxford. At the same time, Rieff was offered a fellowship at Stanford. They went separate ways for one academic year, but when Sontag returned to America the marriage unraveled. It was 1959, and Sontag at last realized one of her childhood dreams: she moved to New York. She had a child, a furnished mind

and no income. "I had $70, two suitcases and a 7-year-old," Sontag recalls. (Her lawyer told her she was the first person in California history to refuse alimony.)

David Rieff was another prodigy. He calls himself today "overeducated." His two books, "Going to Miami" and "Los Angeles, Capital of the Third World," were both critically acclaimed. I asked him about his childhood, if he felt under great intellectual pressure, and he said he was comfortable with scholarly activities — athletics would have been a reach. He painted a picture of mother and son so close in age and interests that "separation — even the ability to distinguish between who was who — was difficult and took longer than it should have." During the first New York years, "I was very aware of how precarious our life was. We lived in very small, close quarters for a long time. Life was pretty tough. After that, things started to go much better. She was making a career."

After a stint of teaching philosophy and the history of religion at various New York colleges, she wrote her first novel, "The Benefactor," and decided to stake her future on writing full time. In 1964, she emerged as a literary star with an audacious essay for Partisan Review, "Notes on Camp," which defined for the first time that esoteric, urban, cult sensibility, which exalted artifice and mocked seriousness. The essay is peppered with Oscar Wilde quotes, like "To be natural is such a very difficult pose to keep up."

"On Style," an essay published the following year — an exhortation to "encounter" art as "an experience, not a statement or an answer to a question" — established her as the seer at the vanguard. She was dubbed the new "dark lady of American letters," the title previously assigned to Mary McCarthy.

WHEN I ARRIVE AT HER Chelsea apartment for our second day of talks, she has been correcting the proofs of Emma's death scene and is awash with emotion. But it is clear that it is the whole project, the fact of this book — which is so different from anything she has ever done — that is overwhelming her this morning. I ask her again about her notion that "The Volcano Lover" is a turning point.

"I think every ambitious writer looks for the right form, and I always felt whatever form I chose constricted me."

Her two novels, "The Benefactor" and "Death Kit," both published in the 60's, received mixed reviews. Criticized for being too self-conscious, more concerned with modernist literary fashion than with the raw material of life, they were nevertheless praised for their powerful intelligence, original ideas and precise language.

It has been 25 years since "Death Kit," during which time she has become internationally famous for her essays. Now she says the essay is a dead form for her.

"The essays were a tremendous struggle. Each of the large ones took nine months to a year. I've had thousands of pages for a 30-page essay — 30 or 40 drafts of every page. On Photography,' which is six essays, took five years. And I mean working every single day."

"When you say working, are you looking things up, checking references?"

"No, no, I don't look anything up until after I've finished and I'm checking. No, it's just writing. I'd get started, and then I'd run into a ditch, and then I would start again — and again."

Temperamentally, Sontag is an admirer. All her best essays celebrate creators, thinkers or the created work of art. This quality led her into essay writing — and led her out of it.

"The Canetti essay was the beginning of the end. I wanted to honor Canetti." Her essay probably helped win him the Nobel Prize. "Yet as I was writing, I thought, 'Why am I doing this so indirectly?' I have all this feeling — I'm in a storm of feeling all the time — and instead of expressing it I'm writing about people with feeling.' "

Twelve years ago in London, while poking around the print shops near the British Museum, Sontag first saw the volcano prints Hamilton had commissioned. She was immediately drawn to them and bought several. Years later, she read a biography of Hamilton and the story began to simmer.

"When I started the novel, it seemed like climbing Mount Everest. And I said to my psychiatrist, 'I'm afraid I'm not adequate.' Of course, that was a normal anxiety. What worried me was that I
(Continued on page 41)

蘇珊・桑塔格：意義的影子世界

程巍

　　小說家巴爾扎克可能更願意讓別人相信自己是一位哲學家，正如文化批評家蘇珊・桑塔格更願意讓別人相信自己是一位小說家。事實上，桑塔格女士也的確出版過幾部小說，並且在有限的文學圈子裡享有小說家的美名。不過，正如法國十九世紀哲學史通常不會列入巴爾扎克一樣，桑塔格在二十世紀後半葉美國文化批評史上的地位肯定要高於她在這一時期美國小說史上的地位。就小說史而言，她不過為圖書館的當代美國小說書架上多添了幾部作品，而這幾部作品與她同時代更偉大的小說家的更偉大的小說作品比起來顯得微不足道，然而她那幾部自己並不看重的批評著作（她把自己第一部批評文集說成是「從小說寫作中溢出來的能量和焦慮」），卻在美國文化史書架上佔據著顯著的位置，並多少改變了書架的排列。

　　桑塔格的才智奇異之處在於，她是一位小說家，卻寫出了任何一個試圖寫作美國後現代文化史的史家都不能迴避的幾篇論文（如1964年的〈反對闡釋〉、1965年的〈一種文化和新感受力〉），以至僅憑著這幾篇論文，就可以被《伊甸園之門》(Gates of Eden)（無疑，這是關於60年代美國文化史的經典之作）的作者莫里斯・狄克斯坦（Morris Dickstein）稱之為與歐文・豪齊名的兩個「我們現有的目光最敏銳的文論家」。而分別發表於1978年和1989年的兩篇出色的長篇論文（〈疾病的隱喻〉和〈愛滋病及其隱喻〉）則進一步證實了她作為文化批評家的犀利眼光。如果說桑塔格確實具有創作小說的熱情和才能的話，那她不幸生活在一個小說智力正在衰落的時代，或者說，一個批評智力已經崛起的時代。假若說小說是一個做著白日夢的人的話，那麼，批評就是一個不停地吵醒白日夢的清醒的旁觀者。換言之，批評智力是一種腐蝕小說智力的酸劑。一個人不可能既在做夢，同時又在看著自己做夢。如果是這樣的話，那就只會創作出一種關於小說的小說，即所謂的「元小說」，而這一類小說對小說同行來說或許意味著小說形式的某種重大啟示，但對於普通讀者來說卻經常是難以卒讀的東西。

　　批評智力是殺死一個小說家的最可口的毒藥。這正是那些受過最高深教育的學者為何難以成為小說家的原因。而桑塔格當初辭去大學教職，寧可混跡於紐約波西米亞藝術家圈子，說明她非常清楚這一處境。因為小說家是時代的感應器，是其身體，而不是其大腦。作為小說家的桑塔格試圖擺脫作為理論家的桑塔格，在〈反對闡釋〉中，她寫道：「闡釋是智力對藝術的報復，此外，闡釋是智力對世界的報復……現在重要的是恢復我們的感覺。我們必須學會更多地去看，更多地去聽，更多地去感覺。我們的任務不是在藝術作品中發現最大量的內容，更不是從一目了然的作品中搾取更多的內容。

我們的任務是削減內容，以便使我們看到事物本身。」一個智力過剩的時代往往要以「反智主義」作為自己的瀉藥。然而，「反智主義」不只有一種。對美國六〇年代來說，至少有兩種這樣的反智主義：其一是中西部和南部落後地區的前技術時代的反智主義（如滋生了前一個時代的麥卡錫主義[1]、並作為這種主義的地方基礎和群眾基礎的政治浪漫主義），是一種農民般的反智主義，其一是東西海岸發達地區的後技術時代的反智主義，是知識份子的一種反智主義（它滋生了六〇年代的青年造反運動、七〇年代的性解放）。有意思的是，這兩種反智主義並不是同盟軍。不管怎樣，麥卡錫本人及其擁護者，對東部海岸地區那些有左翼傾向的知識份子，所謂的頹廢主義向來不留情面，而他領導的眾議院非美活動調查委員會所調查和迫害的絕大部分人都是知識份子。另一方面，從某種意義上說，六〇年代的青年知識份子造反運動，可以說是對麥卡錫主義所代表的那種帶有清教色彩的小城鎮傳統主義的反叛。桑塔格恰好站在了文化反叛的火線上。她具有反叛者的幾重典型身份：名校畢業生（芝加哥大學和哈佛大學）、大都市人、猶太人、藝術家……此外，還是一個美女（而清教文化是忽視甚至貶低身體的美的，為的是抬高靈魂的價值）。

知識份子的反智主義（intellectuals' anti-intellectualism），乍看之下，這似乎是一個矛盾修飾法。知識份子向來被看做是智力的力量，是意義生產者。然而，只有當智力和意義是一種能夠使世界和生活更完美、更自由的力量時（無疑，這是智力的本來目標），知識份子在人格上才會處於和諧狀態。當

---

❷ 麥卡錫（Joseph R. McCarthy, 1908-1952），美國參議員，共和黨人，50年代初以指控共產黨在高級政府機構中進行顛覆活動而名噪一時。1954年12月2日美國參議院通過決議，正式譴責他的不適當行為，結束了麥卡錫主義時代。

智力成了世界和生活的一種約束時，知識份子的人格就發生了分裂，他從自己身上發現了一種敵對力量。例如，浮士德博士就因患上了學問厭食症而放棄了學問，為的是體驗生活。彷彿有一種內在的鐘擺在人的大腦和身體之間搖擺，當大腦過度發達時（麥卡錫曾用「雞蛋形的腦袋」來比喻知識份子，而知識份子更樂於以「高額頭」來自喻。有趣的是，在科幻電影中，智力更勝地球人一籌的外星人一般都以大腦袋、小身體的形體出現），就產生了對大腦的反感，並試圖以身體的復活來拯救這種失衡（於是就出現了各種各樣有關身體的學說和幻覺，這既包括金賽的《金賽報告》[2]、海夫納（Hugh Hefner）的《花花公子》，又包括電影、籃球場或拳擊臺上的那些頭腦簡單、肌肉發達的英雄形象）。

　　然而，桑塔格的時代畢竟不是浮士德博士的時代。當浮士德哀嘆「到如今，唉，哲學、／法學、醫學，／不幸還有神學，／我全都勤勉地——鑽研過；／可我還是我，這個傻子，／並不比從前多半點聰明」時，他暗示的是一種二元性，即他後來所說的「理論是灰色的，／生活之樹常青」。浮士德的智力不是一種融解的智力，因為他還試圖找到生活的真正意義，即一個牢固的、不可融解的核。不過，後技術時代的智力，是一種酸性的智力，它融解一切，從理論一直到生活。這是因為，桑塔格一代人試圖摧毀麥卡錫主義所體現出來的那種「一個國家、一種文化、一種價值、一種生活方式」的一元論傳統，創造一個多元化的社會。這當然意味著一種解放。如果說一個人的有意義的存在是當他處在一個大的存在（民族、宗教、文化共同體）時——

---

❸ 金賽（Alfred Charles Kinsey, 1894-1956），美國動物學家、人類性行為的研究者。曾於鮑登(Bowdoin)學院及哈佛大學學習，1920年後任動物學教授。他研究人類的性生活，1942年，他在印第安納大學創建性學研究所，並任所長至逝世。著有《男人的性行為》及《女人的性行為》等書。

這是肯定的，因為這個大的存在就是他投射意義的弧面──那麼，這也意味著，這個大的存在必須是同質的，必須是相對穩定的。這當然是一個具有壓抑性的共同體，因為對這個共同體而言，個人只不過其中一個部分（像自由主義者伯林所說的，是「大樹上的一根枝幹，一片葉子」），然而既然作為其中的一個部分，就能感覺自己是在與一種宏大的存在共同呼吸。這或許是共同體對個體與自己的認同的一種回贈。共同體為了維護自身的穩定性和完整性，必然是排他的，而且傾向於以各種各樣的意義神話來彌合自己的裂縫。

六〇年代的反叛正是為了打破這種壓抑性的共同體，它使用的利器也正是多元論。一種作為共同體基礎的價值既然不存在，那麼，共同體就勢必瓦解（儘管它還保留著共同體的一個外殼，即「國家」，但文化共同體和宗教共同體實際上已分崩離析）。脫離了共同體的個人當然會有一種解放之感，但這種感覺不會持久。當他從共同體索回自己時，他就與一種更宏大的存在脫離了，也就是說，與一個意義系統脫離了。他環顧左右，發現自己不再擁有一個可以投射意義的弧面（一個人當然不可能成為自己的意義投射面，這正如愛情，它尋求並投入自身之外的一個存在）。他獲得了自我，卻產生了一種空空盪盪的感覺。惟一給他一點固體感覺的只是身體，他自己的身體和別人的身體。由於意義已經被當做神話、謊言或者「象徵」從身體上剔除掉了，那麼剩下的身體只不過是肉身而已。當桑塔格說「現在重要的是恢復我們的感覺。我們必須學會更多地去看，更多地去聽，更多地去感覺」時，我不知道，脫離了意義，我們能「看、聽、感覺」到什麼。那除了是一系列彼此無關的片斷和瞬間外，還能是什麼別的？但桑塔格並不是要在實踐中貫徹「反對闡釋」，這不過是一個激進的姿態（她寫作小說，本身就是在通過複製世界來複製意義），為的是擴大意義的可能性。我們可能注意到她的《反

對闡釋》一文標題中的「闡釋」是一個單數名詞，這就意味著，她反對的是「惟一的一種闡釋」。具有諷刺意味的是，當桑塔格指責闡釋行為通過複製世界從而創造了一個意義的影子世界時，她提供的「反對闡釋」的藥方實際上不是擺脫這個影子世界，而是以對世界的更多元化的複製（即加倍的複製）來創造一個更龐雜的影子世界。

（原刊於2003年7月30日《中華讀書報》）

作者簡介：程巍，中國社會科學院外國文學研究所研究員。桑塔格文集《反對闡釋》、《疾病的隱喻》的譯者。

怎樣做一個唯美主義者？

湯擁華

1

大凡傑出的人物，總是以其獨特的聲音引起廣泛的共鳴，他（她）有能力喚起一個群體，但他（她）本人卻是獨立的。桑塔格當然是一個卓爾不群的人，甚至有些桀傲不馴，雖年屆七十，依然脾氣火爆，從不看他人臉色行事。這樣的人物總會讓人喜歡。在網上看到一則對桑塔格的評論小輯，其中有著名文學評論家張閎先生的讚語：

桑塔格是完全從個人經驗、個人價值判斷出發來發出自己獨立聲音的，她的這種個人立場不代表任何集團的利益。我想桑塔格完全不會認可什麼所謂「美國公眾的良心」的稱謂，這一定不是她表達的出發點，她僅僅是一個獨立的個體。

在上海譯文出版社出版的桑塔格系列文集的封底，印著一句振聾發聵的評語：「在一個充斥著假象的世界裡，在真理被扭曲的時代中，致力於維護自由思想的尊嚴」。這話說得很「大」，卻不顯得「過」，蘇珊・桑塔格是當得起這樣的評價的。不過，正因為這個世界「充斥著假象」，僅僅說桑塔

格是「一個獨立的個體」就顯得不夠，因為追求個人立場絕不是什麼另類行為，恰相反，所有人都在不同程度地標榜自己思想的個人性、獨立性。可以這樣說，「個體性是否真正實現」仍然是一個有意義的問題，但「堅持個人立場」卻逐漸成為空洞的說辭。有人不無嘲諷地預測，將諸如「思想家」、「批評家」、「文論家」、「小說家」、「知識份子」、「思想明星」、「新知識份子」之類的標籤依次張貼於桑塔格之臉，必定會成為我們這裡諸多無聊之人熱衷的把戲，但如此種種對桑塔格而言，多是扯淡，因為她自己說：「一個人無論被稱作什麼都不會喜歡。」──這種看法當然有意思，不過一方面有些「過」，另一方面也還「不夠」。說「過」是因為桑塔格恐怕不大會反感自己被稱為小說家，說「不夠」是因為她也許同樣不喜歡到處被稱為「個人」或者「這個個人」。畢竟，那也是一個巨大的標籤，同樣會遮住桑塔格極富個性的臉。在很多時候，我們最好是避開由立場談成就的思路，而反過來由成就談立場。桑塔格最大的成就還是在文學上，包括文學創作和文學批評。其中後者使她獲得了更大的聲譽，中國已出版的《反對闡釋》、《重點所在》兩書為此聲譽作了註解。在〈智慧不是人人都有的特質──蘇珊‧桑塔格畫像〉這篇文章的結尾，文學評論家張閎說：「她更不同凡響之處在於她創造了一種獨特的『隱喻式』寫作。這種『隱喻式寫作』在事物之間建立了一種複雜的、多樣化的，而非直捷的和單一的聯繫，照亮了事物存在的複雜和隱晦的一面，有效地避免了理論寫作的簡單化和神祕化（最典型的病態的『知識』表達方式！）傾向。蘇珊‧桑塔格的文論使理論寫作成為了一門藝術，也成為當時西方文學和藝術界的一大奇觀，對後世產生了極其深遠的影響。而對於世界存在方式的不同的理解和表達，對於世界的更為豐富的想像，將在一定程度上改變我們的（也許早已過於單調、刻板和病態的）

生活方式。這正是蘇珊‧桑塔格的寫作對於我們這個時代的意義所在。」

　　這些話是漂亮的，然而也是費解的。首先，最後的結論顯然不大穩妥，桑塔格文學評論所表達的「對於世界存在方式的不同理解」與「更為豐富的想像」能夠改變我們的生活方式嗎？文學的本義就是提供「更為豐富的想像」，表達對生活的不同理解，如果桑塔格的寫作因此「在某種程度上改變我們的生活方式」，那麼她絕不是惟一的。而且，文學化的批評，或者更準確地說，文學化的理論寫作，絕非是從桑塔格開始的。桑塔格的確做得非常傑出，但直接跳到「對於我們這個時代」意義重大，甚至「影響深遠」，是「一大奇觀」，這個邏輯還是太快了些。當然，張閎的重點還在那個「不同凡響之處」，也就是「隱喻式寫作」：「這種『隱喻式寫作』在事物之間建立了一種複雜的、多樣化的，而非直捷的和單一的聯繫，照亮了事物存在的複雜和隱晦的一面，有效地避免了理論寫作的簡單化和神祕化傾向。」「隱喻式寫作」如何能夠有效地避免理論寫作的「神祕化傾向」，這一點讓人難以理解，我們暫且存而不論，說它避免「簡單化」應該是沒有多大問題的。──但是說真的，我們一定要這樣來理解桑塔格嗎？清晰性，甚至包括直接性，是文學批評難以抵擋的誘惑，也是值得去追求的目標。桑塔格的確為我們展示出了世界的複雜性，但她所憑藉的並不是隱喻，而是她對隱喻密碼的洞察力，以及一針見血、驅遣自如的語言才能。如果只是通過隱喻避免了直接性和簡單性，那麼桑塔格就還只是一個把理論文章寫得很感性、很「文學氣」的人（我承認，確實是這一點吸引了很多讀者）。但是隱喻並非是文學性的本質，至少我相信，我們現在可以不這樣來看待文學性了。並非需要借助隱喻，桑塔格的理論寫作才能成為藝術，恰恰相反，桑塔格最基本的工作就是發掘、解讀和拆解隱喻。這不僅體現於《疾病的隱喻》這類「文化批

評」的著作，更體現在桑塔格的文學批評之中。桑塔格的文學批評從來不以編織隱喻為重心，她既不想通過隱喻來告訴我們什麼，也堅決反對把文學還原為隱喻，還原為感性表象對某個隱祕本質的指稱。她要建立一門「藝術色情學」，以代替「藝術闡釋學」，她是一個「反對闡釋」的「唯美主義者」。這是一個再樸素不過的事實，我們切不可把它理解為隱喻。在很大程度上，「蘇珊‧桑塔格的寫作對於我們這個時代的意義」，就在於它記錄下了一個唯美主義者的歷史足跡，就在於它如此真切地——而非隱喻地——向我們解釋了：做一個唯美主義者為什麼是可能的。在我看來，這一問題的重要性，遠遠超過老生常談地重覆「個人立場」。或者說，正是由於桑塔格以畢生的精力和卓越的才情投入對此問題的探詢，才使她成為獨立的個體。正是在這個意義上，我很欣賞桑塔格對自己的一種概括：「好戰的唯美主義者。」好戰的唯美主義者並不是唯美主義者中的「另類」，做唯美主義者本身就意味著戰鬥，而且往往是孤軍奮戰——這當然是成就個體的最好方式之一。

2

　　怎樣做一個唯美主義者？這個問題首先意味著為唯美主義找到一個可靠的辯護。蘇珊‧桑塔格著名的文章〈反對闡釋〉、〈論風格〉等，就是要提供這種辯護。這些文章現在已經被看作是後現代主義文藝觀的經典文本，對此，桑塔格本人頗不以為然，因為她對後現代主義極為反感，她實在想不通唯美主義與後現代主義之間有什麼必然聯繫。我個人非常同情她的感受，我也認為並不存在這樣的必然聯繫，但同時，我也不認為它們是必然無聯繫的。唯美主義並不是某家某派的學說，它是一個非常悠久、非常深厚的傳

統，這個傳統的核心就是強調藝術的自律性，它的主要論爭對手，就是「摹仿說」和「表現說」這兩種強調「他律」的文學觀。我們當然知道，後兩者並不就是摒棄藝術自律性觀念的，正如前者並不就是鼓吹空洞的形式遊戲一樣，只不過它們確實是不同的理論模式。這幾種模式都竭力將已有的各種重要的理論話語納入自身。桑塔格是唯美主義的理論家，這並不意味著她一定要創造出某種唯美主義理論，事實上，桑塔格並不擅長理論原創，但她能夠非常自如地調動各種理論資源，為唯美主義服務。這些理論資源包括康德對審美判斷力的言說、對表象與本質的二元結構的顛覆、審美的快樂主義、俄國形式主義、抽象主義、象徵主義、結構主義與後結構主義、符號學、存在主義、班雅明式的馬克思主義、現象學美學等等，當然，還少不了王爾德、佩特等人「正宗」的唯美主義言論。桑塔格自己都奇怪，在〈反對闡釋〉中她只不過是把「從佩特[1]、王爾德、奧特迦[2]（《藝術的非人化》時期的奧特迦）以及詹姆斯‧喬伊斯作品中所接受過來的那種唯美派觀點引申到一些新的材料上而已」，怎麼竟會被人們認為是帶來了一種全新的理論主張呢？確實，桑塔格並沒有創造唯美主義，而只是重申了唯美主義。但由於六〇年代特殊的文化語境，這種重申很自然地就帶上了革命色彩：古老的唯美主義傳統與一種顛覆性的「新感受力」結成了同盟。這就帶來了一種時間性的兩難處境：如果強調六〇年代，唯美主義的傳統性就有可能被遮蔽；而如果過多地強調傳統，又難以解釋「反對闡釋」所曾獲得的歷史價值。在〈三十年後……〉這篇回憶性文章中，桑塔格不得不同時強調「新」與「舊」兩方

---

[1] 佩特（Harold Pinter, 1930-），又譯為哈羅德‧品特，英國荒誕派劇作家，2005年獲諾貝爾文學獎。著有劇作《看門人》、《生日派對》、《回鄉》等。晚年寫政治介入詩，並抨擊英美兩國的當道。

[2] 奧特迦（Jos Ortega Y Gasset, 1883-1955），西班牙哲學家。

面的東西。這種兩難狀況注定要延伸到所謂「後現代」問題。不管桑塔格本人對後現代主義如何反感，她也難以阻止唯美主義與後現代主義的合流。這種合流──僅從唯美主義的角度來看──與其說是因為前者可以提供新的理論資源（唯美主義已有的理論資源已經相當豐富了），不如說是唯美主義需要借重後現代主義的歷史意味。後現代主義並不是探索永恆真理的學說，它最核心的氣質，就是強烈地要求擺脫「現代主義」（以「現代性」概念為核心的），以此來贏得當下性和未來性。後現代主義的權威來自於人們對歷史意識不知饜足的尋求，唯美主義的深厚傳統也不可避免地屈從於這種歷史意識。當然，這種屈從是要付出代價的，三十年後，桑塔格不無悵惘地看到，當年她寫的那些文章中所表達的對趣味的種種評判已經流行開來，但據以作出這些評判的價值卻並沒有流行開來。

　　而據我揣測，如果桑塔格了解中國學界對她美學觀點的評價的話，她的悵惘恐怕要更加深一些。目前中國對桑塔格作專業研究的論文並不多，而這些論文幾乎都沒有認同她的唯美主義，其中〈反對釋義與錯位的感受〉桑塔格小說的譯者王予霞的評論最為嚴厲：「可以說，桑氏理論體現著一種新的思維認識能力。但是，我們也要看到桑氏批評理論屬於後現代主義批評體系，無論從思想淵源上，還是從其賴以存在的文學實踐方面看，都是與馬克思主義的唯物主義歷史觀截然相反的，帶有很濃厚的主觀性和片面性，浸漬著虛無主義思想，且其理論本身有時也難以自圓其說，漏洞百出。桑塔格忽略了這樣一個藝術常識：無論是反映還是表現，它們都不過是文學的媒介，其價值的生存歸根結底在於文本所表達出的意義。」

　　這種評論恐怕是要讓桑塔格啼笑皆非的。既然有了後面那一大段立足於「藝術常識」和「唯物主義歷史觀」的批判，前面所謂「一種新的思維能

力」不提也罷。說桑塔格是一個後現代主義者是錯誤的，說唯美主義是一種後現代主義是荒謬的。如果一定要把這兩者聯繫起來，那我們只能說後現代主義可以匯入唯美主義（它也不是非如此不可的）。另一種相對溫和的批評見王秋海《「矯飾」與前衛：解讀蘇珊‧桑塔格的〈矯飾筆記〉》（即〈關於「坎普」的札記〉）一文，王秋海認為，桑塔格所追求的「純」形式的東西，多少有標新立異之虞，而藝術若一味偏離道德意義的所指，便將陷入虛無和自我圈地的境地，以致無法在科學主義和消費主義盛行的當下達到審美救贖之目標。之所以說這種批評相對溫和，是因為它表達的畢竟是擔憂，而不是真理在握的斥責（當然，我對此並不是十分肯定）。只不過，這樣的擔憂同樣會讓桑塔格鬱悶不已，因為桑塔格多年的努力，就是要讓人明白一種真正的唯美主義並不會產生價值虛無，而是極大地拓展了生存的意義空間。但是中國美學界對唯美主義顯然缺乏「同情的理解」。僅就藝術創造而言，唯美主義的一些信條在藝術家那裡已經成為老生常談，而對於中國美學家來說，唯美主義仍然是偏執的、過分的以及標新立異的。

　　同樣是對桑塔格的「反對闡釋」持保留態度，詹明信[3]的批評顯然要更到位一些。在《元評論》這篇獲獎論文中，他相當成功地從桑塔格已經堵住的闡釋之門中鑿出一個通道來。他承認，反對闡釋並不一定導致反對唯理智主義，或者導致作品的神祕；在歷史上，它本身也是一種新方法的根源，比方說俄國形式主義。但也正因為如此，反對闡釋就有可能並非真的是要停止一切闡釋，而是要為新的闡釋方法開道，正如俄國形式主義所做的那樣。在某種程度上，詹明信聽從了桑塔格的呼籲，將注意力從內容處收回，但這不

---

❸ 詹明信（Fredric Jameson, 1934- ），又譯為詹姆遜，文學評論家，馬克思主義理論家。他是美國最重要的的批評家之一。

是要收回到形式，而是要收回到評論者自身的歷史處境。在他看來，「關於解釋的任何真正有意義的討論的出發點，絕不是解釋的性質，而是最初對解釋的需要」，「每一個評論必須同時也是一種評論之評論」。這就是所謂「元評論」。元評論並無神祕之處，它實際上是將哲學從獨斷論到認識論的邏輯發展移到了藝術批評領域。元評論避開了桑塔格所懷疑和反感的內容，而尋找到新的客體，即闡釋的先驗性前提。詹明信認為，「與其說批評過程是對內容的一種解釋，不如說它是對內容的一種揭示，一種展現，一種對受到潛意識壓抑力歪曲的原始信息、原始經驗的恢復」。這種見解相當靠近審美經驗的現象學（如杜夫海納[4] 在他的著作中所闡述的），而後者也是桑塔格非常重要的理論資源。這裡，我們不必說詹明信維護了闡釋的合法──實際上，闡釋的合法性從來沒有真正喪失，被拋棄的只是那種從文學到思想的隱喻式的闡釋路線。詹明信批評了「反對闡釋」這種提法，因為它太過籠統，遮蔽了真正的理論問題，但他並沒有正面地批評唯美主義。唯美主義和元評論所針對的，都是闡釋使藝術被置換為「其他東西」的問題，它們的目標是共同的。詹明信所維護的，其實是馬克思主義批評的合法性，他成功地打破了唯美主義對文藝批評的壟斷地位，而這是建立在對唯美主義充分尊重的前提之上的。反過來，唯美主義者桑塔格在很大程度上也是一個文化批評家，她對科幻片、愛滋病等文化、社會現象的研究，使她完全可以被詹明信引為同道。這一點毋庸多言。

---

❹ 杜夫海納（Mikel Dufrenne, 1910-1995），法國哲學、美學家。以著作《美學經驗現象》著稱。

3

　　僅就《反對闡釋》這一文集而言，最能夠體現蘇珊‧桑塔格對唯美主義之貢獻的文章，其實並非〈反對闡釋〉，也不是〈論風格〉，甚至也不是〈一種文化與新感受力〉，而是〈關於「坎普」的札記〉。前三篇文章都想直接進入理論探討，而這種探討是相當困難的。並非唯美主義在理論上不能成立（雖然它總是會遇到大量棘手的問題），而是它無法獨佔批評領域。不管它如何想一勞永逸地建立形式話語的領導權，最終也不得不與同樣強大的標舉內容的話語達成妥協。〈一種文化與新感受力〉毫無保留地訴求於歷史意識，桑塔格宣佈：「感覺，情感，感受力的抽象形式與風格，全都具有價值。當代意識所訴諸的正是這些東西。當代藝術的基本單元不是思想，而是對感覺的分析和對感覺的拓展（或者，即便是「思想」，也是關於感受力形式的思想）。」這種新感受力「反映了一種新的、更開放的看待我們這個世界以及世界中的萬物的方式」。但正如我們前面所提到的，對歷史意識的訴求雖然能引起廣泛的共鳴，但它也不得不承受一種「歷史的迷惘」，即多年以後，「對趣味的種種評判或許已經流行開來，但據以作出這些評判的價值卻並沒有流行開來」。真正有不可替代的價值的是〈關於「坎普」的札記〉，此文所要探討的是某種唯美主義的感受力。桑塔格承認，感受力是最難以談論的東西之一，因為它極容易被僵化為思想，而像坎普這種流行於小圈子內的、幾乎還是一種祕密的感受力就更是如此。因此〈關於「坎普」的札記〉是明知「不可說」而強為之說。在這篇札記中，桑塔格將她對藝術的感受力和對語言的感受力都發揮到極至，她就像是在調試一座極其精微的天平，不斷將指針拉回平衡點，但又不讓它在此平衡點停住。比方她講到坎普的「嚴肅」：

　　純粹的坎普範例非蓄意而為；它們絕對嚴肅。

　　在質樸或純粹的坎普中，基本的因素是嚴肅，一種失敗的嚴肅。當然，並非所有失敗的嚴肅都可以作為坎普而獲得救贖。只有那些適當地混合了誇張、奇異、狂熱以及天真的因素的嚴肅，才能算作坎普。

　　坎普是一種嚴肅規劃自身的藝術，但它不能被全然嚴肅地對待，因為它「太過了」。

　　它是一種對失敗的嚴肅性以及體驗的戲劇化的感受力。坎普既拒絕傳統嚴肅性的那種和諧，又拒絕全然與情感極端狀態認同的那種危險做法。

　　坎普的關鍵之處在於廢黜嚴肅。坎普是玩笑性的，是反嚴肅的。更確切地說，坎普與嚴肅建立起了一種新的、更為複雜的關係。人們可以以嚴肅的方式對待輕浮之事，也可以以輕浮的方式對待嚴肅之事。

　　坎普並不認為嚴肅是低劣的趣味。它並不嘲弄那些成功地表達出嚴肅的激情的人。它所要做的是在某些充滿強烈情感色彩的失敗中發現成功。

　　「嚴肅」這個概念對於理解坎普至關重要。坎普作為「唯美主義的某種形式」，首先是一種遊戲，但它是嚴肅的遊戲，或者反過來說，它以遊戲的態度對待嚴肅的東西。但這又並不等於說它玩世不恭，因為玩世不恭太注重與傳統道德對抗，而坎普的遊戲性在於它發現自己是審美的和超脫的。坎普是嚴肅的，因為它執著於美本身，但這種執著不能被全然嚴肅地對待，否則就「太過了」。太過嚴肅的嚴肅往往來源於一種非審美的態度，而審美所建立的應該是一種遊戲性的嚴肅性。坎普並不拒絕嚴肅，而只是拒絕非審美的嚴肅。坎普致力於使非審美的東西審美化，這種審美化即反諷，反諷使非審美的嚴肅自我否定以至於失敗，但這種失敗並不等於不嚴肅。坎普既不認同道德性的嚴肅，也不認同「先鋒派藝術所製造的道德激情與審美激情之間

的對立」，它無需使自身與道德對立，因為審美不是道德的反面，而是道德的「去道德化」。桑塔格以這樣一種精細入微的分析，表達了唯美主義對藝術與道德的關係問題的看法：唯美主義並不反道德，而是反對將道德絕對地「道德化」，唯美主義是要通過演示藝術中嚴肅的遊戲性和遊戲的嚴肅性，來揭示現實道德的遊戲性。唯美主義並非只是為形式而形式，它只是無法離開形式談內容，而這種形式與內容的聯繫，不是工具性的，而是反諷性的。也就是說，形式不是表現內容，而是使內容脫去其非審美的嚴肅性，而進入到審美的嚴肅性之中。這也就是桑塔格所謂「反對闡釋」的本意。但這個本意是難以用邏輯嚴密的理論語言表達的，因為過分理論化的表達很明顯是過於嚴肅的，而這種嚴肅又並非審美化的嚴肅。唯美主義迴避一切非審美的嚴肅，除非用一種暗示性的、閃爍其辭的甚至是狡黠的言說方式，否則它寧願不作任何言說。唯美主義是一種對思想的非審美性高度警覺的態度，它只信任被審美化的東西，也就是去掉了種種現實負累，而作為一種遊戲來展開其嚴肅性的東西。唯美主義如果具有某種傾向，那首先是因為喜歡或熱愛，而不是因為真理和道德的召喚。唯美主義不回答非審美的問題，因為它只願意以審美的方式理解世界。桑塔格對唯美主義的這一祕密了然於胸，而她又有足夠的能力向公眾完整而鮮活地展示這個祕密，而無需用一個其實並不存在的、枯燥乾癟的謎底代替它。這一點尤其充分地體現在她對「哪些是坎普之物」這個問題的解答中。坎普並非只是看待事物的特定方式，它還是見之於物體和人的行為中的品性，而這「並非全部取決於觀看者的」。桑塔格樂於舉例說明什麼是坎普：「讓‧科克托的個性及其許多作品是坎普，但安德烈‧紀德的則不是；理夏德‧史特勞斯的歌劇是坎普，華格納的則不是；紐約流行音樂集中區和英國利物浦的雜拌兒音樂是坎普，爵士樂則不是」。她

還列出了一個屬於「坎普經典之作」的清單，其中包括燈具、歌劇、電影、女裝以及明信片等等，它們都同樣地令人難以捉摸。桑塔格這種做法不免讓人鬱悶，她顯得如此專橫而獨斷，但也正是這種專橫和獨斷產生出獨特的魔力——事實如此明白：唯美主義首先是趣味，是高超的感受力，而不是可以為所有人分享的思想。不要企圖用一種明朗的闡釋將坎普之為坎普解說清楚，那完全是一個悖論。如果桑塔格所提供的有關坎普的言說並不能使人們明白何為坎普，那她情願說得更少一些。我們必須從坎普之物學習坎普，正如我們必須從藝術品領會藝術一樣。永遠不要試圖以思想代替感受力，更不要說這思想很可能是僵化的教條。這是唯美主義者蘇珊‧桑塔格對我們的訓誡。

4

　　一個唯美主義者遇到一個道德主義者會怎樣？就像蘇珊‧桑塔格遇到西蒙‧薇依。薇依是一個稱得上偉大的天主教徒，她的情感執著而熱烈，虔誠得近乎偏執，沉重的、極其深刻的思想和短暫的、飽受病痛折磨的一生，凝聚成一個不朽的殉道者形象。這樣一個「聖人」幾乎完全沒有給唯美主義留下空間。但是桑塔格要人們坦白承認：為什麼我們會閱讀和欽佩諸如西蒙娜‧薇依這樣的作家？這並非是因為我們可以分享他們的思想，而是因為「他們堪稱典範的嚴肅性」。這種典範的嚴肅性並不吸引我們去模仿，而是讓我們帶著一種混雜著反感、遺憾、敬畏的心情遠遠地打量，這種打量很顯然是美學的。薇依對我們的意義，正是一種美學的意義。這種美學的意義不是要取消道德和虔信的嚴肅性，而恰恰是要強化它。薇依當然不是坎普，但她必須接受將自身審美化，否則她就只能被推入偏執狂的陰鬱群體之中。我

們衡量真理，是根據作家在受難中付出的代價來衡量的，薇依正是以受難者的形象為我們指示出真理。在這裡，桑塔格的態度是極為嚴肅的，她嚴肅地將真理的殉道者解讀為一個審美形象，我們就是這樣審美地理解真理，這中間並沒有任何的輕浮與不敬。薇依所追求的真理，是超越於一切所謂客觀真理的神祕，這個神祕無法言說，惟一能夠為它作證的就是薇依本人。這個人的存在表明，「對真理的某些歪曲（但不是全部歪曲），某些瘋狂（但不是全部瘋狂），某些病態（但不是全部的病態），對生活的某些棄絕（但不是全部的棄絕），是能提供真理、帶來正常、塑造健康和促進生活的。」一個唯美主義者無需迴避道德主義者，因為它有足夠的能力將後者審美化。這種審美化不是塗抹上一層鮮亮的油漆，而是發掘和描述一個再簡單不過的事實：我們根據苦難想像真理，而苦難需要被審美化，它也一直在被審美化著。我們可能會忍不住想桑塔格是否真的始終做到了嚴肅，也就是說，她究竟如何看待苦難——被審美化、或者說被戲劇化的苦難又如何還是苦難呢？在這裡，我們必須擱置作為非唯美主義者的成見，因為只有這種成見可以為我們的苦難觀作證。

　　假如苦難必須被審美化，那麼作家自然而然就是「我們所期待的那種最能表達他的苦難的人」。「作家是受難者的典範，是因為他既發現了最深處的苦難，又有使他的苦難昇華（就實際意義上而非佛洛伊德意義上的昇華而言）的職業性途徑。作為一個人，他受難；作為一個作家，他把苦難轉化成了藝術。」桑塔格在研究「作為受難者之典範的藝術家」時，明白無誤地將藝術本身理解為受難，而非藝術是對受難過程的描述。使受難審美化，既不是使苦難減輕，也不是使它增強，而是揭示受難本身的審美性、表演性和形式性；反過來，當藝術家使藝術成為受難過程時，他無需矯揉造作地表現痛

苦，因為創作本身就是痛苦。在這裡，對受難的現代偏好與唯美主義的享樂精神渾然統一。反過來，對於像卡繆這樣的作家，桑塔格卻不得不作出某種批判。就現代作家而言，卡繆異乎尋常地重視道德，在他的作品中，「既找不到最高質量的藝術，也找不到最高質量的思想」，能夠解釋他的作品的非同尋常的吸引力的，是一種道德之美。卡繆有著一種「理智、適度、自如、和藹而不失冷靜的氣質」，但是偉大並不由此而生。這並不是說唯美主義偏好怪誕與陰鬱之物，而是說唯美主義在合乎中庸的優秀與矯枉過正的偉大之間，總是傾向於膜拜後者。桑塔格語氣凝重地說：藝術中的道德美是極其容易消失的，「除非作家擁有一種非同尋常的藝術原創性庫存，否則，在他死後，他的作品就有可能突然間被掏剝一空了。」這話對於卡繆這樣深受愛戴的作家來說，未免太過殘酷，然而卻是真理。

　　二戰後在法國崛起的所有學術名家之中，最為蘇珊・桑塔格景仰的是羅蘭・巴特。〈寫作本身：論羅蘭・巴特〉這篇文章，作為桑塔格主編的《羅蘭・巴特讀本》的導言，幾乎聚集了她全部的力量，因而值得一讀再讀。桑塔格完全以一個唯美主義者的標準解說羅蘭・巴特，反過來，她也以羅蘭・巴特來解說真正的唯美主義者。但這並不意味著她要迴避──對戰後法國顯得異常重要的──道德問題，恰相反，桑塔格特別深入地探討了巴特的倫理觀。與沙特呼籲「目的的道德性」相反，巴特提出「形式的道德性」，在他看來，文學始於語言，歸於語言，語言就是一切。寫作是激進主義的，但是只有當它脫離了任何特定內容而回歸寫作本身時，它才是真正激進的。「唯美主義的激進思想是一種有特權的……激進思想──然而仍然是一種真正的激進思想。」寫作並非奪取自由的工具，而是自由的樣板，因為寫作是「過度的、遊戲的、複雜的、微妙的和感官的」，它絕不隸屬於權勢，它是個人

爭取並擴張其自由的最自由的手段。羅蘭・巴特對於現實的政治鬥爭是疑慮
重重的，他惟一完全信賴的是文學的批判性。這種批判性不是源於文學對政
治的直接介入，而是文學的自我展開，是「一種永久性的語言革命」。這很
容易被看作是唯美主義者逃避現實鬥爭的遁詞，但真正的唯美主義者不會感
覺到有難以承受的道德壓力，因為他如此真切地體驗到了寫作的激進性和創
造性。作家本人是應該投入現實政治鬥爭的，這是他作為一個「人」必須履
行的道德使命；而就寫作而言，它的道德問題在於寫作應該投入文學的政
治，即語言的鬥爭。如果作家願意，他當然可以拿起槍桿戰鬥，但我們必須
明白，他並非只是到此時才開始真正的戰鬥。

5

　　《重點所在》這部文集得名於其中的一篇同題文章。這篇文章是桑塔格
用敘事學方法解讀小說的批評文章之一。但是桑塔格的敘事學完全不是過分
技術化、以至於「解而不讀」的那種，相反，它處處表現出直接言說形式之
意味的勇氣。比方她說：「一個專注於觀察和沉思的第一人稱的敘述者往往
傾向於講述他的流離失所，仿佛這是一個孤獨的人消磨時光的主要方式。」
這樣的句子是很讓人著迷的。對敘述的鑒賞力的確不是人人都有的智慧，比
方這樣的論述：

　　因採用省略或精練的評論而變得短小的小說，似乎要比因散文隨筆式
的發揮而膨脹的小說看起來快一點。其實不然。即使句子像發射子彈那樣迅
速，注意力還是可能分散。每個精妙語言上的時刻（或者說，深刻的見解）
都是停滯的時刻，一種可能的結局。警句式的結論削弱前進的勢頭，而更為

鬆散的句子會使這勢頭越來越盛。

　　一般人接受唯美主義的難度在於，有關形式的言說要比有關內容的言說困難得多。但是對那些真正有鑒賞力的人來說，他們無需理睬人人能見的內容，因為在形式的論域已經擠滿了精彩之物。止乎形式並不產生虛無，因為形式本身是有意味、有深度、有高下之分的，只有那些面對形式束手無策的人才相信形式的空洞性。2001年的桑塔格，一如近四十年前那樣，對那種必得將文學替換為其他東西才能開始談論的做法嗤之以鼻。她像她所景仰的羅蘭‧巴特一樣，奉行「一種對於明顯意義的解脫性迴避，一種高尚品味的非常姿態」。正是這種高尚品味使她與種種流行之物以及「後現代主義」（當然這對「後現代主義」來說未必公正）保持著距離。她的論斷依然透出一個唯美主義者特有的驕傲：「除了語言，那永遠能找到的語言以外，沒有什麼新鮮的東西。用滾燙的選擇過的語言、神經質的標點符號、反覆無常的句子節奏燒灼人際關係中的煩惱。創造更加含蓄微妙的、更多狼吞虎咽的了解、同情和阻止人受傷害的方法。這是個形容詞的問題。這就是重點所在。」

　　是的，做一個唯美主義者，不是立場問題，而是能力問題。這就是重點所在。

　　（原刊於2005年1月《學術中國》網站）

作者簡介：湯擁華，華東師範文學博士，現於上海師範大學從事文藝學專業博士後研究工作。主要從事美學理論、文藝理論研究，發表學術論文10餘篇。

見山又是山

范銘如

　　蘇珊・桑塔格長年來是文化界裡傳誦爭譽的明星級人物。早慧不羈又充滿神祕色彩的人生閱歷、博學宏觀且詞藻豐富多變的創作特色，已經夠令人津津樂道了。而她屢發人所未見、言人所不敢言的睿智、勇氣，搭配上犀利精準卻又雋永可讀的批評文字，更是樹立起她鮮明獨特的品牌。然而，拜讀過她那兩本最具原創性和啟發性的代表作——《論攝影》（1976）和《疾病的隱喻》（1978）後，我卻偷偷產生些疑心。這兩本書在它們發表的年代固有其不可磨滅的歷史性貢獻，桑塔格的論述鋒芒和學術高度亦毫無疑問，但美國學界裡的博學鴻儒所在多有、能（願）將硬幫幫的學術用語轉譯為普及版的文化批評者也不少，為什麼她獨享這麼高的知名度，甚至被尊稱為「美國知識界的良心」。直到讀了她的近作《旁觀他人之痛苦》，我對桑塔格才有由衷的敬意，雖然對此封號尚有保留。

由女性主義觀點切入影像閱讀

　　此書的開頭先從吳爾芙的《三枚金幣》談起。這本出版於一九三八年的評論曾是吳爾芙長期被忽略的作品，近年來在女性主義的重新挖掘後，其中的名言「女性無國家」已經成為女性反戰的經典主張。吳爾芙書裡談到「我們」在觀看戰爭死傷照片時，男性與女性的讀者反應不該被等量齊觀。桑塔格從這個部分切入，認為吳爾芙已經指出，所謂的「我們」不可視為理所當然的主體，但吳爾芙為德不卒，沒有進一步探究「我們」是哪些觀眾？我們又如何被「他們」呈現出的影像建構出關於觀看的認知？

　　桑塔格的任務即是接續吳爾芙未竟的志業，探究誰建構戰爭的影像以及對世人的影響。攝影記者與政府審查機制當然是主導意義的兩大關鍵。表面上，照片好像客觀地記錄了片刻的歷史，背地裡它又必然透過攝影者主觀的眼光。攝影將遙遠的事件或災難拉近眼前，變得「真實」，定格成某種約定俗成的集體記憶。如何運用戰爭影像說明政策之必須，或是指控敵方的罪證，都成為公共機構（政府與媒體部門）篩選評估過的產品。她大量列舉美國越戰、波灣戰爭以迄最近的操作手段，讓幕後操控的黑手無所遁形。

　　但是，如果你以為桑塔格的結論只是質疑戰爭影像的可信度，呼籲觀眾小心上當，可就太低估她的智慧了。類似的解構觀點她早在三十年前的《論攝影》裡便旁徵博引地辯證過，近二十年來的後結構理論更是把所謂真相、客觀與人道主義鞭笞得體無完膚，開風氣之先的她何至於重申徒子徒孫們的陳腔濫調？相反地，多年不談攝影的她重作馮婦，開啟今日之我挑戰昨日之我的論辯，不惜推翻廣大信眾奉為圭臬的舊說，實因知命暮年的桑塔格已經看到了懷疑論的流弊。

　　《旁觀他人之痛苦》對《論攝影》觀點的修正，是全書最精采的部分。在《論攝影》裡，她曾警告，影像不斷重複之後，它蘊含的真實感或警示性也會逐漸稀薄。當影像愈來愈飽和氾濫、傳媒文化充斥著血腥聳動的畫面，電視機裡別人的痛苦已成為用餐時的家常便飯，即使不是鼓動窺淫癖好，我們亦終將對此麻痺不仁。然而在近作裡，她毫不留情地批判昔日的洞見，「這類言論是在要求些什麼呢？把血淋淋的影像消減配額──例如，每星期一次，就能維護其振聾發聵的威力嗎？」「麻木的假說」綜合了古典／現代主義式的懷舊保守心態，哀悼被現代科技文明腐蝕淪喪的「純良本性」，以及後現代主義式看似激進實則犬儒的輕佻，彷彿一切現實中的暴行痛楚不過是擬像，誰當真誰白癡。說穿了，就是富裕地區知識菁英不知人間疾苦的清談。

女性主體被粗糙地簡化

　　如果重複觀看痛苦影像會耗損觀眾的道德反應、冷卻憐憫，為什麼還需要成立各式災難博物館，藉由陳列殘暴的證物，記取教訓，建構意義？假使日夜轟炸似的濺血、凌虐、支解、屍骸的電視畫面使觀眾見怪不怪而不再感同身受，我們又何必轉台？不看，是因為冷漠？還是源於無能為力、不願正視我們與權力的真實關係？

　　正是桑塔格此番沉痛愷切的反思使我對她肅然起敬。平心而論，《旁觀他人之痛苦》不管在史學縱深或學術廣度上皆不及《論攝影》的規模。然而批評既是針對時弊，就應該隨著時代環境轉變調整。當年桑塔格一系列的解構觀點提醒觀眾對「真相」的警覺，然而在「後」學盛行多年之後，以往前衛顛覆性的抵抗功能反而消解。徒似一個老於世故的紐約客，對什麼都抱持著高人一等的懷疑、訕笑與無動於中，對任何文化現象都有一套精妙慧黠

的嘴皮可耍。911的恐怖攻擊、美國連年對外爭戰橫行以及媒體統一口徑的冷漠，應該是驅使桑塔格再論攝影的主因。而這一次談影像——也許是最後一次，她竟然不惜走回較傳統的人文主義批評位置，謙卑地承認，即便見多識廣，「我們」依然無法理解身歷戰禍的恐怖震駭，「他們」——士兵、記者、人道救援者，「是對的」。

聆聽桑塔格立足於現實、反身修正自己（美國）論述傳承的獅子吼，我如果還來進行學理上的吹毛求疵似乎坐實了「旁觀者」的冷血。但正是這第三世界不相干的旁觀者「我」得指出，桑塔格竟和她開頭批評吳爾芙的一樣，簡化了「我們」。三〇年代吳爾芙能夠理直氣壯地把婦女歸為無辜的觀眾，二十一世紀的美國女大兵一躍成為虐囚者和按鍵劊子手。敏銳雄辯如桑塔格竟連在附錄的〈旁觀他人受刑求〉一文中都略而不談，若非控訴布希政權與主流媒體／文化心切，就是對「我們」太過寬容了。加害－受害－旁觀的界線如此混淆不明確，隨時都有跨越的危險。隨著歷史和地域的差異、我類與他者在三方位置上的轉換，觀看的心緒何止萬端？即使身為紐約客，不同族裔的觀眾收看美軍炮轟巴格達的現場直播時，豈有「旁觀」的相同感受？箇中矛盾複雜的癥結固然難以奢求一冊小書悉數涵括，恐怕也非乞靈於古典人道立場得以解套！

（原刊於2004年12月5日自由時報〈自由副刊〉）

作者簡介：范銘如，美國威斯康辛大學麥迪遜分校東亞文學系博士，現任台北大學中文系教授兼系主任。著有《眾裡尋她——台灣女性小說縱論》、《像一盒巧克力——當代文學文化評論》等書。

III

訪談 蘇珊・桑塔格

would not be writing essays, because they have a powerful ethical impulse behind them, and I think they make a contribution. But my psychiatrist said, 'What makes you think it isn't a contribution to give people pleasure?'"

She stops talking and bites her lip. She is clearly moved and is trying not to cry. She takes a deep breath.

"And I thought, ohhhhhh. That sentence launched me."

ILLNESS AS META-phor," "AIDS and Its Metaphors" and "On Photography" — all book-length essays — challenge us to consider a deeper view of the concept of illness and the effects of the visual image than we ordinarily attempt. Sontag's object is to liberate perception from the simple and reductive by offering a more layered analysis. Her essays equate complexity with clarity and obfuscation with oversimplification.

"Ill people are haunted by dread, shame and humiliation," she says angrily. The two illness books are an attempt to rectify the human cost of these superstitious, medieval notions. Above all, she adds, "I am always struggling against stereotypes."

Robert B. Silvers, the editor of The New York Review of Books, which has published much of her writing, describes her quest to reject lazy assumptions as the "cautionary element in her work." Sontag calls it the "Don Quixote in me."

Because her prose is polemical and her philosophy avant-garde, she has, on occasion, angered many older and more conservative critics. Richard Poirier, for many years an editor of Partisan Review, remembers when she was an exotically beautiful young writer for his magazine and aroused the ire of Phillip Rahv and others of the New York intellectual establishment, who distrusted both her enthusiasm for popular culture (film, dance, music) and her dense academic knowledge.

"She was one of those rare creatures," he told me, "who knew about what was going on in the universities and in European criticism, who had the courage and the force of will and character to challenge the men in the intellectual community to pay attention to these things."

IF HER INTELLECT IS rigorous and pure, so is her apartment, for aside from books and papers, the environment is strikingly Spartan. She says she goes out seven nights a week with friends for dinner, concerts, plays. She has phenomenal energy and stays out late, always ready to do one more thing, go one more place. ("Suddenly it's 4 in the morning," she says, "and somebody suggests something else. You go on. You don't say you're tired or you've had enough. Because you can never have enough.") Considering her abundant social life, I am amazed at the absence of furniture — there are so few places to sit. Doesn't she have friends over?

"No. This apartment is the inside of my head. It's a map of my brain."

"Have you always lived alone?"

"No, no. Not only have I at different times lived with lovers, but I've had friends come and stay. I like the idea that there are other bodies in other rooms." She has never remarried, but she has many intense friendships, which constitute a kind of multifarious international bond.

FROM THE LATE 1960's to the mid-70's, Sontag was an expatriot. David had dropped out of Amherst College, and joined her in Paris, living in separate apartments, entirely absorbed by French culture, rarely speaking English. She returned to New York in 1976 (by then David was at Princeton), when she was diagnosed with breast cancer.

"I remember when I was thrown into the world of people with cancer, one of the things that most surprised me was people saying, 'Why me?' But I saw that for lots of people these dramatic illnesses became victim situations. Illness is like a lottery — some people get ill and you happen to be one of them. I didn't feel a victim of my illness."

The prognosis was grim. At that time, New York oncologists were more alarmist about chemotherapy than they are now, so she chose to follow the treatment of Lucien Israel, a renowned French oncologist, who recommended radically high doses of chemotherapy, which, in the end, were administered by a reluctant Sloane-Kettering in New York.

"My New York doctors said, 'Don't you realize that this is very extreme treatment and you're going to suffer a lot?' And I said" — her voice is barely audible — "but you people don't give me any hope. He's not promising anything, but he's offering much more treatment."

She underwent chemotherapy for two and a half years — an unheard-of amount of time in the 70's. The final cost was near $150,000. Since she had no medical insurance, Robert Silvers raised the money for her by writing letters and calling a number of her friends in the intellectual community. Almost everyone gave something, and those who were able gave a great deal.

"Did you always have hope?"

There is a long silence. "You live with two feelings. I thought I was going to die. But. . . ." She fingers a small clock with a double face; one for America and one for Europe. "I really wanted to fight for my life. I was told I had a 10 percent chance to live two years. I thought, well, somebody's got to be in that 10 percent."

"How did you react to dying?"

"I was terrified. Absolutely terrified and horrified. Horrible grief. Above all to leave David. And I loved life so much. But, I thought, I must believe I will die, because that's the only way I can have dignity or use the time that's left. But I also thought, well. . . ." Her voice rises and disappears. "I was never tempted to say, that's it. I love it when people fight for their lives."

She knew Ingrid Bergman during her last illness and tried to persuade her to see Dr. Israel, but Bergman refused, saying she'd had a good life and didn't mind dying.

Sontag is incensed as she tells this story. "I said, 'Why not have more of your life?' But she said, 'No, no, it's all right.' It drove me crazy — that anybody would say that! It's, again, my mother, of course. Resignation, resignation, it drives me wild."

She is now, except for slight problems with a kidney, in good health. She says that at 59 she notices no difference in her energy from her early 20's.

There is a great deal of death — even gore — in "The Volcano Lover," and I ask her if she drew on her cancer experiences for those sections.

"If you think you are going to die, and you are spared, you can never completely disconnect from the knowledge. You always feel a little posthumous. But I think one's imaginative participation in the horrors that are part of history. . . ." She looks outside. Her apartment has sweeping views of the Hudson River. "I can never take my own unhappiness really seriously because I think so much of how badly off most people in the world are."

She has always had a high political profile, from her early radical days to her work on behalf the victims of Soviet totalitarianism. During the Vietnam War, she made a famous, controversial trip to Hanoi. She remembers a woman she saw in a factory there, working under the most abject conditions. When Sontag expressed outrage, the woman told her she was so much better off than her parents, because, as rice farmers, they lived up to their hips in water.

"I don't think a week goes by when I don't think of that woman, 'I'm dry,' she said. 'I have work in which I'm dry.'"

I'm reluctant to believe that social morality can be so internalized, and ask her if it doesn't seem "artificially rational" to ameliorate her own grief by making make such historic comparisons.

"No, you don't decide!" She is leaning forward passionately. "You either are in touch with that imaginatively or you're not. It's not deciding — it's the other way around. I can't screen it out. I feel I'm receiving messages all the time. And sometimes I'm overwhelmed."

"Overwhelmed by what?"

"By suffering. A friend once said to me, 'You are lacking a skin that most people have.' I'm also incredibly squeamish. I cannot watch most American movies. I don't even have television."

AS PRESIDENT OF PEN in 1987 and as an original member in 1974 (with the founder, Richard Sennett) of the New York Institute for the Humanities, she has been an effective advocate for imprisoned writers.

When Sontag conceived of "The Volcano Lover," she acquired an agent (Andrew Wylie) for the first time in her life and won a lucrative four-book deal with her lifelong publisher, Farrar Straus Giroux. With that advance, she bought this apartment. Then, in 1990, she was awarded a MacArthur fellowship, which will pay $340,000 over five years, plus medical insurance. She is at last comfortably, even luxuriously, set up.

I experience the monkish silence in her apartment and ask her an odd question. "Do you believe in an afterlife in which you'll meet your literary heroes?"

"No."

"Most people hope to meet their relatives. You don't anticipate Homer and Dante?" I'm only partly joking.

"Not at all. What pleases me is just the idea that I'm doing what they did. That's already so astonishing to me. Because. . . ." She is speechless. "Literature needs lots of people. It's enough to honor the project."

"What is the project?"

"Oh . . . to . . ." she sighs deeply ". . . to produce food for the mind, for the senses, for the heart. To keep language alive. To keep alive the idea of seriousness. You have to be a member of a capitalist society in the late 20th century to understand that seriousness itself could be in question."

Her leg is propped up childishly on the table. Each day, like a young graduate student, she has worn the same pair of sweatpants and sneakers, with different rumpled shirts. She is reluctant to talk about a next project, except to say she wants to write fiction.

"To me, literature is a calling, even a kind of salvation. It connects me with an enterprise that is over 2,900 years old. What do we have from the past? Art and thought. That's what lasts. That's what continues to feed people and give them an idea of something better. A better state of one's feelings or simply the idea of a silence in one's self that allows one to think or to feel. Which to me is the same." ■

反對後現代主義及其他

——蘇珊‧桑塔格訪談錄

陳耀成

本訪問英文原文刊登於2001年9月，12.1
期美國網上學術雜誌《後現代文化》
（*Postmodern Culture*），中譯收錄在《蘇
珊‧桑塔格文選》（麥田出版，2005）。

　　這個訪問是在蘇珊·桑塔格位於曼哈頓切爾西區的頂層公寓做的，時間是2000年7月底一個陽光燦爛但不是熱得太難受的日子。我進入那座大廈時，桑塔格的助手剛好辦完事回來，於是我們一同乘電梯上去。我們打開公寓門時，桑塔格正在把一些廢物倒進垃圾桶。後來她提到，自從她生病以來——她於1998年被診斷第二度患上癌症——她的公寓就變得一團糟。「近來我大部分時間都在設法空出一些地方，來容納我過去兩年買的書，還有整理出來的文章和手稿。」她說。牆上掛著數十幅皮拉內西的版畫，使得整個公寓顯得既莊重又雅致。我想起在桑塔格的劇作《床上的愛麗思》中，愛麗思·詹姆斯的獨白：「我在想像中可以看見，我可以在想像中看見一切。大家都說羅馬非常漂亮。我看過那些畫，那些版畫。是的，皮拉內西。」

　　我帶來一本中文雜誌給她看，裡邊有一篇關於我最近出版的評論集《最後的中國人》的書評。雜誌編輯用她最新的小說《在美國》做那篇書評的插圖——這對我來說是一個愉快的驚喜，因為桑塔格一直對我寫作和拍電影的努力產生深刻的影響。我讀桑塔格的批評文章之前，已對她的第一部長篇小說《恩人》大為傾倒。八〇年代中期，我把她的文章〈迷人法西斯〉（Fascinating Fascism）和短篇小說〈中國之旅的計劃〉譯成中文在香港發表，當時沒太多考慮版權問題。多年來，我見過她作品的中譯在她不知道的情況下，刊登在香港、臺灣和大陸的刊物上。有幾位朋友敦促我訪問她，以供中文刊物發表，也許還可以編輯一個中譯的桑塔格文選。《桑塔格文選》的出版計畫有眉目之後，我終於在喬伊斯劇院的一次特里沙·布朗（Trisha Brown）舞蹈會上向她作自我介紹，她不假思索就同意我的訪問要求。當我向她描述中文出版界的混亂情況時，她對此蠻不在乎：「人們以為我會因為被侵犯版權而憤怒。但事實上我並不是資本主義社會裡的一位好市民。當然，我樂意獲得報酬！其實要聯繫我也

並不困難。我有出版商和代理，他們的地址都列在《名人錄》中我的條目裡，而我想任何人都可以在網上找到。但我並不憤怒。我最喜歡的還是被人閱讀。」

　　接著我們坐在廚房一張桌邊。我背後敞開的一扇門，向著一個視野開闊的陽臺，在陽臺上可以俯視水光閃爍的哈德遜河和午後剪貼著高樓巨廈的曼哈頓天際。桑塔格把一條腿擱在桌上，使座椅後仰，呷著咖啡。她說已在兩年前戒了煙。她開始談論她最近看過的中國電影《洗澡》。她說，由於背景是轉變中的北京，故她覺得這部電影「尚算有趣」。在香港電影導演中，王家衛當然是她所熟悉的。她挺喜歡《墮落天使》，但對《春光乍洩》感到失望。（桑塔格是1986年夏威夷電影節的評委，她顯然幫助臺灣名電影導演侯孝賢那部嶄露頭角的《童年往事》奪取首獎。她還把臺灣另一位大導演楊德昌的《一一》，列為2000年12月號《藝術論壇》（Artforum）雜誌該年度最佳電影。）我跟她談起我們共同認識的朋友西蒙娜・斯旺（Simone Swan）最近的活動。斯旺是德梅尼基金會（de Menil Foundation）的創辦人和桑塔格的老友，一直都致力於發揚埃及建築師哈桑・法特希（Hassan Fathy）為貧民服務的精神，在德克薩斯州一帶建造低成本的土磚房屋。桑塔格欣賞其宗旨，但也有所疑慮，覺得「窮人可能想要用混凝土」而不是用土磚建造房屋。經過這番閒聊之後，訪問便轉入正題。

陳：在六〇年代，你是其中一個最早試圖泯滅「高級文化」與「低級文化」界限的人。現在，三十年後，我們見到「高級文化」或所謂傳統的經典，正遭到流行文化和多元文化主義的圍攻。我們今天有一種新感性，按個人不同的理解，這種新感性要麼超越、要麼戲擬你在《反對闡釋》最後一篇文章中宣告的那種感性。今天，我們生活在一個完全多元化和全球互相浸透的時代。它被很多人，包括我本人，稱為後現代

主義。到目前為止，你對後現代主義的反應似乎基本上是敵意的。今世人正視「坎普」感性，你居功至偉；但是妳卻拒絕讓「坎普」被後現代主義同化，因為「坎普」的品味……仍然預先假定有一套更早的、更高等的識別標準。」

桑：我從來不覺得我是在消除高文化與低文化之間的距離。我毫無疑問地、一點也不含糊、一點也沒有諷刺意味地忠於文學、音樂、視覺與表演藝術中高級文化的經典。但我也欣賞很多別的東西，例如流行音樂。我們似乎是在試圖理解為什麼這完全是有可能的，以及為什麼這可以並行不悖……以及多樣或多元的標準是什麼。然而，這並不意味著廢除等級制，並不意味著把一切等同起來。在某種程度上，我對傳統文化等級的偏袒和支持，並不亞於任何文化保守主義者，但我不以同樣的方式劃分等級……舉個例子：不能僅僅因為我喜愛杜斯妥耶夫斯基，就表示我無法喜歡布魯斯・史普林斯汀[1]。如果有人說你非得在俄羅斯文學與搖滾樂之間作出選擇，我當然會選擇俄羅斯文學。

但是我不必非要作出選擇。話雖這麼說，可我絕不會辯稱它們有同等價值。然而，我驚見於人的經驗可以這麼豐富和多樣。因此，在我看來，很多文化評論家在談到他們的經驗時，都是在撒謊，都在否定多元性。另一方面，大眾文化中有很多東西並不吸引我，尤其是電視上的東西。電視上的東西似乎大多陳腔濫調、了無營養、單調乏味。所以這不是消除距離的問題。只不過是我在我體驗的樂趣中，看到很多同時並存的陽春白雪和下里巴人，並感到有關文化的大部分論述要麼太市儈，

---

❶ 史普林斯汀（Bruce Springsteen, 1949- ），美國著名流行歌手。

要麼就是膚淺的勢利。因此，並非這是「這」，那是「那」，而我可以架設一道橋，消除其差距。實際情況是，我明白自己享有多種多樣的經驗和樂趣，而我試圖理解為什麼這是有可能的，以及你怎麼還能夠維持等級制的價值觀。

這並不是被稱為後現代的那種感性──順便一提，這不是我使用的詞，我也不覺得這個字有什麼用。我把後現代主義與拉平一切的態度和再循環的手法聯繫在一起。「現代主義」一詞起源於建築。它有非常具體的意義。它是指包浩斯建築學派（Bauhaus School）、柯比意[2]、盒式摩天大樓、抗拒裝飾的風格。其形式也是其功能。建築中有形形色色的現代主義信條，它們的盛行，不僅僅是因為它們的美學價值。這些理念是有物質基礎的：用這種方式建造樓房更廉價。不過，當後現代主義這個術語越過這個領域，在所有藝術中使用起來的時候，它便被濫用了。實際上，很多曾經被稱為現代或現代主義的作家，如今都被稱為後現代了，因為他們再循環，使用引語──例如，我想起唐納德‧巴爾賽姆（Donald Barthelme）──或從事所謂的互文寫作（intertextuality）。

陳：一些作家被重新標榜為後現代，這種做法有時確實令人困惑。例如，我非常欣賞弗里德里克‧詹明信的著作，但他把貝克特稱為後現代作者，在我看來，貝克特是現代主義全盛時期的終極產物。

桑：詹明信是試圖把後現代主義這個類別變得更有意義的主要學者。但他對這個術語的使用，仍無法使我信服，其中一個理由是，我不覺得他對藝術感興趣，他甚至對文學也不感興趣。他感興趣的是理念。如果他

---

❷ 柯比意（Le Corbusier, 1887-1965），著名現代主義建築宗師，瑞士人

在乎文學，就不會連篇累牘地援引諾曼・梅勒（Norman Mailer）。當你援引小說片斷來說明你的理念，你就在含蓄地建議人們去讀這些書。我想，要麼詹明信不知道梅勒並不是一位非常好的作家，要麼是他不在乎。另一個例子是，詹明信為了找例子來闡述他的理念，竟然把梵谷與沃荷相提並論。看到這些現象，我只好下車告別。在我看來，所謂的後現代主義──即是說，把一切等同起來──是消費時代的資本主義最完美的意識形態。它是一個便於令人囤積、便於人們上街消費的理念。這些，並不是批判性的理念……

陳：但是，在你的長文〈愛滋病及其隱喻〉中，你把目前這個時刻稱為「愜意地重新投入約定俗成的『常規』懷抱的年代，譬如重返具象和風景……情節和角色；這也是大肆吹噓地否定藝術中晦澀的現代主義的年代……新的對性愛的冷靜態度與重新發現調性音樂[3]、布格霍[4]、任職投資銀行業和舉行教堂婚禮等舊有的樂趣一起重臨」。對我來說，我幾乎覺得你是在稱頌後現代主義。

桑：你這樣看嗎？我肯定不是這個意思。我想，我是在挖苦。

陳：在你把自己變成一位歷史小說家的過程中，你似乎接通了新的能源來撰寫《火山情人》和《在美國》。我想，很多人會形容這兩部小說是後現代小說。

桑：雖然我寫了兩部以往昔為背景的長篇小說，但我並不把它們稱為歷史小說。即是說，我不認為自己是在某個特定的類型內寫作，像犯罪小說、

---

❸ 相對於二十世紀艱澀的現代主義無調性（atonal）音樂。
❹ 布格霍（William Adolphe Bouguereau, 1825-1905）法國學院派畫家，以宗教畫為主。

科幻小說或哥德式[5]小說。我要擴大我作為一位敘事虛構作家的資源，而我發現把背景設置在過去，寫起來無拘無束。這些小說只能寫於二十世紀末，而不是其他時代。它們夾以第一人稱和第三人稱敘述，並混合其他的聲音。我不覺得可以納入任何重返常規或具象繪畫的流派。也許，應把這些小說視為有關旅行的書、有關人在異鄉的書：《火山情人》寫的是在義大利的英國人；《在美國》寫的是移民到美國的波蘭人；我目前正著手的小說，寫的則是二十世紀二十年代一些在法國的日本人。不過，我並不是試圖發展一套公式，而是試圖拓展自己。

陳：你是否覺得你近期的小說可以更有效地處理一些敘事元素，例如「角色」？角色只是約定俗成的項目嗎？

桑：我不敢肯定「角色」是常規的項目而已。但我總是由人物開始，就連《恩人》和《死亡之匣》也是如此。《恩人》探討某種遁世的天性，事實上是非常虛無主義的——一種溫柔的虛無主義。（笑）《死亡之匣》寫的是一個自殺的男子。在我寫這兩部小說期間，我開始對歷史產生興趣——不一定與時事或具體事件有關——而只是歷史，以及用歷史角度理解某些事物，也即任何東西在任何特定時刻發生時，背後隱藏的因素。我曾經以為自己對政治感興趣，但是多讀歷史之後，我才開始覺得我對政治的看法是非常表面的。實際上，如果你關心歷史，你就不會太關心政治。

在寫了最初兩部小說之後，我旅行了更多地方。我曾踏足北美和西歐富裕國家以外的地區。例如，我已去過北非和墨西哥。但越南是第一個

---

❺ 哥德式（Gothic）指恐怖懸疑小說。

使我看到真正苦難的國家。我不只是從美學角度看這類經驗，更是從嚴肅的道德角度看。因此，我並非對現代主義幻滅。我是要讓自己汲取更多的外在現實，但仍沿用現代主義的工具，以便面對真正的苦難，面對更廣大的世界，突破自戀和自閉的唯我論。

陳：《火山情人》的主人翁「騎士」不正是那種陰鬱（saturnine）、多愁善感的塑造嗎？我們可以見到他與你早期那些「唯我論」的小說的聯繫。與此同時，我們看到「騎士」的內心意識被戲劇化了，因為你把他置於一個更廣闊的世界裡。置於歷史的亂流內。

桑：我覺得，我所有的作品都置於憂傷的（saturnine）──土星（Saturn）──標誌下。至少到目前為止是如此。我期望不是永遠如此。

陳：你不是說過你不太喜歡自己早期的小說嗎？

桑：我說過各種蠢話。（笑）路易斯・布紐爾[6]一度表示有興趣把《死亡之匣》拍成電影。若成事的話，太好了！

陳：最近，我重讀你的第一部小說《恩人》，距我第一次讀它，相隔已差不多二十年了。那是我讀的第一本你的著作，它依然是我讀過的最奇特和出色的小說之一。第一次偶然碰到它時，我住在香港，完全不熟悉當代學界和文壇的情況，但機緣巧合地讀到漢娜・鄂蘭。我看到她在某篇文章裡對《恩人》表示欣賞。她稱讚你的原創性，並欣賞你「糅合夢和意念編故事」的能力。我猜，書本吸引之處，可能是她所謂的「思想實驗」。重讀之時，我特別注意到《恩人》竟涵括了你寫作生涯中那麼多的主題和關注點。首先，它是用小說寫成的〈反對闡譯〉。希特呂式是

---

❻ *路易斯・布紐爾（Luis Buñuel, 1900-1983）已故西班牙大導演。*

這樣一個人，他不想通過夢來解釋他的生命，而是通過夢來行動，以及隨著夢一起行動。

桑：你說得對，《恩人》確實包含我的著作的所有主題。這也使我非常震驚，就像人在起點上手中已握著一些牌，卻被蒙住眼睛。接著，可能是在你生命的中途，你才真正看到你手中抓著的是什麼牌。偶爾我會瞥見我的作品併合起來的樣子。例如，我寫的那些有關疾病的文章──〈疾病的隱喻〉和〈愛滋病及其隱喻〉──也有點兒「反對闡釋」的意味；別闡釋疾病背後的涵義。生病就只是生病而已。別賦予它這許多神話和幻想……

陳：你在《恩人》中寫道：「現代感性最令人厭倦之處，莫過於其渴望找藉口漠視現實，經常把某樣東西解釋為另一種東西。」

桑：我已忘記這句話。當時我怎麼會曉得這些呢？潛伏意識之下的知識吧！我開始寫《恩人》的時候，完全不知道我將來要寫什麼；這跟後來的寫作不同，後來的寫作都是對基本意念深思熟慮之後，才動筆的。我當時寫《恩人》只是一句接一句地寫，不知道它要往哪裡發展。但是，與此同時，它很容易寫，彷彿它已經存在，我只是把它拿出來而已，其中幾個夢境具有我自己的夢的元素，但大多數都是創造的。

陳：一位批評家說，希波呂忒和尚-雅克是以亞陶，和惹內為藍本。

桑：尚-雅克有一部分靈感來自惹內──應該說，是來自對惹內的看法。希波呂忒？沒這回事，那不是根據任何人物塑造！

陳：《恩人》的開篇使我著迷──「我夢故我在！」也許是因為我是中國人，而每個中國人都熟悉「莊周夢蝶」的故事。可以看出，《恩人》受

到克萊斯特[7]的文章《論木偶戲》（*On the Puppet Theater*）的影響，在小說中，希波呂忒的旅程探求自我的平靜與安寧。

桑：關於克萊斯特，你說得對。我很小的時候就讀克萊斯特這篇文章，完全被他折服。不過，關鍵在於你必須從深處寫出來，而這些東西，像克萊斯特那篇文章一樣，必須沉入到深處去，然後你才覺得你可以寫出來。很多人問我為什麼不以小說或戲劇的形式寫一寫塞拉耶佛被圍困的事情。我的回答是，那個經驗還沒有去到它可以去的最深處。

陳：你在塞拉耶佛上演《等待果陀》，對你這次政治介入塞拉耶佛，尚‧布希亞有如此看法：「即使世上還剩下任何知識份子……我也不參與那種知識份子同謀式的孤芳自賞，認為自己有責任去做某事，認為自己擁有某種特權，即過往知識份子的激進的良心……像桑塔格這樣的主體再也不能介入政治了，哪怕是象徵式地介入，但這也不是預測或診斷。」你對他所說的「知識份子的特權」有什麼看法？

桑：布希亞是一個政治白痴。也許還是道德白痴。如果我曾經幻想過以典型的方式充當一個知識份子，那麼我的塞拉耶佛經驗早就會永遠把我的妄想症治癒了。要知道，我不是為了導演《等待果陀》才去塞拉耶佛的；我是發了瘋才可能有此想法。我去塞拉耶佛是因為我兒子，他是一位記者，已開始在報導這次戰爭，他建議我去看一看。我於1993年4月首次到那裡，我對人說，我願意再回來，在這座被圍困的城市工作。當他們問我可以做什麼的時候，我說：我可以打字，我可以在醫院簡單幹活，我可以教英語，我懂得製作電影和導演戲劇。「啊！」他們說，「導演一

---

❼ 克萊斯特（Heinrich von Kleist, 1777-1811）德國劇作家和短篇故事作家。

齣戲吧。這裡有很多演員無事可做。」跟塞拉耶佛戲劇界商量後，便選擇了《等待果陀》。關鍵在於，在塞拉耶佛演戲，是我已在塞拉耶佛、想知道我有什麼地方可以對塞拉耶佛略盡綿力的時候，塞拉耶佛一些本地人士邀請我做的。

我與「知識份子的特權」沒有任何關係。我去那裡的意圖，並非要作政治介入。相反，我的衝動是道德上的，而不是政治上的。我很樂意，甚至僅僅把一些病人扶進輪椅。我下這個決定是冒著生命危險的，那環境極難忍受，而且槍火無情。炸彈四處爆炸，子彈從我耳邊掠過……那裡沒有食物，沒有電力，沒有自來水，沒有郵件，沒有電話，天天如是，週週如是，月月如是。這不是什麼「象徵式」。這是真實的。有人以為我是興之所至跑來排演一部戲。要知道，我於1993年4月首次去塞拉耶佛，大部分時間都待在那兒，直到1995年年底。那是兩年半時間。那齣戲花了兩個月時間。我懷疑布希亞知不知道我在塞拉耶佛待了多久。別把我當成某個拍攝波士尼亞紀錄片的伯納德－亨利‧利維（Bernard-Henri Levy）。在法國，他的名字簡稱為BHL，又稱他為DHS（在塞拉耶佛兩小時）。他乘坐一架法國軍機於上午抵達，留下攝製組，下午就離開。他們把毛片帶回巴黎，他加了一個密特朗訪問，配上旁白，然後在巴黎剪輯完成。當瓊‧拜雅[8]來做二十四小時訪問的時候，她的腳從未踏到人行道上。她乘坐一部法國坦克到處轉，整個過程都由士兵包圍著。這就是某些人在塞拉耶佛做事的方式。

陳：你是不是曾經把布希亞稱為「狡猾的虛無主義者」？

---

❽ 瓊‧拜雅（Joan Baez）美國著名民謠女歌手

桑：我懷疑。我想我不會把他稱為虛無主義者。我想，他是無知和犬儒。他
　　對知識份子有很多見解。然而世間有各種各樣的知識份子。他們大多數
　　同流合污。但有些很勇敢，非常勇敢。知識份子談什麼後現代主義呢？
　　他們玩弄這些術語，而不去正視具體的現實！我尊重現實及其複雜性。
　　在那層次上我不想亂套理論。我的興趣是理解意念演進的系譜。如果我
　　反對釋義，我也不是這樣反對釋義本身，因為所有的思考都是某種釋
　　義。我實際上是反對簡化的釋義，我也反對花俏地把意念及名詞調換和
　　作粗淺地對等。

陳：然而，回顧起來，你的書《論攝影》可視為論述後現代的開拓性作品。
　　例如，你說攝影的品味天生就是民主和均等性的，泯滅好品味與壞品味
　　之間的差別。攝影，或者說影像文化，已把慘劇和災難美學化，已把我
　　們的世界碎片化，取代了現實，灌輸一種宿命感：「在真實世界，正在
　　發生某件的事情，沒有人知道如何演變。」（這番話預示了維希留[9]的
　　一種看法，也即我們的過去、現在和將來已被「快轉」、「播放」和
　　「倒帶」取代──現代或後現代人的形象變成一位安坐家中、手執電視
　　或攝影機遙控器的觀眾。）在你看來，攝影是現代主義的終點但亦導致
　　其崩潰。

桑：是的，也許如你所言。但我再次不覺得需要使用「後現代」這個術語。
　　但我確實認為，用攝影角度看世界是上天下地把事物均等起來。然而，
　　我也在疑慮攝影影像，吸納這世界的災難和恐怖所帶來的後果。它是否
　　在麻醉我們？它是否使我們對萬事萬物習以為常？震撼效果是否消滅

---

❾ 維希留（Paul Virilio,1932-），法國哲學家與建築理論學家，著有《消失的美學》等書。

了？我不知道。此外，靜態影像（still photography）與流動影像之間有巨大差別。活動影像力量非常強大，因為你不知道它往哪裡去。在《論攝影》的最後一篇文章中，我談到我在中國的經驗，我目睹在針刺麻醉下的一次手術。我看見一個人的胃因患上嚴重潰瘍而大部分被切除。針刺麻醉顯然很有效。他睜著眼，一邊講話，一邊藉一根麥桿吸管一小口一小口地喝某種飲料。這是一點也沒得作假的，針刺確實有效。醫生說，軀幹使用針刺麻醉很有效，但是四肢就不那麼有效，而對某些人來說根本就不頂用。但它對這個病人有用。我沒有畏懼地觀看這次手術，看著那個胃被切開，病人的胃那一大片潰瘍的部分呈灰色，像輪胎。這是我第一次目睹手術，我原以為我會看不下去，但我看下去了。接著，半年後，我在巴黎一家電影院看安東尼奧尼（Michelagelo Antonioni）的記錄片《中國》，裡面有一個場面，是在針刺麻醉下的剖腹產術。孕婦的肚子被剖開那一刻，我不敢觀看。多麼奇怪！我不敢看那影像，但我敢看現實中的手術。這點非常有趣。影像文化有各種令人困惑的現象。

陳：《論攝影》中一些最不祥的預言，都應驗了。例如，攝影——在數位技術的最新化身中——確確實實戰勝了藝術。電視、好萊塢和資訊娛樂業儼然壟斷一切，其中一個結果是造成你所謂的「電影的枯朽」——電影是最重要的現代藝術形式。高達最近說，我們所知道的電影已經壽終正寢。

桑：他所知道的電影已經壽終正寢。這是毫無疑問的。有幾個理由，包括分銷系統的崩潰。我得等待八年才看到亞倫·雷奈（Alan Resnais）的《吸煙／不准吸煙》（Smoking /No Smoking），我剛在林肯中心看的。這是雷奈在1990年代初期拍的電影，但過去十年內他的電影沒有一部在這裡放映。我們在紐約可選擇的東西愈來愈少了，而這是一個被視為看

電影的好地方。另一方面，如果你能容忍那些小制式（指錄影帶、DVD
等）——我碰巧不習慣微縮影像——你不但可以看到整個電影史，還可
以一看再看。電影的問題在我看來，似乎比任何東西都更能表明當代文
化的腐敗。品味已經變壞，很難見到有導演矢志拍攝具有思想和感情深
度的電影。我喜歡的電影，愈來愈多是來自世界那些較不繁榮的角落，
這是有理由的，那裡商業價值還未完全取代一切。例如，大家對伊朗導
演阿巴斯‧基亞羅斯塔米（Abbas Kiarostami）反應如此熱烈，是因為在
這個愈來愈犬儒的世界，他鏡頭下的人物都很純潔、認真。由此看來，
我不覺得電影已經壽終正寢。

陳：有人說，在你兩部小說之間的漫長空隙期間，你把寫小說的衝動轉向電
影製作。[10]

桑：也許是吧。但我的創作並不遵從一個工業模式。我不認為最重要的事情
是：完成一本書後立即著手另一本。我想寫必要寫出來的書。

陳：再一問個有關《恩人》和你的寫作生涯的問題，因為在涉及到你一生與
詮釋——不論是否是佛洛伊德式——的關係時，你第一本小說似乎顯得
特別有趣。漢娜‧鄂蘭對心理分析很反感，因為它有悖於她對人類自由
的看法。這是《恩人》的一段話：「但你必須宣稱自己自由，才能真正
地自由。我只需把我的夢看成是自由的，看成是自主的，才能擺脫他
們，獲得自由——至少像任何人有權享有的那麼自由。」我從這段話聽
出了你論羅蘭‧巴特的文章〈寫作本身〉的回聲。在那篇文章中，你認

---

❿ 桑塔格的電影作品包括 1969 年的《食人者二重奏》、1971 年的《卡爾兄弟》、1974 年的《許諾的土
地》和 1983 年的《無導之遊》——台灣將同名短篇小說譯做〈盲目的旅行〉（見《我等之筆》，探
索出版）。

為「人行使其意識是生存最高的目標，因為一個人只有在意識一切之後，才有可能掌握其自由」。你所珍惜的意識的進程，被你的哪個身分開拓得更好？做為小說家的你？還是做為文章作家（essayist）的你？

桑：是的，當我寫小說時，感到更自由，更能自我表達，更能接近我所重視的東西。我的目標是表達得更好，以及吸納更多的現實。

陳：你可承認你的作品中有一種反心理學的趨勢？這是不是一種部分地採納於法國新小說的（美學、形式和現代主義上的）手法？抑或它是你面對人生存處境而選擇的道德和哲學立場？

桑：我不覺得我是反心理學的。不過，我倒是比較反自傳的，也許因而令人有錯覺。我也不覺得我從所謂的法國新小說學到什麼。我從來不真正喜歡它們。我想，它們是「有趣」的，而「有趣」這是一種淺顯、不誠實的讚賞形式，我期望自己已經超越了這個範疇。

陳：據說你有兩部小說半途而廢。

桑：恐怕是三部。我寫到五、六十頁的時候就停來。如果我寫到一百頁，我就可以繼續下去。

陳：你是不是曾計劃把西蒙・波娃的第一部小說《女客》（L'Innvitée）改編為電影？

桑：是的。我寫了一個完整的分鏡頭劇本，以微不足道的價錢從西蒙・波娃那裡獲得版權，並找到小筆資金來拍攝。但是半途中突然對那電影劇本或那電影或那題材失去信心。我沒有信心可以拍得夠好。

陳：你是不是已經跟拍電影說再見了？

桑：我熱愛電影。我一生中有很多時期每天都去看電影，有時候一天看兩部。布烈松和高達，還有西貝爾貝格，最近則有蘇古諾夫（Alexander

Sokurov），這些導演對我都極其重要。香塔‧阿克曼（Chantal Ackerman）的《珍妮‧迪爾曼》（*Jeanne Diehlmann*）、貝拉‧塔爾（Bela Tarr）的《撒旦探戈》（*Satantango*）、法斯賓達（Rainer Werner Fassbinder）的《十三個月亮之年》（*In a Year of Thirteen Moons*）、《美國大兵》（*The American Soldier*）、《佩特拉的辛酸淚》（*The Bitter Tears of Petra von Kant*）、《柏林亞歷山大廣場》（*Berlin Alexanderplatz*）；安哲羅普洛思（Thro Angelopoulos）的《流浪藝人》（*Traveling Players*）、亞倫‧雷奈的《幾度春風幾度霜》（*Mélo*）、侯孝賢的《南國再見，南國》、克萊兒‧丹妮絲的《軍中禁戀》（*Beau Travail*）……我從這些電影學到很多東西。不，我沒有說過要跟拍電影說再見。我沒有興趣改編自己的小說，但有興趣寫原創劇本。是的，我還想拍更多的電影。

陳：你在1995年的一篇文章中悲嘆「啟蒙時代的價值所體現的世界主義道德和政治標準在過去一代人中普遍下降」。我想，這篇文章，加上你1984年那篇〈模範異國〉（Model Destinations），可謂擊中我們這個後冷戰和後意識形態時代的政治困境的要害。如你所言，世界各地的獨裁政治因為坐享其成的西方資本主義大國「有利可圖的務實經濟關係」的關注而「愈發肆無忌憚起來」。

桑：必須聲明，那不是我寫的。這是在魏京生再次被捕時，漢學家夏偉（Orville Schell）在紐約組織的一次新聞發佈上我的即席發言，發言被錄了音，轉成文字，被《紐約書評》拿去了。是在幾天後，我首次聽說我的發言將被發表。《紐約書評》打電話來說，他們要派信差把「中國文章」的校樣送給我。（笑）

你知道，我不是相對主義者。在我成長過程中，一直都聽說亞洲文化與

西方文學不同。一代代的漢學家，包括費正清，都宣稱在涉及亞洲的問
題時，西方公民自由的標準是不相干的，或者不適用的，因為這些標準
源自歐洲新教文化，這種文化強調個人，而亞洲文化基本上是集體主義
的。但這態度卻有遺毒，其精神是殖民主義的。此類標準不適用於任何
地方的傳統社會，也包括歐洲的傳統社會。但是，如果你生活在按其定
義並不是傳統世界的現代世界，你就想要這些自由。每個人都要這些公
民社會的成就。而把這點解釋給來自富裕國家、以為這些自由只屬「我
們」的權貴階級聽，是很重要的。

陳：〈模範異國〉是一個你放棄的專書中的一部分？

桑：是的，它原是要發展成一本關於知識份子與共產主義的書，約一百頁
——因為那些去社會主義國家訪問的人士是如此容易上當，真的予我深
刻印象。那些人通常隨代表團去，住在酒店，到處有人護送。我記得
1973年1月，我在文化大革命末期去中國。我跟那位派來當我的傳譯員
的女人相處友善。我不是重要訪客，因此獲派這位來自外交部的低層人
員。顯然，她每天都寫有關我的報告。她是一位可愛但提心吊膽的中年
婦女，她在文革期間失去丈夫。我問她住在哪裡。她說她跟朋友住在一
起。實際是，她住在酒店地下室儼如貯藏室的一個小房間裡。我看到
它，是因為我堅持要看到她住在哪裡——按上頭指示，她的住處當然是
不讓人看的。有一天她暗示我房間被竊聽，並邀請我出去散步。她非常
慢地用吃力的英語說：「你……是否……讀過……一本……書……叫做
……一九……」當我聽到「一九」，我胸口隱隱作痛。我知道她接下去
要說什麼，是「八四」。「一九八四，」我重複，我想我掩飾不了我多
難受。「是的，」她微笑著說，「中國就像那樣。」

我想，如果你不怕麻煩，跟多一些當地人接觸一下，你可找到這些國家的一些真相。至少羅蘭‧巴特因為他的性癖好而有勇氣正視現實。他喜歡北非和亞洲的國家，在那裡他可以跟男孩睡覺；由於他在中國沒機會這樣做，他感到很沉悶。但他沒有被愚弄。他的性傾向使他保持誠實──對千篇一律的毛澤東教條口號及乾枯單調的文化不懷好感──但那次旅行（1974年）的巴特同行者──包括朱莉婭‧克里斯提娃（Julia Kristeva）和菲利普‧索勒斯（Philippe Sollers）──回來都說，新中國美妙極了，並重複所有毛主義的陳腔濫調。你可以說，他們的意識形態障眼物使他們以某種方式看事情吧。還有那一個個在（二十世紀）三〇年代訪問蘇聯的受騙者。你很想對這些人說：「停下！你們知道自己在哪裡嗎？你們看見什麼？請嘗試從最具體的東西開始。你們看不見？還是視而不見？」

陳：你一生中是否有任何時期當真被共產主義吸引過？

桑：沒有，不是被共產主義，而是被反對美帝國主義的鬥爭吸引。美國對越南的侵略戰爭使我魂牽夢縈。即使到今天，美國人都還在談論五萬六千名戰死越南的美國士兵。這是個大數目。但是，有三百萬越南士兵和無數平民百姓死了。而越南的生態環境被嚴重毀壞。扔在越南的炸彈比在第二次世界大戰所扔的炸彈總數還多，與朝鮮戰爭中投的一樣多。美國進入這些國家時，其軍備懸殊的程度是驚人的。就拿在伊拉克的戰爭來說吧。戰爭已經結束了，可是美國人還扔凝固汽油炸彈和轟炸撤往北方的赤腳伊拉克士兵。這些事情使我沮喪絕望。我們必須記住，1963年至1968年8月蘇聯入侵捷克斯伐洛克──那是一個引起我們很多人思考的時期。1963年，在真正的反越戰運動出現之前，我已參與反越戰運動。越

戰才剛剛開始。我和一位前綠色貝雷帽（譯注：指美國特種部隊成員）一同在加州 巡迴演說。我們站在街角，兩次被人扔石頭。1960年代中期，我碰到來自蘇聯的人，他們確實說過，事情真的比以前好多了，正朝著正確的方向走。接著，1968年8月，一切夢想都幻滅了。因此，沒錯，可以說，在1963年至1968年，我願意相信反美的所謂第三世界國家可能會發展另一種合乎人道的政治，不同於以前殖民地的狀況…… 結果是，實際情況並非如此，但是在我關注世事的一生中，這五年似乎並不太長，不算犯錯誤很久吧。

陳：你會撤回1982年在紐約市劇院發表的有關「共產主義戴著人面的法西斯主義」的聲明嗎？

桑：當然不會。有過一陣子左派政府吸納了深廣的理想主義資源。在1930年代的歐洲，很多傑出人物投入左派運動，他們不知道運動的實情。接著，質疑的人一再被要求閉嘴，因為當務之急是對抗希特勒，我們一定不要對不起西班牙內戰中正確的一方。

陳：你沒有完成那本有關知識份子與共產主義的書，是不是因為你擔心這本書會被當前的新保守主義利用？

桑：肯定不是。放棄它，主要是因為我想重新拿起寫小說的筆，只專注於寫小說。我知道這本書會花費我一兩年時間。我已放棄了很多東西。我不是那種每天都寫作的寫作狂。有幾個時期，我覺得寫作是世界上最艱難的事情。

陳：有些批評家認為，《在美國》中的瑪蓮娜是某種虛構的自畫像。你能否告訴我們，當你以第三人稱的敘述，讀者看她最後一眼的時候，你在多大程度上認同你在小說中對她的描寫？「瑪蓮娜凝視鏡子。她當然是

因為太快樂而哭泣了——除非快樂的人生永不可得,而人類可以獲得的
最崇高的生命是英雄式的。快樂以多種形式出現;能夠為藝術而活,是
一種榮幸,一種賜福。」

桑:我完全認同這段話。

　　做完這次錄音訪問後,我因新故事片《情色地圖》而延遲整理。接著,蘇
珊·桑塔格以《在美國》獲得2000年國家書卷獎。這之後,又在2001年5月獲得耶路
撒冷獎。她還經常外遊,並編成了新的文集《重點所在》。等她校閱訪問稿並回答
我以書面方式補充的問題時,一年已經過去了,不過這篇訪問總算完成了。

　　我感謝下列人士的鼓勵及協助:謝夫·阿歷山大(Jeff Alexander,桑塔格當時
的助理)、羅素·費德曼(Russell Freedman)及詩人黃燦然。

（黃燦然 譯）

文學・作家・人

——蘇珊・桑塔格訪談錄

貝嶺、楊小濱

本文中譯原刊於1997年第10期《傾向》文學
人文雜誌。亦收錄在《蘇珊・桑塔格文選》
（麥田出版，2005）。

　　1997年8月的一個下午，貝嶺和楊小濱前往桑塔格位於紐約曼哈頓切爾西區、可以俯瞰哈德遜河的高樓頂層寓所採訪了她。在歷時兩小時的訪談中，桑塔格女士有備而答，並對訪問者的追問予以敏銳和感性的回應。在訪問後的近半年中，根據錄音整理的英文稿，由桑塔格親自審閱和校改，許多對話內容經過雙方的補充和增刪。值得注意的是，蘇珊・桑塔格對於所謂的「先鋒作家」、「先鋒文學」、「後現代」、「後現代主義」，甚至知識份子在歷史中的角色和應起的作用，有著毫不含糊的看法。

貝：據我所知，您既不是一個學院派的文學理論家或批評家，也不是單純的小說家。您在當代西方的文學及思想文化領域裡扮演著多種角色，說您是一個獨立特行的知識份子，您認可嗎？

桑：我不知道我是否能夠回答這些問題。我只能說我不用「知識份子」這個詞來描述自己。這個標籤是一個社會學的標籤，還帶有很具體的歷史背景，在十八世紀下半葉以前，沒有人把作家和學者稱作知識份子。毫無疑問，這個標籤是不適合於我本人的。其實應該這樣說──關鍵在於──我不這樣看自己，我不從外在看自己。我是在我的作品中，或通過我的作品看自己。

楊：如此看來，您把知識份子這個稱號視為一種外在於寫作的符號。如果非要符號化不可的話，您會如何定義自己或將自己歸類？

貝：我記得您在1993年回覆我的信件中特別更正了我稱您為「作家」（writer）和「批評家」（critic）的說法，而稱自己為「小說家」（fiction writer）和「散文家」（essayist）。

桑：我不想給自己貼標籤。但是，如果我必須給自己歸類的話，我寧願要一

個較為中性的標籤。我認為自己是一個作家，一個喜歡以多種形式寫作的作家。我最鍾情的是虛構文學。我也寫過劇作。至於非虛構文學，我覺得自己不是理論家或批評家。我覺得自己是散文家（essayist），散文（essay）對我來說，是文學的一個分支。我最感興趣的是大量的、各種形式的、使我能感到自己有創造力、自己能做貢獻的活動。大概我所缺唯一的主要的文學形式是詩歌。我也寫詩歌，但我從未發表過詩歌。我覺得我的詩不夠好。我想做一個值得讓人一讀的作家，我想以最好的方式發揮我的才能。

楊：有關知識份子這個問題是出於這樣一個事實：一些有責任感的中國作家更願意把自己看作知識份子，因為他們一方面試圖把自己跟依附於權勢的或超然於塵世的傳統文人分開，一方面也試圖同市場化的作家，如寫流行歌詞、恐怖故事和肥皂劇的作家區分開來。您怎樣看待您自己和這些作家之間的不同呢？

桑：這是一個標準或水平的問題。這得從一個叫做文學的東西開始說起。這個文學的大部分作家都已作古。後人是一個既殘酷無情又準確無誤的判官。每一代人都湧現很多很多作家，這其中有少數相比較而言是相對好的，而只有極少數才是真正優秀的。只有這真正優秀的一群才得以不朽，其他則全部被淘汰。所以，我們現在就有可能追溯到幾千年以前的偉大作品。我用歷史上最優秀作品的標準（這些作品無愧於不朽）衡量自己的作品。這就使我覺得謙卑，也相對的使我不屑於關注其他人的活動，或不屑於關注什麼更符合風尚並因而更有利可圖。

楊：聽您說怎樣看待過去，很有意思。這使我想起許多作家，尤其是二十世紀的先鋒派作家、藝術家甚至電影導演（包括中國和西方的），抱怨自己的

　　作品不為現在的讀者所理解，並聲稱自己的作品是為下個世紀所寫的。

桑：我覺得這是一個愚蠢的說法。這不是一個能否理解的問題。所謂的先鋒
　　派作家完全是可以被讀者理解的。也許他們把是否理解的問題與是否擁
　　有眾多讀者的問題搞混了。實質問題在於：他們是否真正優秀？

楊：過去和現在的大多數先鋒派作家始終努力與經典和傳統決裂，除了像T. S.
　　艾略特這樣的少數人。這顯然是一廂情願，有時僅僅流於一種姿態。

桑：因為他們充其量是一群無知的粗野文人。十九世紀和二十世紀初，有過
　　偉大的文學改良者，他們不可忽視的一個成就是他們完全吸收了他們正
　　在掙脫的傳統。現在大多對傳統的反叛行為都來自那些對傳統不知為何
　　物的人。越來越多的所謂先鋒派不過是時尚文化、商業文化和廣告文化
　　的一個分支。這種蔑視傳統和向傳統挑戰的刺激行為成了一種陳腔濫
　　調，敗壞之極。我並不是說，我們必須回到傳統之中去。有很多可做的
　　事，但不應以對抗傳統或對傳統持敵意的形式進行。那樣就是無知、野
　　蠻。我們不需要文學來顯示無知、野蠻，我們已經有電視在這樣做了。

貝：在當今時代，「知識份子」這一概念應有其特殊的所指。知識份子意味
　　著獨立，而不是依附於權力，或獻策於得勢者。他應對於國家與得勢者有
　　公開的批判及審視。他應是所在社會中的異議份子。當年在捷克共產主義
　　制度下的主要異議者哈維爾對此的表達十分清晰，他強調，「知識份子應
　　該不斷使人不安，……應該因獨立而引起異議，應該反抗一切隱藏著的
　　或公開的壓力和操縱，應該是體制的和權力及其妖術的主要懷疑者，應
　　該是他們謊言的見證人，一個知識份子應該不屬於任何地方，他不管在
　　哪兒都應該成為一個刺激物，他不應該有固定的位置。」我想，不管是極
　　權制度，還是西方民主制度，真正的知識份子都應該有這樣的自省。

桑：但是有一點是肯定的：大多數知識份子和大多數人一樣，是隨大流的。
在前蘇聯蘇維埃政權七十年的統治中，大多數知識份子都是蘇維埃政權
的支持者。或許最優秀的知識份子不是支持者，但那只是極少數。要不
然怎麼會有作家協會、藝術家協會、音樂家協會之類的組織呢？甚至連
巴斯特納克和蕭斯塔柯維奇（Shostakovich）都下過保證。在三〇年代有
多少俄國作家、畫家和藝術家受到殺害，一直到德國入侵俄國為止。當
然，知識份子的歷史中也有英雄主義的傳統，這在現代獨裁統治下顯得
更加光榮。但是我們不能忘記，大多數藝術家、作家、教授——如果你
用蘇聯的定義，那還得加上工程師、醫生及其他受過教育的專職人員—
—都是相當會隨大流的。

我覺得把知識份子和反對派活動劃等號，對知識份子來說是過獎了。在
上一世紀和這一將結束的世紀，知識份子支持了種族主義、帝國主義、
階級和性別至上等最卑鄙的思想。甚至就連他們所支持的可能被我們認
為是進步的思想，在不同的情形下也會起本質的變化。讓我來舉一個例
子。十九世紀，許多中歐和東歐的作家、詩人、小說家和散文家都在闡
釋民族主義理想的戰鬥中衝鋒陷陣。那些民族主義理想那時被看作是進
步的、甚至是革命的。又比如，支持新的民族國家的產生代表了古老的
團體和語言組織的利益，它通常伴之以對當政的權威集團及對審查制度
的反抗。但到了二十世紀下半葉，民族主義大多數表現為一種反動的、
經常還是法西斯式的態度。所以，民族國家的理想涵義隨著世界歷史進
程的變化也起了變化。

楊：我非常同意您的說法。當今的中國也是如此。最具諷刺意味的是，當今
中國的民族主義試圖與同時興起的多元文化主義掛鉤，但民族本身作為

一元化的實體，實際上成為壓制作為個人的多元主義的基礎。或者說，那些維護民族「獨特性」的「知識份子」有意無意的忘記了，這種官方倡導的「獨特性」不外乎是對個人獨特性的壓制和剝奪。但無論如何，您似乎在理念上仍然懷有「知識份子」的概念，只是這個名稱給敗壞了。您理想中的知識份子的作用是什麼？

桑：知識份子的作用是向人民揭示事物更加真實的一面，也就是事物更加複雜的一面，這一點始終是這樣的。我們正在被簡單化和神秘化包圍、淹沒。許多謊言是徹頭徹尾的謊言，但這些謊言常常是被簡單化和被神秘化了的。我堅信，人必須警惕「將事物簡單化以得人心」這種恆常的誘惑。一旦你將事物簡單化了，你就不是在說明真實了。

楊：毫無疑問，知識份子在很大程度上參與了您所說的將事物簡單化的文化政治潮流，在二十世紀的中國，最大的簡單化潮流是對歷史的簡單化。西方的現代性觀念，包括線性歷史論觀念成為理解歷史的基礎。在這個方面，知識份子和當權者對此都深信不疑。這也是為什麼當今知識份子的自我批判顯得格外重要，因為現代性的觀念同中國傳統的極權制度結合起來之後，在很大程度上決定了一切具體的、個體的、不能統攝的事物遭到無情的一元化。中國過去的革命和當今的改革都是建立在這樣一種簡單化的歷史模式上的，而這種模式的威脅在於它不允許任何獨特的或出軌的事物。甚至，在宏大歷史的名義下，一切邪惡，包括屠殺、迫害或者貪污腐化，從現代性歷史角度都是可原諒的。但是，到了「後現代」的狀況下，我們是否就應當徹底拋棄意義與價值，徹底拋棄歷史目的論呢？這顯然陷入了另一種簡單化的危險。如果我沒有理解錯，您對當今所謂「後現代」的文化形態並不持有肯定的態度。

桑：人們所說的「後現代」的東西，我說是虛無主義的。我們的文化和政治
　　有一種新的野蠻和粗俗，它對意義和真理有著摧毀的作用，而後現代主
　　義就是授予這種野蠻和粗俗以合法身份的一種思潮。他們說，世間根本
　　沒有一種叫做意義和真理的東西。顯然，我對這一點是不同意的。

　　再重複一遍，知識份子的正面作用是申明選擇性和與知識界削減真理的
　　行為及流行的謊言作鬥爭。這一點即使在像美國這樣的並非專制主義結
　　構的、個人可以隨便發表言論的國家也同樣必要。在這裡也還有許多反
　　抗性的工作需要知識份子去做。當然，冒險的程度不同，懲罰的輕重不
　　同，活動的內容也不同。另外，假使有更多的知識份子做了賽門・雷斯[1]
　　在1970年去中國時所做的那一切，該有多好！他使人們對自己的輕信、
　　幼稚和不關心政治行為感到羞愧。那是一件好事。

貝：我注意到您在幾年前曾特別談到知識份子在二十世紀的世界性困境。您
　　認為：「知識份子的聲譽將會走下坡，依據知識份子思考所建立的價值
　　也將衰微。雖然知識份子的階層不會完全消失，因為總是有人喜歡思索
　　和研究，但這些人會變得愈來愈不重要。」而這種情形在當今的中國變
　　得更為明顯，對財富和金錢的追逐成為沒有民主和出版自由的政治控制
　　下，人們慾望的唯一排泄口。我記得，您甚至在七〇年代末為瓦爾特・
　　班雅明的文集《單向街及其他》作序時，就沉重地將班雅明稱為「這個
　　歐洲最後的知識份子」，在那個時代他是站在最後的審判面前⋯⋯

桑：不對，我沒有那樣稱他。那是刊登那篇文章的雜誌編輯違背我的意願
　　硬加的一個題目，我的題目是一個我非常喜歡以至於將它用於為班雅明

----

❶ 賽門・雷斯（Simon Leys, 1935- ），即Pierre Ryckmans，澳大利亞研究中國歷史的學者。

文集作序的題目，叫做《在土星的星象下》，是意指憂鬱情緒的，指他的，也指我的憂鬱型氣質。現在看來，班雅明本人確實是生活在末日的標誌之下的，這一點是千真萬確的了，造就他的舊歐洲已經遭到了第一次世界大戰及其後果的致命破壞，他堅信，所有舊的價值體系與文化結構都正在被摧毀，事實上，它們是被摧毀了，所以，他也就同時認為自己也屬於那在結束的一類。

然而，雖然班雅明不是最後的知識份子，但是允許他的活動存在的那個文化環境已經大體消失了，這一點是確實的。當今的文化環境對班雅明從事的精神活動極為不利，而且變得愈來愈不利，順便說一句，我也被人稱作最後的知識份子，經常有人這樣說，但班雅明不是，我也不是。

我認為，許多宣稱小說的末日、音樂的末日、藝術的末日、文化的末日、作家之死或知識份子之死的聲音是得勝的新虛無主義自鳴得意的同謀。

楊：從您剛才的談話來看，您似乎仍然認為自己是啟蒙運動傳統的一部分，是這樣嗎？

桑：對，我還被人稱作最後的啟蒙運動的知識份子。是的，與所有的時尚背道而馳，我的確相信啟蒙運動的規劃。當然我說的是一個現代版本的啟蒙運動的規劃，跟十八世紀意義上的規劃不同，要回到十八世紀意義上的啟蒙運動規劃是不可能的。我力圖理解我所生存的世界。我的思維很具體，也很實際。我用具體的歷史現實衡量我的一切思想和行為。

楊：不少現代思想家都已對啟蒙的觀念提出了挑戰。比如霍克海默（Horkheimer）和阿多諾（Theodor W. Adorno）對啟蒙觀念包括工具理性的危險性的警告就是一個著名的例子。啟蒙思想所倡導的解放、進步、歷史目的論等，在很大程度上也把世界簡約化、一統化了。啟蒙對理性

的過於信賴也使人們忽略了對理性主體的自我反思和批判。

桑：那並不是一個新觀點。馬克斯‧韋伯（Max Weber）對同一個觀點有更好的說明。他說理性主義已經被現代社會所破壞，已經被技術和官僚化所劫掠和腐蝕。他說我們現在所有的是殘忍無情的理性主義。當然，這個觀點有他的道理，但那不是我所說的理性的思想或啟蒙運動。在我看，最大的危險在於拋棄理性這類行為佔了上風，這表現在人們對「軟性」問題的思考上，像個人、身體、文化、社會等這類「軟性」問題。這還不包括真正的東西，像掙錢、技術等。現在最盛行的是對理性本身的反抗或反感。最近我聽到某名牌大學教授在人家指出他的觀點有邏輯錯誤時大叫著回答：「噢！別拿理性來嚇唬我！」我覺得這很令人驚奇。在以前，如果有人指出你的觀點有矛盾和謬誤的話，你就會覺得你的觀點是有毛病的。

所以，一方面，人們的生活越來越被官僚結構和國際金融資本主義的威力所控制，而官僚結構和國際金融資本主義的威力又僅僅按超理性的模式行事。另一方面，在其他人們覺得不必使用官僚、科學和技術標準的領域裡，人們也拋棄越來越拋離理性的標準。

楊：您對非理性的質疑同您最初的論述是否有所差異？不少人認為您最有影響的文章〈反對闡釋〉是一種對意義的理性化的反抗。如何以歷史的角度看待您在文章最後提出的情色（感性）美學對闡釋（理性）美學的反抗？

桑：〈反對闡釋〉寫於三十多年前，我寫這篇文章的目的是反對簡化了的對藝術作品的解釋，尤其是那些社會學的、心理學的和佛洛伊德式的簡化。我的論點是，一件值得認真對待的藝術作品首先應該以其作為藝術

作品的自身而被評價，而這樣的評價則總是導致全面而複雜的描述。我認為，藝術不是一種你可以翻譯或破譯的東西。觀賞藝術品這一經歷的目的不是為了說出其「真正的意義」。所以說，我的文章是反對簡單化。它不是反對理性，或反對意義的。甚至更廣義地說，它也不是反對闡釋的——因為尼采說，一切思考都是釋義。我的文章反對的是當時風靡一時的把藝術解釋成別的東西的現象。

楊：作為一個有影響的批評家（也許你自己拒絕這個稱號），您對當前盛行的文化理論，比如後現代主義和後殖民主義，有沒有什麼具體的看法？

桑：如我所說，我更感興趣的不是理論，而是基於描述真實的全面的解釋，即參考了歷史的全面的解釋。每當我想到了什麼的時候，我就問自己，這個字的來源是甚麼？人們是從什麼時候開始使用它的？它的歷史是甚麼？它的中心詞義是甚麼？它被發明出來所遮蔽或超越的觀念是甚麼？因為我們所使用的一切思想和主義都是在一個特定的時間被發明的。記住這一點很重要。

讓我舉一個例子。比如我們在說「我們必須反對技術以保護自然」的時候，我們就在再造「自然」這個詞，看上去這是不言而喻的：一個可以涉及植物、動物、鳥類、人、自然生長的食物和自然環境等的詞。其實不然。如果你去問柏拉圖或亞里斯多德，一隻羊、一條河、一棵樹和一座山之間有甚麼共同之處，他們會啞口無言。他們的「自然」和「自然的」概念跟我們是不同的。

因此，當我聽到所有這些以「後」字開頭的詞時，我問自己的第一個問題就是，人們是從甚麼時候開始變得這麼喜歡用標新立異的方法來描述現實的呢？我不想在此回答這個廣義的問題。你已經從我前面的談話知

道了我對「後現代主義」是什麼這個問題的看法。

至於你所說的「後殖民主義」，我想你是說對後殖民時期歷史的研究，如果其研究工作是具體的、描述性的和基於對歷史的深刻理解的，那是沒有問題的。

然而，我的印象是，總的說來這些新理論正在使人們脫離具體的歷史現實及問題。他們正在教會人們對事物做慣性思考，而不對任何事物進行批評（除了對西方帝國主義）。

楊：傳統上，社會責任感是中國文人學士共同擁有的基本原則。然而，為社會服務，一般地來說除了意味著為政治權力服務以外，別無它義。而西方知識份子呢，近來則被人說成是製造了所謂知識的權力；這個知識權力相應於與國家機器權力，成為另一種形式的壓迫或強制。因此，就有了這樣的困境：發揮社會職能會被理解為行使知識權力或將這一權力強加諸於人。這樣的話，知識份子究竟應該對甚麼負有責任？

桑：我不能同意你所提到的那些。那些只是空洞的理論。知識沒有過錯。問題是：什麼樣的知識。真正的知識可以解放人，它使人接觸現實，使人看到事實真相，使人接觸自己的時代、自己的良知。這種知識是應該為人們所共有的。賽門・雷斯揭示了七〇年代時中國的現實，而很多西方的訪問者從中國回來卻重複著謊言；前者給人的知識比後者更使人豁然，而非使人受到壓抑。

當然，知識也是一種力量，也有用知識壓迫人的方法，這是人人皆知的。讀讀蒙田就知道了。關鍵在於，知識是一種可以用來揭示真理的力量：知識可以指引、可以糾正、可以深化。

楊：歷史地看，的確有虛假的知識，也就是後來被證明是不準確的和錯誤的

知識。這樣，剩下的問題是，我們怎樣才能知道我們目前所具有的知識是真理呢？如果對知識本身不具反省的話，我們是否會犯另一種將知識或真理絕對化的錯誤？我想，如果「知識份子」一詞還有什麼最終的意義，那就是它包含的自我質疑的精神，包括對知識本身。

桑：誰都知道有虛假和謬誤存在，歷來都是這樣。你好像把這說成是一個現代的發明了，好像需要一個傅柯才能指出這一點似的。知識不僅僅是闡明某個事實的問題，我們應當不斷地用直接經驗和歷史材料的細節來驗證它。我用很多方法來驗證我的知識：歷史的記載及證明、閱讀、談話和親自觀察等。我認為，如果你是博學的、公正的、又是極為嚴肅認真的，那揭示真理並不困難，至少揭示部分真理並不困難。就說一個外國人吧，他從來沒去過中國，卻說了一些有關中國的話，你知道那是不真實的。一點兒也不難理解你為什麼會知道那是不真實的。「外面」有一種對關於中國的言論的確認。這些不但取決於你對中國部分現實的瞭解，也取決於你對權力是怎麼起作用，和官僚體制是怎麼起作用這一點的瞭解。人到了一定的成熟程度，就可以獲得對社會運行、機構運行和人類本性這類問題的理解。世上存在著無盡的經驗、資訊和記錄，一切都必須以這些具體的現實為標準來加以驗證。

因此，人是可以獲得知識的，雖然這可能是狹義的知識，也取決於個性、氣質和才能，我不是說這很容易。人可以愚蠢地思考，也可以聰明地思考。智慧不是人人都有的特質。

貝：我們對您第一次直觀的印象，是幾年前美國廣播公司（ABC）晚間電視新聞，對您在前南斯拉夫塞拉耶佛內戰前線導演《等待果陀》的特別報導。不管知識份子對於媒體懷有怎樣的愛憎，傳媒已深度介入了人

類的生活。是什麼促使您在塞拉耶佛上演《等待果陀》這齣劇的？為什
麼會選擇這個劇目呢？

楊：從某種意義上說，那是一個關於絕望的劇作的主題；瓦爾特・班雅明可
　　能會說，從絕望中可以產生救助。您可能也讀到過尚・布希亞，對您這
　　個西方「人道主義者」在這一行為中所表現出來的「屈尊姿態」的指控
　　吧。您對此有何評論？

桑：尚・布希亞是當代最狡黠的虛無主義思想家。他從未去過波士尼亞，也
　　從未經歷過任何戰爭。他對政治完全一無所知。除了他自己的那些惡毒
　　的想像之外，他對我在塞拉耶佛所做的一切一無所知。你得明白，我並
　　不是有一天正坐在紐約，然後突然決定要去塞拉耶佛上演貝克特這齣劇
　　的。塞拉耶佛1993年4月被圍的時候，我在那裡住過一兩個星期。後來我
　　決定要回到塞拉耶佛去，在那裡工作和生活一段時間。然後我問人們，
　　我能做些什麼？我告訴人們，我能寫作，我有醫藥知識並可以在醫院做
　　護理工作，我會拍電影，我能教英語，我能做戲劇導演等等。那裡的戲
　　劇工作者說，你能不能導演一齣劇？我說能。至於選劇本的問題，我推
　　薦了幾個劇團，《等待果陀》是其中之一。塞拉耶佛戲劇界邀請我跟他
　　們一起工作的人說，我們就演《等待果陀》。

貝：那是一個主題十分明確的劇作，也是一齣具有偉大象徵意義的戲劇。當
　　時波士尼亞地區正在遭受種族屠殺，被圍困的塞拉耶佛人處在深深的絕
　　望之中。被人類供養了幾十年的聯合國遲遲未能盡快干預及制止那場殘
　　酷的內戰，那些水深火熱之中的人民像「等待果陀」般的等待聯合國軍
　　的到來。您在那裡導演《等待果陀》喚起了世人對這一悲慘地區人民的
　　關注及對聯合國更強有力的督促。假如說，文學可以對人類產生影響的

話，貝克特的《等待果陀》就是最好的例子。而您所做的，也正是稱之為作家責任的東西。

桑：布希亞對我的攻擊最惡毒之處就是他全憑想像，說我是「屈尊」，其實正是他流露出自己那種典型的歐洲人對東歐塞拉耶佛人的「屈尊」態度。他猜想我準是覺得自己在帶給塞拉耶佛人一些他們過去不懂的東西。可是，就在一個沒電、沒水、沒暖氣、沒食物，且每時每刻都在槍林彈雨下冒著生命危險的這樣一個城市裡，在敵人的包圍下，卻有一個劇院。點著蠟燭的小型劇院是人們可得的少有的娛樂形式之一（當時沒有電視，沒有夜生活，沒有體育活動，也不再有歌劇了。）貝克特在前南斯拉夫是人人皆知的。他們之所以選擇了《等待果陀》的原因是他們熟悉這個劇目。

這絕不是施行「人道主義」。是他們告訴我，他們急於另找出路，因為許多人都離開了。音樂家走了，舞蹈家走了，畫家也走了。只有演員還在，因為演員要在外國謀生就要說外語，那是幾乎不可能的。人們沒有任何可以娛樂的東西了。在槍彈的恐嚇和無聊的包圍下，人們都快瘋了。

我應該加上一句，1993年夏天《等待果陀》的上演絕不是在匆忙中所做的一個姿態。我在決定了要去塞拉耶佛過一段時間（不是一天，也不是一週，有時候是好幾個月）之後，搞了好幾個不同的項目。《等待果陀》只是其中的一個。後來，我在塞拉耶佛進進出出有三年。

楊：一個旁觀者或許可以輕而易舉地說，那樣的舉動像是一個高高在上的救贖者所扮演的角色。

桑：旁觀者？哪兒冒出來的旁觀者？巴黎的小咖啡店裡冒出來的，還是麻省劍橋公寓裡冒出來的？假如去過塞拉耶佛，或去過任何一個人們在忍

受著同樣痛苦的地方，就不會產生這種玩世不恭的或天真的問題。如果有人看到路上的行人摔倒了，並扶起他來，你會想到他們的關係是救世主和被救者的關係嗎？這種花裡忽哨的言辭正是當今那種使人們猶疑於慷慨行為的思潮的一部分。誰也不是救世主，誰也不是被救者。一個民族成為不公正的犧牲品，你把自己的生命搭進去，以表示你是他們的同盟者。

貝：大多數西方的知識份子，甚至其中最優秀的，對包括中國在內的東方都不甚瞭解，至多一知半解，例如羅蘭‧巴特筆下的《符號帝國》（L'Empire des signes）。您對中國有特殊的感情，您剛才對共產主義制度下的知識份子特別是作家的見解確實敏銳，您對中國的過去和現在有自己的觀察和看法嗎？

桑：我當然覺得與中國有特殊的關係。我的父母在那兒住過。我的父親是在那兒去世的。

貝：我印象中您作為傳教士父母的在中國住了很久，這是否也是您對中國歷史和文化特別關心的原因呢？

楊：您好像還差點兒就生在中國，是嗎？

桑：是的。可惜他們在我出生前幾個月就回美國了。我出生不久，他們就扔下我又回到了中國。但是，即使沒有這些奇奇怪怪的個人經歷，我也會注意在中國發生的一切。一個對世界感興趣的人怎麼能對中國不感興趣呢？然而，在對事物感興趣和有權對事物發表公開言論之間還有一個很大的距離。我讀了我所能讀到的關於中國的書，我有很多很多關於中國的過去和現在的書。可是，我覺得我還是沒有權利對一個我沒有直接經驗的國家發表公開性的言論。我去過兩次中國，一次是在1973年，待了一個

月；一次是在1979年，又待過一個月。

貝：近二十年來，在專制的政治控制下，中國共產黨及其政府幾乎全面引進
　　了資本主義的商業制度，並導致了整個社會中個人對財富的瘋狂追逐，
　　在大多數的城市和沿海地區造成了前所未有的庸俗和畸形交織的商業繁
　　榮，和前蘇聯和東歐貧困乏味的極權共產主義制度頗不相同。中國這種
　　專制統治和商業化的雙重結合，似乎成功地強化了共產黨在統治上的權
　　威，並產生了一種人類歷史上前所未有的四不像式的社會形態。您怎樣
　　看待這一奇特的歷史情景？

桑：我想過這個問題。傳統的專制政權不干涉文化結構和多數人的價值體系。
　　法西斯政權在義大利統治了二十多年，可他幾乎沒有改變這個國家的日
　　常生活、習慣、態度及其環境。然而，一、二十年的戰後資本主義體系
　　就改變了義大利，這個國家幾乎是面目全非了。在法西斯、蘇維埃風格
　　的共產主義、甚至納粹政權的統治下，多數人的基本生活方式仍然根植
　　於過去的價值體系中。從文化的角度講，資本主義消費社會比專制主義
　　統治更具有毀滅性。資本主義在很深的程度上真正改變了人們的思想和
　　行為。它摧毀過去。它帶有深刻的虛無主義價值觀。這有點自相矛盾，
　　因為專制主義國家的人民歡迎資本主義，這是可以理解的，他們以為他
　　們會更加富有，他們的生活水平會提高。這一點在中國比在前蘇聯好像
　　實現得好一點兒。但是，伴隨走向繁榮之機會一同來到的還有對文化的
　　最激烈的改變。人們願意把自己的生活和價值體系徹底摧毀，這個資本
　　主義商業文化真是不可思議。它可能是有史以來最激烈的社會思潮，它
　　比共產主義來得更加激烈。從文化的意義講，共產主義算是保守的。

　　當然，什麼制度也不會永遠存在。但暫時，也許要好幾十年，還沒有其

他的選擇。這麼說吧，得有一個近乎全球生態方面的災難才能使人們重新考慮新的世界制度，（我們可以說「世界制度」，這在人類歷史上還是第一次。）資本主義文化，即物質的動力及其一切的標準，正在世界上全面獲勝。

楊、貝：同時，中國的資本主義與西方國家的資本主義也相差甚遠，從最實際的層次說，這是一個政權試圖利用大規模的商業化，來把其人民從對個人的生存、對生命的真正價值、對社會歷史的思考上引開，以避免思想失控，而這是否造成了另一種的道德失控，歷史還在證明的過程中，而更深一層的涵義是，不計後果的現代化仍然是一種（儘管是另一種）一元化的、集體的、權威的、不容置疑的社會意識形態，而所有的「惡」都可以看做是完成歷史使命的必要手段（有時是所謂「初級階段」的必經之路）。漢娜‧鄂蘭曾指出，一切極權主義都是目的論的，使「惡」得以有生存的理由，無論如何，一切都是在政治權威的把玩之中。中國的資本主義化是最值得探討的複雜情形，任何簡單化的標籤都會有極大的危險。

桑：當然，專制統治下的資本主義必然是不同的，而中國又有一個極為苛刻的專制政府。可是文化的改變依然會發生。中國人會不想吃中國飯，而想吃麥當勞。諸如此類，不一而足。人們通常想當然的事物和價值體系也會變。中國政府相信自己能控制文化的改變；官方仍在大放有關反對文化污染的言辭。可是，這種污染是很難禁止的。它有它自身的邏輯和內在的必要性。當然政府可以仍舊控制電視，但沒有更多交流上的自由，就不會有一個正常運行的資本主義社會。你好像覺得你們國家的政府那麼頑固，要改變幾乎是不可能的。是的，中國是一個大國，一個古

國。中國有許多文化的沉積，特別是在遠離沿海地區的內地。但是我仍
然以為，中國政府採用了資本主義，由此而引發的變化將會使你吃驚。
你們那流亡的一代中的某些流亡者，會在未來的中國政府中成為政府要
員，我覺得這完全是可能的。

楊、貝：確實有不少「異議份子」正指望如此。但傳統中國文人企圖通過從
政來達到治理國家的目的，往往最終僅僅成為國家體制及權力的附庸。
至少我們還沒有看到在中國有哈維爾那樣的文化精英式的政治家。而獨
立的知識份子，權力體制之外的知識份子，不斷保持批判性的自由知識
份子，還能有什麼真正的影響力嗎？

桑：用頭腦來思考和批評永遠是可能的。也許從社會學的角度來講，這些活
動看上去不過是邊緣性的，這歷來如此。最終，這些活動仍會產生巨大
的影響。佛洛伊德的第一部、也許是最重要的一部著作《夢的解析》就
花了十年的時間，才在1900年出版，就將首次印刷的六百本一售而空。
你看佛洛德的思想產生了多大的影響！不能用大眾文化的觀點來衡量思
想及不同觀點的傳播。然而，這正是眼下正在發生的。

對我來說，現在我思想上的敵人和我三十多年前剛開始出書時是很不一
樣。現在的人比過去的人更對一切持懷疑諷刺的態度。資本主義思想真
正的紮根了。當今最時髦的理論多數是那些促使人們拋棄道德責任感、
藝術家之責任感及對任何事物都施以高標準等的所謂「精英階層」的理
論。除了對機器和市場的敬畏，甚麼都不存在了。

楊：不幸的是，「精英階層」這個詞現在已經成了一個貶義詞了。大眾，一
體化的大眾，被看作權威的對立面，殊不知大眾已經變成了另一種權
威，一個極端的例子就是中國文革中的所謂「群眾」，它成為恐怖的、

盲動的力量。

桑：假如你在文化的領域裡做了什麼有一定難度的事，而你又有所成就，或
　　者乾脆就說你做了甚麼稍微複雜一點的事，甚至你的詞彙量稍大一些，
　　那你就屬於「精英階層」了，你就不民主了。所有的一切都應該下降到一
　　個低水平上去。消費式的資本主義思想所引起的後果之一就是在文化問
　　題上引進了虛假的民主理想。你剛才說到你所理解的傅柯的論點，即知
　　識份子的力量可以是某種形式的壓迫力量。一個著名的美國作家宣稱：
　　判斷一部文學作品的好壞是不民主的。也就是說，這本書比另一本書寫
　　得好，所以這本書是一本更好的書，這就是不民主了。

　　我認為，在當前多數文化問題上「民主」的涵義都是有害的，也是老套的
　　資本主義版本。這舊的一套在文革期間，即產生了《東方紅》那類歌曲的
　　時期被強加給你們。那時的標準是：唯一可以被接受的藝術是所有六歲以
　　上的人都可以理解的藝術。現在呢，我說你是在目睹那個標準在資本主義
　　社會的翻版：一切不與電視娛樂形式相呼應的東西都屬於「精英階層」。

　　媒體娛樂行業是美國主要的和最有利可圖的行業之一。大眾對高品位文
　　化的反抗及對傳媒娛樂行業產品的熱愛是絕好的證明。

貝：取悅於大眾，或如毛澤東在五十年前就要求文學藝術應是人民大眾喜聞
　　樂見的東西的願望，今天，已成為從東方到西方共同的文化風景。不僅
　　僅在美國，你偶爾打開香港、台灣、大陸的電視，看看裡面充斥著的庸
　　俗和低級趣味，再看看港臺流行文化、流行音樂對大陸的影響，我們所
　　經歷的這二十年，真可能是一個惡俗泛濫的時代。

楊：您說的毛時代的文藝，是中國式大眾文化和極權文化相結合的極佳例
　　證，這也是為什麼毛澤東大力提倡工農兵文藝。大眾文化的目的是通過

簡單化、模式化使人缺乏判斷力和思考力，以利於商業和政治的目的。先鋒派藝術實踐既是對大眾文化的反抗，也是對任何藝術模式的反動，因而也是對自身定型化的危險的不斷反動。

桑：我得再澄清一下有關的詞義。在我看，「先鋒派」這個詞的用途已遠遠超過了它所應有的範圍。這個詞意味著藝術是不斷進步的，就像一次軍事行動，其中一部分人先行動，最後其他人趕上來。可是，藝術不是不斷進步的，它不是那樣進行的，因此，我一點兒也不覺得自己跟先鋒派有甚麼關聯。我不把我寫的東西叫做先鋒派文學。我不把當代產生的，任何我敬佩的作家的作品叫做先鋒派作品。

　　我最近剛讀完當代匈牙利作家彼得‧那達斯[2] 的小說《回憶錄》（*A Book of Memories*），它是一個例子。

貝：我曾兩次閱讀您的短篇小說〈無導之遊〉（*Unguided Tour*）。這篇小說在文體上是探索性的，並無完整情節，您營造的是氛圍，帶著夢幻的（白日夢式的）無人稱對話，我注意到中國出版的一本被命名為《後現代主義小說選》中，稱您為後現代主義作家，這顯然有違您的美學觀，是嗎？

桑：我當然不接受這樣的頭銜。毫無疑問，我出生在這個時代，而不是另一個時代，我是由這個時代的一切造就的。所謂的「後現代主義」是一種關於我所生活的時代的理論，而我是強烈反對這個理論的。

貝：這幾年我特別注意讀您的散文（Essay），Essay在中文中一直沒有貼切的詞和它對應，作為一種文學體裁，在漢語文學中缺乏對應的文體，也少有相應的作家，用「散文」，「隨筆」甚至「文論」來稱呼，

---

❷ 彼得‧那達斯（Peter Nadas, 1942-），匈牙利小說家、劇作家及文論家。知名著作有《回憶錄》、《家族故事的終結》（*The End of a Family Story*）等。

均不夠準確。我認為，稱為思想性散文也許更接近它的原意。您在1981年寫的重要文章〈寫作本身：論羅蘭・巴特〉令我印象極深，其中您談論羅蘭・巴特時指出：「巴特所描繪的那種作家的自由，從局部上說就是逃逸。」您由此聯想到王爾德的內心獨白「狂熱與漠不關心的奇妙混合⋯⋯」，然後您又談及了另外兩位與巴特、王爾德氣質完全不同的作家、思想家，您認為尼采是「戲劇性的思想家，但不是戲劇的熱愛者」，因為尼采作品存在著一種嚴肅性和真誠的理想。然後，您認為沙特要求作家接受一種戰鬥性的道德態度，或道德承諾，即作家的職責包含著一種倫理的律令。您甚至比較了巴特和班雅明，您對他們兩人的研究似乎傾注了罕有的熱情。但是您說巴特「沒有班雅明一類的悲劇意識，後者認為文明的每一業績也是野蠻的業績。班雅明的倫理重負乃是一種殉道精神⋯⋯」您稱巴特和王爾德的唯美主義是傳播遊戲觀，拒絕悲劇觀。您的寫作生涯可能已逾四十年，您對自己是怎樣確認的呢？我想問的是，您在氣質上是更偏向巴特呢，還是如您分析的班雅明，「一種深刻的憂鬱」式的類型呢？您對巴特的一生作了深刻卻多少帶有保留的總結，您在讚美之餘，指出了唯美主義在我們所處時代的內在矛盾及不可能性。這多少與您對班雅明的分析不同。

您近十年來主要是從事小說寫作呢，還是同時兼寫思想性散文？您是怎樣在不同的文學形式中分配自己寫作時間的？它們互不干擾嗎？將來您將會偏重寫小說呢，還是多種文學形式並進？

桑：現在我只寫小說了。從八〇年代起，我就幾乎放棄散文及評論的寫作了，那是我開始寫我的第三本小說《火山情人》的時候。那是我最喜歡的一本著作。

在很長一段時間，我在寫小說和寫散文之間往返不停，可是寫散文花的時間太多，又阻礙寫小說的靈感。正如我在一開始就說的，作為一個作家，我感到與之有最深刻牽連的是虛構文學，不過它是一個更廣泛的形式。你可以把散文的因素放在虛構文學裡面，像巴爾札克和托爾斯泰所做的那樣。但你不能把虛構的東西放到散文裡面去。不過，我的確是那樣做了，比如在關於瓦爾特‧班雅明的散文裡，我就是以描述他在一張張照片上的形象開始的。

貝：那幾乎是白描，您寫道：「在他的大多數照片裡，班雅明右手托腮向下望著。我見過的最早的一張攝於1927年，他那時三十五歲，烏黑卷曲的頭髮壓住，飽滿的嘴唇上一抹小鬍子，年輕甚至很漂亮。他低著頭，罩在上衣裡的肩膀聳在耳際，他的拇指托住下顎，彎曲的食指和中指夾著香菸，擋住了他的下巴。他從眼鏡後面向照片的左下角望著，目光柔和，一個近視者白日夢般的凝視。」

楊：那是一種敘事文體。

桑：正是。我是在把散文的寫法推到其極限，因為我實在是想寫小說。大概也就是在那個時候，我認識到我所能寫的最好的散文已經寫完了，可是我還沒有把我能寫的最好的小說寫出來。

這樣，就有了我在《火山情人》裡面所發現的作為一個作家的新的自由。我也希望在我現在正在寫的小說《在美國》裡也享受到這種自由。這本小說我從1993年就開始寫了，但因為我居住在波士尼亞，我只能在1993年至1996年之間斷斷續續地寫。現在我是全力以赴地在寫了，並可望在1998年完成它。

楊：您現在有沒有再寫話劇或電影劇本的計畫？

桑：我剛剛完成了我的第二部劇作，它將於1998年5月在義大利首演（當然是
　　義大利譯本），這個劇是由羅伯特・威爾遜[3]導演的，我沒有導演自己
　　寫的劇本的雄心，但寫電影劇本是另一個事，我只想寫我能夠充當其導
　　演的電影劇本。《在美國》不完成，我是不會再寫電影劇本的。完成
　　《在美國》以後，我腦子裡還有一個大概一百二十頁左右的長篇小說和
　　幾個短篇小說，大概要一、兩年以後，我才能有時間去籌集足夠拍電影
　　的錢，然後我就會去寫劇本、當導演。

貝：您近年來沒有訪問過中國，有沒有計畫日後再去中國？

桑：我當然希望再次去中國，但必須是在我覺得中國之行對我自己從精
　　神上或人生上，或對其他人，如對流亡在國外的中國人有利的情況下
　　去。否則我是不會去的。比如我覺得我應該理解的東西，我的中國之行
　　應該幫助我理解得更好，等等。我不想僅作為一個旅遊者去中國，那對
　　我來說是不道德的。

楊：也就是說，您仍然相信知識份子對社會應該負有責任。

桑：我相信所有的人都應對社會負有責任，無論他們的職業是甚麼。這
　　種責任甚至不是「社會的」責任，而是道德的責任。我有一種道德感不
　　是因為我是一個作家，而是因為我是一個人。

楊：這樣，也許連「作家」這個標籤最終也得讓位給「人」。

貝：是作為人的道德責任。

（胡亞非　譯）

---

❸ 羅伯特・威爾遜（Robert Wilson, 1941- ）美國全才型的劇場大師，是國際知名歌劇導演，也是舞台設
　　計師、裝置藝術家，以創立「意象劇場」(theatre of image)奠定其權威地位。1993年與桑塔格合作的裝
　　置藝術《床上的愛麗絲》（*Alice in Bed*），榮獲威尼斯雙年展藝術家創作金獅獎。

虛構的藝術

——蘇珊·桑塔格訪談

愛德華·霍斯克

本文原刊於1995年冬的第137期《巴黎評論》雜誌，訪者愛德華·霍斯克是美國名詩人及教授；中譯原刊於1997年的《傾向》文學人文雜誌第10期。亦收錄在《蘇珊·桑塔格文選》（麥田出版，2005）。

霍：你是什麼時候開始寫作的？

桑：不太清楚。不過我知道在九歲左右就搞了一個自己的出版物。我做了一份有四頁篇幅的月報，把它複製（用非常原始的辦法）二十份，然後以每份五分錢賣給鄰居們。這份持續了九年的報紙，盡是我對讀過的東西作的模仿。裡面有故事、詩和兩個我還能記得的劇本：一個的靈感出自卡雷爾·恰佩克[1] 的《萬能機器人》（R. U. R.，1920）；另一個得自於愛德納·聖文生·米蕾[2]《反始詠嘆調》（Aria de Capo）的影響。要記住，這是1942、1943年和1944年。還有戰役報導──中途島、史達林格勒等──都是我很認真地根據報紙上的真實文章縮寫而成的。

霍：因為你常常去塞爾維亞，我們不得不將這次訪問推遲了幾次。告訴我，你生活中最壓抑的經驗之一來自哪裡。我在想戰爭在你的作品和生活中為什麼出現得如此頻繁？

桑：確實，在美國轟炸北越期間，我去了那裡兩次。其中第一次的見聞，我在《河內之旅》一文中有詳述。1973年當戰爭在以色列爆發，我到前線去拍了電影《許諾的土地》。波西尼亞實際上是我經歷的第三場戰爭。

霍：在《疾病的隱喻》一文中，有對戰爭寓言的譴責。在小說《火山情人》中，對邪惡戰爭可怕回憶的描寫達到了高潮。當我請你為我編輯的一本書《轉換影像：作家談藝術》（Transforming Vision: Writers on Art）撰文，你選擇論述的是哥雅（Francisco Goya）的畫作《戰爭的災難》（The Disasters of War）。

桑：儘管我出自一個旅行者家庭，但我以為一個人去戰火紛飛之地旅行一定

---

❶ 卡雷爾·恰佩克（Karel Capek, 1890-1938），捷克劇作家。
❷ 愛德納·聖文生·米蕾（Edna St. Vincent Millay, 1892-1950），美國女詩人及劇作家。

會顯得很離奇。我的父親在中國北方做皮貨生意，日本入侵時在當地亡故，那時我才五歲。1939年9月我入小學，仍記得聽到關於「世界大戰」的情形。我最好的同班好友是西班牙內戰的難民。我還記得1941年12月7日的一次野餐。在我最初開始琢磨的詞文中，「在此期間」是其中的一個詞彙，比如「在此期間沒有奶油」。我現在還能回憶起當時品味這古怪和富樂觀氣息的詞彙。

霍：在論羅蘭・巴特那篇《寫作本身》（Writing Itself）的文章中，你對巴特從未在寫作中提到戰爭表示了兩次驚訝。雖然巴特的父親死於第一次世界大戰（巴特當時還是嬰兒），爾後巴特自己作為年輕人的生活，整個是在二戰和佔領區度過的。你的作品卻總被戰爭所纏困。

桑：我所能作的回答是，所謂作家就是一個對世界充滿關注的人。

霍：你在《許諾的土地》裡曾寫到：「我的主題是戰爭。有關戰爭的任何東西，如果不去表現它可怕的毀滅和死亡的實在，將是一個危險的謊言。」

桑：這個教訓人的口氣使我感到有點恐懼，不過我仍然如此認為。

霍：你正在寫塞拉耶佛之圍嗎？

桑：不會。我的意思是還不會，大概短時間內也不會。至少不會用文論或報導的形式去寫。我的兒子大衛・瑞夫，比我去塞拉耶佛更早，他已經完成了一本文論體的報導集，書名叫《屠宰場：波士尼亞和西方的敗落》。一個家庭有一本關於波士尼亞種族屠殺的書足夠了，所以我不會花時間寫這題材。目前我儘可能在那裡多待：去見證、去哀悼、去樹立一個明確的榜樣、去介入等就已經足夠。相信正確的行動，不是一個作家的責任，而是一個人的責任。

霍：你從小就想當作家嗎？

桑：大約六歲時我讀到居禮夫人的女兒依娃‧居禮（Eve Curie）寫的《居禮夫人》，所以我最初想成為化學家。以後童年的大部分時間，我想成為物理學家。最後讓我不能自拔的是文學。我真正想要的是將每一種生活都過一遍，一個作家的生活似乎最能包含一切。

霍：你有他人作為作家的楷模嗎？

桑：當然，我曾把自己看作是《小婦人》中的喬，但不想寫喬所寫的東西。我認同傑克‧倫敦的寫作，在他的《馬丁‧伊登》裡，我發現了作家兼倡導家的形象，所以我又想成為馬丁‧伊登。不過對傑克‧倫敦賦予他的黯淡命運應當略去。我看自己或我猜自已是一個英雄式的說教者。我期待寫作中的搏鬥。我以為創作是一種英勇的天職。

霍：還有其他楷模嗎？

桑：以後，我十三歲讀了安德烈‧紀德（André Gide）的札記，它展現紀德心靈的尊貴、他對人生不竭的好奇。

霍：你記得何時開始閱讀的嗎？

桑：別人告訴我，是在三歲的時候。不過我記得我閱讀真正的書籍──傳記、旅行誌，大約在六歲左右。以後迷上了愛倫‧坡、莎士比亞、狄更斯、勃朗特姐妹、雨果、叔本華和佩特[3]等人的作品。我的整個童年時代是在對文學的陶醉和亢奮中度過的。

霍：你一定和別的孩子相當的不同。

桑：是嗎？但我也很擅偽裝。我對自己並不想得太多，找到更好的東西就會高興。同時我也渴望置身於別的地方，閱讀本身營造了一種愉悅的、確

---

❸ 佩特（Walter Horatio Pater, 1839-1894），英國作家、評論家及美學家。

鑿的疏離感。閱讀和音樂是如今世人愈來愈不在乎的東西，但卻是我日常生活的一部分。它們所達到的強烈程度，正是我想追求的目標。我一度覺得自己來自於別的星球，這個幻覺得自於當時令我著迷的漫畫書。當然我無從知道別人怎麼看我，我覺得別人實際上完全不會想到我。我只記得四歲時在公園裡，聽到我的愛爾蘭保姆告訴另一位大人說：「蘇珊的弦繃得很緊（high-strung）」我當時想：「這是個有意思的說法，不是嗎？」

霍：告訴我一些你的教育背景。

桑：我上的都是公立學校，但一個比一個糟糕。不過運氣不錯，在兒童心理學家的時代尚未到來就開始上學了。因為能讀和寫，一開始就插班到三年級，不久又跳升了一個學期，所以從北好萊塢高中畢業時，我才十五歲，接著在柏克萊加州大學受了一段很好的教育，然後又到了芝加哥大學所謂的赫欽斯學院 （Hutchins College）讀書。我的研究所是在哈佛和牛津讀的，主修哲學。五〇年代的大部分時間，我都在做學生。我從每一位老師都學到一點東西。但在我求學中最重要的大學則是芝加哥大學，不僅那裡的老師讓我敬仰，我尤其要感激三位老師對我的影響：肯尼斯・柏克、理查德・麥科恩[4] 和列奧・施特勞斯。

霍：柏克是一位怎樣的老師？

桑：完全沉浸在他自己的那種引人入勝的方法來展開一個文本。他差不多用了一年在課堂上，一個字一個字、一個形象一個形象地釋讀了康拉德的作品《勝利》（Victroy）。通過柏克，我學會了閱讀。我依然照其方

---

❹ 理查德・麥科恩（Richard Mckeon, 1900-1985），美國哲學家。

　　法閱讀。他對我頗感興趣，在他成為我第三學期的人文教師之前，我已讀過不少他的作品。要知道，他當時尚未成名，也從未遇見過一位在高中時已念過其作品的大學生。他給了我一本他的小說《朝向更好的生活》（*Towards a Better Life*），然後向我講述了二○年代初他與哈特‧克雷恩[5]和裘娜‧巴恩斯[6]在格林威治村合住一個公寓的事。你可以想見，這對我發生了怎樣的影響。他是第一個我遇見的，我擁有其書的人（除了十四歲，我被人拉著去見了托馬斯‧曼一面，我把那經歷寫進一個名叫〈朝聖之行〉的短篇），作家當時在我看來像電影明星似的遙遠。

霍：你在十八歲獲得芝加哥大學的學士，當時你有沒有意識到自己將成為作家？

桑：有，但我還是上了研究所。我從來沒想過自己能靠寫作謀生。我是個知恩的勇於學習的學生。我自以為會樂意教學，的確也是如此。我仔細地作了準備，當然不是教文學，而是哲學和宗教史。

霍：你只在三十歲前教過書，後來又多次拒絕返回大學教書的邀請。是不是因為你逐漸感到學術生涯和創作生涯不能兼容？

桑：比不能兼容更糟，我目睹了學術生涯毀掉了我這一代最好的作家。

霍：你是否介意被稱作為一個知識份子？

桑：一個人無論被稱之什麼都不會喜歡。知識份子這個詞對我來說作為形容詞比作為名詞更能說明問題。我以為人們假定知識份子是一批笨拙的怪物，如果是女人就更糟。這使我更明確地抵制那些充斥社會的反知識份子的陳腔濫調：如心與腦、情感與理智的二分法。

---

5 哈特‧克雷恩（Hart Crane, 1899-1932），美國詩人。

6 裘娜‧巴恩斯（Djana Barnes, 1892-1982），美國女性主義作家暨插畫家。

霍：你是否把自己看作一位女權主義者？

桑：這是少數幾個保證我滿意的標籤之一。儘管如此……這是不是一個名詞呢？對此我有懷疑。

霍：哪些女性作家對你是重要的？

桑：很多。清少納言[7]、奧斯汀、喬治·艾略特、狄金生（Emily Dickinson）、吳爾芙、茨維塔耶娃、阿赫瑪托娃、伊麗莎白·畢曉普、哈德惠克[8]……名單要比這長得多。從文化上講，女人是少數民族。以我少數民族的意識，我為女性獲得的成就感欣慰。但以一個作家的意識而言，對任何我敬重的作家都一樣喜歡，是女性還是男性作家沒有區別。

霍：不管影響你童年時代的那些作家楷模如何，我的印象是你成年以後作家的楷模來自歐洲，而不是美國式的。

桑：我不肯定這說法，那楷模是我私人挑選的吧！事實上，生活在二十世紀後半葉，我可以縱容我的歐洲品味，而不必非得寄居海外不可，儘管我成年後許多時間在歐洲度過。這是我自己做一個美國人的方式。葛楚德·斯坦因（Gertrude Stein）說過：「根有什麼意義，如果你不能將它帶走的話。」別人會覺得這個表白富於猶太人味，但它也富於美國味。

霍：你的第三部小說《火山情人》，在我看來是一部非常美國化的小說，雖然它講的故事發生在十八世紀的歐洲。

桑：是的，除了美國人不可能有人會寫《火山情人》這樣的作品。

霍：《火山情人》有一個副標題：「一個羅曼史。」這是不是與霍桑有關。

桑：確實，我想了霍桑（Nathaniel Hawthorne）在《一個山牆的屋子》（*The*

---

❼ 清少納言（966年—1025年）日本平安時代女作家，主要作品有散文集《枕草子》、《清少納言集》。
❽ 哈德惠克（Elizabeth Hardwick, 1916- ），美國小說家。

House of the Seven Gables, 1851）的前這裡說的一段話：「當一位作家把自己的作品叫羅曼史，那就顯而易見地是希望獲得某種不論從風格到素材可以充分發揮的空間，若他寫小說的話就不會做如此的假定。」我的想像力帶有十九世紀很深的美國文學印記。首先是愛倫·坡，我在早熟的童年讀到他的作品，就為其混合臆測、幼想和黯傷的風格所打動。愛倫·坡講的故事仍然在我的記憶裡。接下來霍桑和梅爾維爾（Herman Melville）。我喜歡梅爾維爾的執迷，《科萊爾》（*Clarel*）、《白鯨記》（*Moby-Dick*），還有《皮爾》（*Pierre*），是一本關於一個英勇地孤獨著的作家受挫的小說。

霍：你的第一部作品是小說《恩人》，接著你又寫了不少的文章、遊記、短篇小說、戲劇及另外兩個長篇。你有沒有從一種形式的寫作開始，爾後寫成了另外一種。

桑：沒有，我總是從開始就知道所的將為何物。每一個寫作的衝動來自於對形式的構想。對我來說動筆之前你必須先有輪廓和結構。在這點上我無法比納博科夫（Vladimir Nabokov）說得更好：「事物的樣式先於事物。」

霍：你的寫作有多順暢？

桑：《恩人》我寫得很快，一點不費力，周末時間加上兩個夏天（我當時在哥倫比亞學院的宗教系教書）。我覺得我講了一個逗人的凶險故事。它描繪了某種拜靈教的異教觀念如何交上好運的故事。早期的文章寫得也很順手。不過，在我的經驗裡，寫作並不隨著多寫變得更易，而正相反。

霍：你寫作時是如何下筆的？

桑：開始於句子短語，然後我知道有些東西開始轉換出來。通常是開篇的那一句，但有時是一開始就聽到了那末尾的一句。

霍：你實際上是怎麼寫的呢？

桑：我用纖維水筆，有時是鉛筆，在黃或白色的寫稿簿上，像美國作家慣常的
那樣，從事寫作。我喜歡手寫所特有的那種緩慢之感，然後把它們打出來
再從上面塗改。之後不斷再重打。有時在手稿、有時則在打字機上直接
修改，直到覺得不能寫得更好為止。我一直用這種方法寫作，五年前我
有了電腦後才有所改變。現在是將第二或第三稿輸進電腦，在電腦上直
接改動，不必整個再重打了，但我會把不同階段的稿本印出，再以手改。

霍：有沒有任何別的東西幫你開始下筆？

桑：閱讀，通常它與我正在寫或希望想寫的東西無關。我大量地閱讀藝術
史、建築史、樂理學，主題各異的學術論著及詩歌作品。磨蹭也是準備
開始的一部分。閱讀和聽音樂就是磨蹭的方式。音樂既讓我精力更旺，
同時也讓我心神不定。不寫作會令我愧疚。

霍：你每天都寫嗎？

桑：不，有刺激我才會動筆。當壓力在內部疊加，某些東西在意識裡開始成
熟，我又有相當的信心將它寫下來時，我就不得不開始落筆。當寫作真
的有了進展，別的事我就都不幹了。我不出門，常常忘了吃東西，睡得
也很少。這種完全缺乏自律的工作方法，不會使我成為一個多產作家，
再者我的興趣也太廣泛了。

霍：葉慈（W. B. Yeats）說過一句有名的話：每個人都必須在生活和工作之
間作一選擇。你認為這是真的嗎？

桑：實際上他所說的是：一個人必須在完美的生活和完美的作品之間作選
擇。寫作就是一種生活，一種非常特殊的生活。如果生活是指與他人相
處的那種，葉慈當然講得對。寫作要求大量的時間獨處。我常常用完全

不寫的辦法來減輕這種選擇的苛刻程度。我喜歡出門，包括去旅行。在旅途中我不能寫作。我喜歡談話，喜歡聆聽，喜歡去看、去觀察。我或許有一種關注過多症（Attention Surplus Disorder）。對我而言，世上最易之事莫過於去關注。

霍：你是隨寫隨改，還是整個寫完之後才修改？

桑：邊寫還改，這是很愉快的事，我不會因此變得沒有耐心。我願意一遍又一遍地改動，直到能流暢地往下寫為止。開始總是困難的。開始下筆總有緊張和恐慌的感覺伴隨著我。尼采說過：開始寫作與一個跳入冰湖裡的決定不差上下。只有在寫作進展到三分之一時，我才能知道它的好壞程度。此時我手裡才真正有牌 可以玩上一手。

霍：小說與文論（essay）的寫作之間有什麼不同？

桑：寫文論總是很費力，常常幾易其稿才能完，改到最後與初稿也相差無多。有時在文論的寫作中，我會完全改變初衷。從這個意義上講，虛構作品寫起來要容易得多，因為初稿通常已經包括了基本的東西，如：基調、語彙、節奏和激情。作品雛形總包括了其最終的面貌。

霍：你有沒有後悔過所寫的東西？

桑：整體上說沒有，除了六○年代中為《黨派評論》寫的兩篇劇場事紀。不幸的是它們還收進了我的第一本文集《反對闡釋》中。我不適合那種嘈雜環境下，印象式的寫作。顯然我也不可能對早期作品中的一切都予以贊同。我有所改變，了解也更多。當時引發我寫作的文化，早已整個的改觀，所以去更改早期作品已無必要。我更願意拿一支藍鉛筆去審閱我最初的兩部小說。

霍：你不到三十歲所寫的《恩人》，用的是一位六十多歲法國人的口氣。你

是否覺得擬造一個與你本身如此不同的角色很困難？

桑：比寫自己要容易。寫作就是摹擬別人。就是寫真正發生在我生活裡的事件，如〈朝聖之行〉和〈中國之旅的計畫〉中所敘述的那個我，也不是真正的我。但我必須承認在《恩人》中，這種區別被我儘可能地擴大了。我既不是那個知名人士，不是隱士，不是男人，不是老人，也不是法國人。

霍：但小說似乎受了不少法國文學的影響。

桑：是嗎？好像很多人都覺得它受了「新小說」的影響，對此我不同意。反而是兩本不算現代的法國書籍：笛卡爾的《沉思錄》（*Méditations*）和伏爾泰的《戇第德》（*Candide*），我是諷刺式的影射，但算不上影響。如果對《恩人》真有一種影響的話，當屬肯尼斯・柏克的《朝向更好的生活》，但當時我也並不自覺。最近我重讀了柏克的小說（十六歲時他給我的這本小說，我大概一直沒再讀過）。我發現那本書的序言中似乎有《恩人》的範型存在。小說似乎是一系列的歌劇詠調式的敘和虛構的說。柏克小說中那個搔首弄姿、自戀得頗精緻主人翁，沒有什麼讀者會去認同的，柏克卻敢於將他稱之為英雄。

霍：你的第二部小說《死亡之匣》與《恩人》相當不同。

桑：《死亡之匣》對其悲慘主人翁認同。它寫於越戰的陰影下，我一直處在哀傷的心境裡。這是一本關於悲痛、哀悼的書。

霍：這不算一種新的情感，你最早發表的一篇小說不就取名為《有隱痛的人》（*Man with a Pain*）嗎？

桑：那是少不更事之作，在《我等之輩》裡你就不會發現它。

霍：你怎麼會替《黨派評論》撰寫那兩篇劇場事紀的？

桑：你很難想像，當時的文學界是由所謂的小雜誌圈成的。我的文學使命

感得自於閱讀《肯庸評論》（*Kenyon Review*）、《司瓦尼評論》（*Sewanee Review*）、《哈德遜評論》（*The Hudson Review*）和《黨派評論》等，這是四〇年代我還南加州念高中時的讀物。六〇年代我初到紐約時，這些雜誌仍然在，但已是一個文學世代的尾聲，我當然不了解這個情形。我最大的野心就是能在其中之一的雜誌上發表作品，能讓五千人讀到我的作品，對我就是天堂了。

搬到紐約不久，我在一個晚會上碰到威廉‧菲力浦斯（William Philips），我鼓起勇氣問他：「如何能為《黨派評論》撰稿？」他答道：「你到雜誌社來，我給你需要寫評論的書。」第二天我去了，他給了一本小說。對那小說我並不感興趣，不過還是寫了一篇不錯的東西。書評不久發表了，門就這樣向我敞開了。 當時他對我存在著一種不太恰當，我沒法壓制的幻覺，即我會成為「新的瑪麗‧麥卡錫[9]。在菲力浦斯要我寫戲劇評論時，他說得很直接：「你知道，瑪麗曾經寫過這類稿。」我告訴他我不想寫戲劇評論，他不肯讓步。在違背自知之明的判斷下我寫出了那兩篇東西（我完全沒有意願成為新的瑪麗‧麥卡錫，這位作家對我從不重要）。我評論了亞瑟‧米勒、詹姆士‧鮑德溫[10] 和愛德華‧阿爾比的劇作，認為它們都很糟且試圖顯得機智。我很討厭自己這樣寫。寫完第二篇後，我告訴菲力浦斯，我沒法再繼續寫了。

霍：不過你還是往下寫出了許多有名的文章，其中一部分發表在《黨派評論》上。

---

❾ 瑪麗‧麥卡錫(Mary Therese McCarthy, 1912 -1989)，美國小說家及評論家。
❿ 詹姆士‧鮑德溫（James Baldwin,1924-1987）美國小說家、散文家與劇作家，是六〇年代黑人民權運動的主要代言人，著有《喬萬尼的房間》（*Giovanni's Room*）等。

桑：但所有的主題都是自己選定的，我幾乎不再為稿約動筆。我完全沒興趣寫自己不欣賞的東西。就是在欣賞的作品裡，我選擇所寫的大部分都是被忽略或少有人知道的作品。我不是一個批評家，批評家與文論作家不同。我把自己的文論看作是文化的成品。我認為藝術的根本任務在於強化對立的意識，這導致我提倡的作品變得相對地怪異。我過去和現在都一直很欣賞林納爾‧崔林（Lionel Trilling），與自由派的觀點也很一致，即：文化有自己存而不廢的位置，名著中的經典不可能被離經叛道或通俗的作品所威脅。在我過去寫作的這三十年，趣味變得如此低劣，以致簡單地捍衛嚴肅觀點本身成了一種對立的舉動。通過一種熱情的，非功利的方式僅僅表現關切，對大部分人來說已成為不可理喻的事。大概只有那些出生在三〇年代和少數守舊的人，能夠理解以藝術與藝術計畫、藝術家與名流的截然不同之處。你看到我對當前文化的粗野和不竭的空洞已憤怒至極，然而日以繼夜地憤怒多讓人厭煩啊。

霍：文學的目的在於教育是不是一個過時的想法？

桑：文學確實教育了我們的人生。如果不是因為某些書的話，我不會是今天這樣的人，也不會有現在的理解力。我此刻想到十九世紀俄羅斯文學中的一個偉大命題：「一個人應當怎樣生活」。一篇值得閱讀的小說對心靈是一種教誨，它能擴大我們對人類的可能性，人類的本性及世上所發生之事的理解力，它也是內心世界的創造者。

霍：寫一篇文論和寫一篇小說，是否出自於你的不同方面？

桑：是的，文論具有一種桎梏性的形式。小說卻很自由，自由地講故事和隨意地論述。於小說之內穿插的論述文論與單約的文論含義完全不同，它已嵌進角色的聲音中了。

霍：你似乎不再寫文論了。

桑：是，我過去十五年裡寫的大部分文章，不是悼文就是讚辭。關於卡內蒂、羅蘭・巴特和班雅明的評論，談的是他們作品中我所感到相近的因素和情感：卡內蒂熱衷讚美的虔誠和對殘忍的憎恨；巴特特有的審美意識；班雅明的惆悵詩意。我很清楚他們作品中還有很多方面可以討論，我卻沒有觸及。

霍：我可以看得出這些文章是一種經過掩飾的自畫像。在早期的文章裡你不也是這樣做的嗎？包括在《反對闡釋》中的某些部分？

桑：我想這些東西不可避免地都有聯繫。但在我最後的文論集《在土星的星象下》裡還有一些其他的東西。寫這批文論時，我會有一種類似慢動作，沒有外在症狀的精神崩潰。我力圖將腦中裝滿的感覺、觀念和幻想統統都塞進文論的形式中去。 換句話說，文論這種形式能為我可用的也就到此為止了。也許關於班雅明、卡內蒂和巴特的文章是我的自畫像，但同時也是真正的虛構。也許在為卡內蒂和班雅明繪畫文章肖像中，我試圖達致的衝擊，現在通過我的那位鍾情火山的「騎士」，以一種虛構的形式得到了充分體現。

霍：以你的經驗，寫小說是不是創造或構思一個故事？

桑：說來奇怪，故事似乎像一個禮物般完整的呈現在我的眼前。這是很神奇的事。我以往聽到的、看到的和讀到的東西變幻成了完整的故事，所有的細節包括各種場景、人物、風景和災禍都一一顯現。有一個人的朋友叫理查，當我聽到這個人叫出理查少年時代的乳名──Diddy時，僅僅聽到這個名字，《死亡之匣》的故事就形成了。《火山情人》的靈感始於我一次瀏覽大英博物館隔壁的印品店，無意看到了一些火山的風景照，

後來發現這些照片原來出自《弗勒格萊曠野》（*Campi Phlegraei*）[11]。我的新小說始於我閱讀卡夫卡日記——一本我偏愛的書——書中有一段大概是關於夢境的話，我以前肯定不止一次地讀到過它。這次重讀，整個小說的故事像一部早先看過的電影似地閃現於我的腦海。

霍：整個的故事？

桑：是的，整個故事的情節。但故事所能承載和發展出來的東西，即是在寫作過程發現的。《火山情人》從一個跳蚤市場開始，在葡萄牙詩人埃莉奧諾拉（Eleonora）的來自陰間的獨白中結束：從一個頗具反諷意味的，在跳蚤市場上四處尋覓的收藏家開始，到埃莉奧諾拉對整個故事提供的遼闊道德景觀，這個讀者所感受到的過程，它的每一個意蘊並不是在我動筆前就能預知的。從埃莉奧諾拉譴責劇中人的地方結束，小說篇末與開篇時的敘事觀點，再難更南轅北轍了。

霍：在1964年問世的名作〈關於「坎普」的札記〉開始的地方寫到你的態度是一種「滲透以嫌惡的深刻同情」。這種對坎普、攝影、敘事等既是也非的態度在你似乎很典型。

桑：這不是說我喜歡或不喜歡一個東西，這太簡單了。它也不是如你所說那種「既是也非」，而是「既為此也為彼」。我樂意在強烈的情感和反應中安頓下來。但我無論看到什麼，我的想法總會走得更遠，並看到了其他的東西。對我能討論和判斷的任何事物，我很快就能看出它們的局限。亨利·詹姆斯有一個精采的說法：「我對任何事物都沒有最後的定論」。那裡總有更多可說和感受的部分。

---

[11] 十八世紀後半葉英國駐那不勒斯大使威廉·漢密爾頓（William Hamilton）出版的作品。弗勒格萊曠野是那不勒斯西部的火山區。詳情參見《火山情人》作者序。

霍：我想很多人會認為，你把理論化的藍圖帶進了小說──如果不是做為作者，至少做為讀者。

桑：實際上我沒有。我需要對所讀的東西在意，並為之觸動。我無法關心一本對智慧工程毫無建樹的書籍。對華美的散文風格，我可是一個噬吞者，說得輕鬆一點，我對散文的要求是詩人式的風格。我最欣賞的都是正當年輕的詩人，或可以成為詩人的作家。這裡沒什麼理論。事實上我的趣味無法控制地龐雜。我不會去操心我能不能評述愛德萊塞（Theodore Dreiser）的《珍妮姑娘》（*Jennie Gerhardt*）、蒂蒂安的《民主》、格蘭威・威斯考特（Glenway Wescott）的《朝聖鷹》（*The Pilgrim Hawk*）和唐納德・巴塞爾姆（Donalk Bathelme）的《死去的父親》（*The Dead Father*）。

霍：你提到了幾位被你欣賞的當代作家，你是否以為受到他們的影響？

桑：無論何時，我承認誰影響了我，我都無法知道所說的是否屬實。這樣說吧：我從巴塞爾姆學到了許多標點法和速度；從哈德惠克學到的是形容詞和句子的節奏感，我不知道自己可曾從納博科夫和托馬斯・貝恩哈特[12] 處學到東西，但他們無以相比的作品幫助了我，使我確立最嚴格的標準。還有高達，高達豐潤了我的感性，及不可避免地，對我的寫作提供了最多的養料。作為作家，我從許納貝爾（Schnabel）演奏貝多芬；格蘭・顧爾德（Glenn Gould）演奏巴哈；內田光子演奏莫札特的方法中也學到了一些東西。

霍：你是否閱讀有關自己的書評？

桑：不，甚至也不讀別人對我說是完全讚美的評論。所有的書評都讓我不

---

[12] 托馬斯・貝恩哈特（Thomas Bernhard,1931-1989），奧地利劇作家和小說家。

快。不過有時朋友會翹起大拇指或朝下，暗示評論的看法。

霍：在《死亡之匣》之後，你已經好幾年沒有寫東西了。

桑：從1964年我就積極參與反戰，當時它還不能被稱之為一場運動。它佔據了我越來越多的時間，我變得很沮喪。我一邊等待，一邊讀書。我住在歐洲，後來陷入愛情。我的鑑賞力有所提高，還拍了幾部片子，但在如何寫作方面，卻產生了信心危機。我一直認為書不是為出版而寫，而是必須寫才寫。而我的書應當一本比一本寫得好。這是一項自我懲罰的標準，但我一直對它信守如一。

霍：你怎麼會想到寫《論攝影》這本書的？

桑：1992年我與《紐約書評》的芭芭拉·愛潑斯坦[13] 共進午餐，隨後去現代美術館看黛安·阿巴士[14] 的作品展。他的作品我不久才看過。芭芭拉問我：「你寫一個評論怎樣？」我覺得自己大概能寫，開始寫的時候，我覺得應該先寫幾段有關攝影的概論，再來討論阿巴士的作品，沒想到一下筆就產生了超出幾段話的內容，且使我停不下來。文章也從一篇變成了幾篇。在這個過程裡，我常感到自己像一個童話中魔術師的學徒般孤立無助，越寫覺得越難，甚至是越來越不容易寫得好。但我很執著，寫到第三篇時，我才設法將論題轉到阿巴士和他的攝影展上來。此後我才感到自己全身投入這書，不會放棄。差不多用了五年的時間，才寫完六篇論文，完成了《論攝影》這個集子。

⓭ 芭芭拉·愛潑斯坦（Barbara Epstein, 1928-2006），文學編輯，1962年至1963年間，紐約印刷工人大罷工，《紐約時報書評》停刊，芭芭拉·愛潑斯坦與丈夫同《哈波》雜誌的編輯羅伯特·西爾維斯、小說家伊莉莎白·哈德威克創辦《紐約書評》。

⓮ 黛安·阿巴士（Diane Arbus, 1923-1971），美國當代紀實攝影的指標性人物，以直接、殘酷的方式拍攝活在社會邊緣的人；同時她也為那些所謂不算美麗的人拍攝特寫。1971年阿巴士以自殺結束生命。

霍：不過你卻告訴我，你的下一本書《疾病的隱喻》就寫得很快。

桑：因為它短得多。這篇長文的篇幅相當於一部中篇小說。寫此文時，我正
　　被診斷為情形不妙的癌症患者。生病使我變得專心，也給了我精力去思
　　考，我正在寫一本對其他病患和他們的親人有助益的書。

霍：你一直都寫短篇小說……

桑：為一部長篇小說而熱身。

霍：寫完《火山情人》後你就著手寫另一個長篇。那是否意味著你越來越有
　　興趣寫篇幅更長，而不是更短的虛構作品？

桑：是的，我對自己寫的有些短篇小說很喜歡，如：《我等之輩》集子中的
　　〈百問猶疑〉（Debriefing）、《無導之遊》及一九八七年寫的《我們現
　　在的生活方式》。我越來越被多聲部音樂的敘事方法所吸引。這種方式
　　需要更長的行文。

霍：你花了多少時間寫《火山情人》？

桑：從第一稿的第一句話到最後結尾，一共兩年半的時間，對我而言這已經
　　很快了。

霍：你當時在哪兒？

桑：1989年9月我在柏林開始創作《火山情人》。我是到了該地之後才慢慢
　　想到，自己到了一個既與世隔絕，又是中歐文明中心的地區。儘管柏林
　　在我到了兩個月後開始完全改觀，但對我有益的那些方面尚在：我既不
　　和紐約的寓所和自己的書在一起，也不在我正要寫的地方。這樣一種雙
　　重的距離對我很有利。《火山情人》前半部寫於1989的下半年到1990年
　　底的柏林，後半部寫於紐約的寓所，其中有兩個章節寫於米蘭的旅店
　　（一個住了兩星期的客棧），有一章寫於紐約的五月花酒店。在這章裡

有主人翁在死亡之榻上所作的獨白，我覺得必須要在一個封閉的地方一口氣將它完成。我知道可以用三天將它搞定，我也不知道為什麼是這樣，所以我離開家，帶著我的打字機、寫稿簿和纖維水筆，住進了五月花酒店，每頓吃訂的番茄生菜醃酸肉三明治直到寫完這章。

霍：你是否按著書中的順序寫小說？

桑：是的，我一章一章的寫，一章不寫完我就不開始寫下一章。開始的時候我感到很麻煩，因為在小說的開頭我已經知道，我要主人翁在結尾的獨白裡說什麼。但卻怕過早寫這些內容，以後就沒辦法回去寫小說的中間部分，同時，我也擔心等我寫到結尾部分時，某些想法或與某些感覺相關部分已被遺忘。第一章大概有十四張打字紙的長度，花了我四個月的寫作時間，最後五章大約一百多頁的篇幅才花了我兩個星期。

霍：你在寫作開始之前，書的內容有多少已在你心中成形？

桑：一般先有書名，除非我已有了它的標題，否則我無法寫作。我有了獻辭，知道這本書將獻給我的兒子。我亦知道要在小說開始之前引述莫札特歌劇《善變的女人》（*Gosi fan tutte*）中的曲詞。當然我也有了故事的概貌和書的跨度，我還有對結構的很棒的想法，這是最有用的。這個結構得自於一部我很熟悉的音樂作品：亨德密特（Paul Hindemith）的《四種氣質》（*The Four Temperaments*）。它是我看過多次的巴蘭欽最精采的芭蕾舞配樂。亨德密特的音樂有一個三重序曲，每個序曲都很短，接著是四個樂章：憂鬱、爆躁、冷靜、憤怒。按著這個順序，我知道我也將有三個序幕，然後以四個部分來對應那四種氣質。當然我不會繁複到將我一至四章的發展順序也以「憂鬱」或「爆躁」等名冠之。我已經知道所有這一切，加上小說最後結尾的一句話「讓他們永不超生（Damn them all）」。自然我還不知道這句話將由誰來說出。從某個意義上，整部作品的任務是要在於寫出支撐最後這句話的內涵。

霍：似乎在開始寫之前，你已經知道了很多。

桑：是的，儘管知道這麼多，但仍然不清楚所有這些如何得以實現。我開始思索《火山情人》這部作品應當屬於威廉‧漢密爾頓這位迷醉於探索及觀察火山的收藏家。我稱他為騎士，整個小說以他為中心。沉靜的凱瑟琳是漢密爾頓的第一任太太，我本來想發展她這一角色，讓她的戲份較人人熟悉的第二任太太愛瑪更重。我知道第二位太太和納爾遜將軍的婚外情必須在小說裡呈現，但希望將此放置於背景中。三重序幕和第一部分——其憂鬱（我們或將其稱之為沮喪）的主旋律的各種變奏：收藏家的憂鬱，從憂鬱中昇華出來的迷醉都按著計劃進行。第一部分一直圍繞著騎士，但一開始的第二部分，愛瑪就佔據了主導地位。從這個樂觀的、充滿活力的愛瑪到義大利那不勒斯名副其實的血淋淋革命，是一個血的主題變奏。這一點使得小說轉入到更強烈的敘事方式和對正義、戰爭和殘酷的探討（小說由此也變得越來越長）。由第三人稱所作的主要敘事就此完成，小說的其餘部分由第一人稱繼續進行。第三部分非常短：騎士神智狂亂，「淡漠」通過語言，演出他死前的彌留，其過程完全如我所設想的。接著，我又回到了以騎士為軸心的第一部分。許多意想不到的東西，我在寫第四部分的獨白——「憤怒」時開始發現：女人，憤怒的女人，從陰冥發出聲音。

霍：為什麼在死後的冥界？

桑：這是一個補充前文的虛構。這個虛構使她們迫切的、情切的、傷心的獨更加令人信服。它相當於我的一段不經修飾的、直率沉痛的歌劇詠嘆

調。讓我的每一個人物以描述自己的死亡來結束自己的獨白，這樣的挑
戰我怎能抗拒呢？

霍：是不是整個創作過程中都想用女人的聲音作結？

桑：肯定的。我一直知道這本書將用女人的聲音來結束，用書中眾女的聲音。
她們終於可以表白自己。

霍：表述一種女人的觀點。

桑：你假定這裡有一種女人或女性的觀點，我可不這麼想。你的問題提醒
了我。從文化對女人的塑造來看，無論女人的數量多少，她們總是被塑
造為弱勢群體。正因為女人是弱勢群體，所以我們單一種的觀點加諸她
們。「上帝，女人想要什麼？」等就是一個實例。假定小說通過四個男
人的話語來結束，這四種話語之不同如此明顯，大概不會有人覺得我提
出了一種男性的觀點，這些女人的看法正如我可能選擇四個男主角之間
觀點的不同是一樣的。她們每個人都以自己的觀點重述了一遍讀者聽過
梗概的故事（或部分的故事）。她們都各自講出了一些真相。

霍：她們有沒有任何相同之處？

桑：當然。她們通過不同的方式知道，這個世界被男人所操控。這些沒有
選擇權的女人，對於那些觸及到她們生活的重要的公眾事務，基於對此
的尊重，她們提供了一種次等公民特有的洞察力，但她們講述的也不止
是對公眾事務而已。

霍：妳一直知道哪個女主角會出現在末篇嗎？

桑：我很快就知道，最初三個在冥界獨自的女人，將是凱瑟琳、愛瑪的母
親和愛瑪。當我著手寫第二部分的第六章時，我正鑽研1799年那不勒斯
的革命。這章是小說中敘事部分的高潮。此章結束之前有一個短暫出場

的角色：埃莉奧諾拉‧德‧芳茜卡‧皮門特爾，藉此我找到了第四位也
是最後的獨白者。找到她我終於明白，我尚未動筆之前就在腦海裡聽到
的最後一句──「讓他們永不超生」──只有她有權將它道出。她生活
中的那些事件，公開的、私人的，還有她慘酷的死亡，都根據歷史記載
寫出；唯有她的信念和她的道德熱情是小說家的創作。對《恩人》或
《死亡之匣》中的人物，如果我懷的是同情，那對《火山情人》中的角
色則是愛（為了在《火山情人》中有一個我不喜歡的人物，我不得不從
歌劇《托斯卡》[15] 中，借了一個反派人物：斯卡皮亞。我可以接受人物
在最終，即小說的結尾處開始變小。在寫作整個第二部分第六章時，我
想的是電影語言。記得六〇年代初的法國電影常用這種方式結束：長鏡
頭慢慢拉回，人物朝屏幕的深處越退越遠，隨著字幕的出現，他們越變
越小。在女詩人埃莉奧諾拉所提供的道德化的廣角鏡下，納爾遜、主角
和愛瑪應當被她用最嚴厲的方式加以審視。　儘管他們都不算有好下場，
但生前卻享盡種種好處。除了愛瑪之外，他們都是贏家，就是愛瑪也有
過一段得意的好時光，故事最後的話只應由受害者的代言人說出。

霍：那裡面有那麼多的聲音，故事和故事中的故事。

桑：一直到八〇年代的後期，我在虛構作品中，總是用主人翁的內心意識
　　來敘事，它可以用《恩人》中的第一人稱，或《死亡之匣》中的第二人
　　稱來表現。但寫到《火山情人》時，我已無法再允許自己只說一個故事，
　　真正地說故事，往往我只寫某人的意識的進程。關鍵是因為我從亨德密
　　特的作曲裡借用了其結構。我一直有個念頭，即我的第三部作品應該取

---

[15] 《托斯卡》（*Tosca*, 1900）為義大利著名歌劇作曲家普契尼（Puccini, Giacomo, 1858-1924）之劇作。

名為《憂鬱的剖析》（*The Anatomy of Melancholy*）。但我一直抗拒——不是抗拒虛構，而是抗拒那故事還未成形的小說。現在我已清楚地知道，我並不會真的去寫它。一本在這樣一個書名庇佑下寫的書，等於是換一種方式說出〈在土星的星象下〉。我過去大部分的作品著重的都是憂鬱，這人類古老的一種氣質，現在我不想只寫憂鬱了。音樂的結構——它隨意而來的格式給了我更多的自由，現在我可以寫全部的四種氣質。

《火山情人》向我打開了一扇門，讓我的文筆投入之處更加寬闊。這就是寫作的巨大的搏鬥，爭取更多的渠道，更豐富的表達力。對不對？這裡我要引用菲力浦・拉金[16]的一句話：

「你不寫你最想寫的小說」。不過我覺得我越寫越接近了。

霍：似乎你的文論作家的衝動也匯入了小說形式內。

桑：如果你把《火山情人》中有關收藏的評論詞句串織起來，會得到一篇不甚連貫，充滿警句的文章。但與歐洲小說的那個核心的傳統相比，《火山情人》中文論式的思索程度似乎相當有限。想想巴爾札克、托爾斯泰和普魯斯特，或《魔山》這部可能是最強調思想的小說，他們一頁接著一頁所發的長篇大論，也可以被輯錄出來當作文論。但是思索，沉思，向讀者直接發議論等手法完全是小說的原居民。小說是一條大船，我也不是藉此拯救我身上正日漸被放逐的文論作家，而是釋放出小說家的自我之時，讓文論作家成為小說家的一部分。

霍：你是否要做很多的研究？

桑：你的意思是閱讀嗎？自然有一些。作為一個自己脫下學者制服的人，我

---

⑯ 菲力浦・拉金（Philip Larkin, 1922-1985），英國詩人暨小說家。

發現寫作一部根植往者的小說，所需要的閱讀是很愉快的。

霍：為什麼小說要選擇歷史背景？

桑：為了擺脫與有些感覺相關的限制，如我的現代意識，我對如今我們生
　　活、感受和思想那種日益退化、缺乏根基的方式的意識。過去要比現在
　　來得大，儘管現在總是在那裡存在著。在《火山情人》中，敘事的聲調
　　是非常後二十世紀的，其關涉的方面也是後二十世紀的。我從來不會想
　　到去寫「你就在那裡」的歷史小說。當然是榮譽猶關，我必須將小說中
　　歷史性的實質儘量寫得結實、精確。那甚至還會予讀者感到更遼闊的空
　　間。我正在寫的長篇小說《在美國》，是決定再給自己一次機會在歷史
　　中遊戲，但我不肯定這次是否有類似的效果。

霍：時間定在哪裡？

桑：從十九世紀七○年代中一直到十九世紀末。像《火山情人》，它也有
　　實事背景──一個已享盛名的波蘭女演員帶隨親眾離開波蘭，到南加州
　　建立了一個烏托邦社區。我的主角們的人生態度對我而言，是一種很棒
　　的維多利亞時代的異國情調，但他們抵步所到的美國卻沒有這種情調。
　　我覺得寫一本有關美國十九世紀末期的書，其感覺之遙遠如同十八世紀
　　時那不勒斯和英國間的距離。但並非如此，美國的文化方面存在著一種
　　令人驚奇的連續性。使我不斷驚訝的是，托克維爾[17]在1830年代早期所
　　觀察到的美國，到了二十世紀的末期，儘管地理和人種的構成已全然改
　　觀，但其大部分的結論卻依然有效。這似乎像是你更換了刀鋒和刀把，
　　但刀仍是原來的那把一樣。

---

[17] 托克維爾（Alexis Tocqueville,1805-1859），法國政治學家、歷史學家和政治人物。以《美國的民主》
　　(4卷，1835～1840)一書聞名於世，這是一本洞察19世紀初期美國政治與社會制度的著作。

霍：你的戲劇《床上的愛麗絲》，寫的也是十九世紀末期的感覺。

桑：是的，愛麗絲・詹姆斯[18] 加上十九世紀最有名的路易斯・卡洛爾[19] 寫的
《愛麗絲夢遊仙境》的愛麗絲。我當時正在義大利執導皮藍德婁[20] 的戲
《如你對我的渴望》（*As You Desire Me*），一天在戲中演主角的愛德麗
娜・阿斯娣（Adriana Asti）用了一種好玩的口氣問我：「請為我寫一齣
戲，但記住，我必須一直在舞台上。」隨後愛麗絲・詹姆斯——她那受挫的
作家、職業病人的形象進入我的腦海。我在現場編出了劇情，並告訴了
愛德麗娜。但把它真正寫出來卻是十年之後的事了。

霍：你會寫更多的劇作嗎？你一直參與劇場製作。

桑：是的，我能聽到各種聲音，這是為什麼我喜歡寫劇本，我大部分時間
是在戲劇藝術家的世界中度過的。在我非常小的時候，只有通過表演，
我才知 道怎樣置身於舞臺上所發生的劇情之中。十歲時，我在亞利桑那
州圖森市（Tucson）社區劇場安排的百老匯劇裡，演一個小孩的角色；
在芝加哥大學的學生劇場裡，我也是個活躍分子，演索福克勒斯和莎士
比亞的戲，後來我停止了。我更願意導演戲劇（儘管可以不是自己的作
品），或做電影（我希望拍出比我1970至1980年初在瑞典、以色列和義
大利自編、自導的四部電影更好的作品）。歌劇我還沒有導過。我十分

---

❶⑧ 路易斯・卡洛爾（Lewis Carroll, 1832-1898），英國邏輯學家、數學家、攝影家和小說家。以《愛麗絲
夢遊仙境》（*Alice's Adventures in Wonderland*, 1865）及其續篇《鏡中世界》（*Through the Looking-Glass*, 1871）而知名。

❶⑨ 路易斯・卡洛爾（Lewis Carroll, 1832-1898），英國邏輯學家、數學家、攝影家和小說家。以《愛麗絲
夢遊仙境》（*Alice's Adventures in Wonderland*, 1865）及其續篇《鏡中世界》（*Through the Looking-Glass*, 1871）而知名。

❷⓪ 皮藍德婁（Luigi Pirandello, 1867-1936），義大利小說家、戲劇家，1934年獲得諾貝爾文學獎。著有小
說《被遺棄的人》、劇作《六個尋找劇作家的角色》等，是荒誕派戲劇的先驅。

傾心於歌劇。它的藝術形式能最經常地和預期地讓人心醉神迷（至少對我這歌劇迷來說是如此）。歌劇也是《火山情人》的部分創作靈感：不僅故事來自歌劇，還有書中歌劇式的激情。

霍：文學會讓人狂喜嗎？

桑：當然，但不如音樂或舞蹈那般可靠。文學還有別的目的。一個人選書要嚴，一本書的定義是它值得再讀一次。而我只要讀我還會再讀的書。

霍：你會回過去重讀自己的作品嗎？

桑：除了核對譯文之外，不會。對已經成就的作品，我既無好奇，也不依戀。我大概是因為不想再見到它們一成不變的樣子。我會很不情願地回去重讀十年以前寫的作品，怕它們毀掉我在寫作上不斷會有新起點的幻覺。這是我身上最美國化的地方，覺得永遠還會有一個新的開始。

霍：你的作品是如此多樣化。

桑：作品應當彼此不同，當然其中存在著某種氣質和關注方面的完整性。某些預期的東西，某些情感也會重現，比如熱情或憂鬱，還有對人的殘忍所抱的執著的關注，不管這種殘忍表現在私人關係裡還是在戰爭中。

霍：你是否以為你最好的作品尚未問世？

桑：我希望是，也許……是的。

霍：你常常為自己的書而考慮讀者嗎？

桑：不敢，也不要。但無論如何，我寫作不是因為那裡有讀者，我寫作是因為那裡有文學。

（陳軍譯）

桑塔格的長篇小說《死亡之匣》封面

蘇珊・桑塔格著作一覽表

（一）非虛構類
文集：
1966	*Against Interpretation*	（《反對闡釋》）
1969	*Styles of Radical Will*	（《激進意志的風格》）
1980	*Under the Sign of Saturn*	（《在土星的星象下》）
2001	*Where the Stress Falls*	（《重點所在》）
2007	*At the Same Time*	（《在同一時空下》）

專著：
1968	*Trip to Hanoi*	（《河內之行》）
1977	*On Photography*	（《論攝影》）
1978	*Illness as Metaphor*	（《疾病的隱喻》）
1988	*AIDS and Its Metaphors*	（愛滋病及其隱喻》）
2003	*Regarding the Pain of Others*	（《關於他人的痛苦》）

（二）虛構類
長篇小說：
1963	*The Benefactor*	（《恩人》）
1967	*Death Kit*	（《死亡之匣》）
1992	*The Volcano Lover*	（《火山情人》）
2000	*In America*	（《在美國》）

短篇小說集：
| 1977 | *I, etcetera* | （《我等之輩》） |
| 1991 | *The Way We Live Now* | （《我們現在的生活方式》） |

戲劇劇本：
| 1993 | *Alice in Bed* | （《床上的愛麗絲》） |

電影劇本：
| | *Duet for Cannibals* | （《食人者二重奏》） |
| | *Brother Carl* | （《卡爾兄弟》） |

中文譯本：

台灣繁體版譯本：

《在美國》	（時報出版）
《蘇珊・桑塔格文選》	（一方出版社）
《旁觀他人之痛苦》	（麥田出版社）
《疾病的隱喻》	（大田出版社）
《論攝影》	（唐山出版社）
《我等之輩》	（探索出版社）
《火山情人》	（探索出版社）
《床上的愛麗思》	（唐山出版社）

中國大陸簡體版譯本：

《在土星的標誌下》	（上海譯文出版社）
《關於他人的痛苦》	（上海譯文出版社）
《重點所在》	（上海譯文出版社）
《疾病的隱喻》	（上海譯文出版社）
《反對闡釋》	（上海譯文出版社）
《論攝影》	（湖南美術出版社）
《恩主》	（南京譯林出版社）
《死亡之匣》	（南京譯林出版社）
《火山情人》	（南京譯林出版社）
《在美國》	（南京譯林出版社）
《激進意志的風格》	（上海譯文出版社）
《我等之輩》	（上海譯文出版社）
《我們生活的方式》	（上海譯文出版社）
《床上的愛麗絲》	（上海譯文出版社）

編後記

　　本書在歷時兩年多的編輯、翻譯和尋求出版期間，得到了許多友人的協助和支持。我要感謝法蘭・高登（Fran Gordon），感謝桑塔格的友人帕羅・迪羅納達（Paolo Dilonardo）和史蒂夫・瓦瑟曼（Steve Wasserman），他們分別為本書提供了照片、文章和建議。感謝西格莉德・努涅斯（Sigrid Nunez）提供未發表的回憶錄。感謝蘇珊・桑塔格之子大衛・瑞夫（David Rieff）和安妮・蕾波維茲（Annie Leibovitz）。感謝黃燦然、北塔、明迪、老哈、孟明等為本書翻譯文章或提供翻譯文章。感謝書中所有的作者，他們的文章收入此書，是對蘇珊・桑塔格最好的紀念。

　　已逝的劉淑蘭督促並協助我寫下了紀念桑塔格的長文，我將感銘終生。

　　明迪和我在桑塔格逝世後編輯了傾向網站上的蘇珊・桑塔格紀念專輯。蘇陽和童若雯對本書的選文提供了寶貴的意見。明迪、童若雯參與了本書後期的編校和潤色。吳金黛、華敏、燕珍宜等參與了本書的校訂。Becky Chan將錄音整理成文。

　　我對以上列名和未及列名的友人懷著深切的感激。沒有他們，這本書是難以面世的。

　　是知遇、教誨和救難之恩，讓我編著此書——獻給蘇珊・桑塔格。

貝嶺

2007年3月　臺北